m

阅读之前 没有真相

午夜文库

心理师莫楠：暗鸦

燕返 著

新 星 出 版 社　NEW STAR PRESS

目 录

1	第一话	彼得·潘症候群
57	第二话	计数强迫症
107	第三话	整形中毒症
159	第四话	幽闭恐惧症
205	第五话	社交恐惧症
253	第六话	创伤后应激障碍
309	第七话	尸照收集癖

△本故事纯属虚构,与现实生活中任何人物与团体无关

第一话　彼得·潘症候群

闪　回

正月半，
敲破钵，
老鼠下儿不长脚。

正月半，
敲破铫，
老鼠下儿死大阵。

正月半，
敲菜刀，
老鼠下儿撞到猫。

老鼠的确是这世上最惹人厌的动物，它们不仅盗吃粮食，破坏贮藏物、建筑物，还会传播鼠疫。然而它们却天生有一副灵活的躯体，繁殖力强，适应环境也快，总之是难以被制服的物种。不过，如此不招人喜爱的动物，却也是咬开混沌世界的缝隙，使大气得以流通、万物得以生长的通灵之物。

老鼠建立了开世之功，如今却被人类视作顽敌。

只要在K村听到《逐鼠》的童谣声，不论是谁，都会明白这里正热热闹闹地举办着逐鼠活动。同以往相比，今年的鼠患要严重得多。老鼠不仅毁坏了村民贮藏的物品和粮食，甚至还在夜里偷食蚕。蚕丝经营可是村民的主要副业。于是，被激怒的村民敲着破钵、菜刀，一边咒骂，一边驱逐这些祸患。

与村中的热闹相反，在不起眼的角落里，有一个身影正敏捷地穿梭于丛林间。随着行进的深入，灯火逐渐暗淡，包围他的，只剩下阴影与无边的黑暗。一路上，他都沿着先前在隐蔽处标注的记号前进，约莫二十分钟后，终于气喘吁吁地倚在森林里唯一一处土地公石雕旁。

——接下去，应该是右前方……

经过长期的打探，他发现村子里原来有一个不为人知的秘密场所，那是一个不易被察觉的黑暗死角，一个笼罩着罪恶的巢穴。再往前走两百米左右，有一座废旧的庙宇，男子的目的地正是此处。平日庙宇前总会有专人把守，但今天，村里举办逐鼠活动，绝大多数男性都成了主角，因此，庙宇目前正处于毫无防范的状态，男子等待的这一天终于来临。他轻轻推开大门，蹑手蹑脚地蹲进右边的角落。

庙宇一角堆着几个木箱，与无人打理的肮脏地面不同，箱子上竟连一丝尘埃都没有，显然是经常被人移动的结果。男子移开木箱，果不其然，木箱的作用仅仅是遮盖隐秘的地下通道。

兴奋与谨慎的心理并存，男子不断告诫自己，越是这个时候越要万分小心。他屏住呼吸，向深不见底的地道探出第一步。地下吹出阵阵阴风，仿佛狰狞的巨兽张着大嘴，正露出尖锐的獠牙。

男子名叫刘鑫，当了十八年自由撰稿人，以不同的笔名在全国大大小小的报刊上发表针砭时弊的社会评论文。由于每次动笔前他都会深入现场汲取丰富的素材，他的文章很快便受到业内人士的一致推崇，刘鑫逐渐成为被社会大众认可的评论家。然而，过于执拗的性格也让他无数次身陷险境。

刘鑫拨开屏风，很轻松地发现了斑驳的石墙上引人注目的圆形凹痕，只需轻轻往里一推，便有一角发出"喀啦喀啦"的声响，原来通道里别有洞天。

周围空气沉闷，泥土和污浊冰冷的水散发着怪异的气味。

刘鑫捂住口鼻，在黑暗狭长的地下走道内缓缓前行。

"有了，就在那儿。"

前方微弱的烛光让他一下子紧张起来。他屏住呼吸，全身颤抖。那是一个五十平方米的空间，烛影抖动着，刘鑫眯缝着双眼，勉强能辨别出几乎融入暗处的两个人影，他们分别提着一盏纸灯笼。两人头发都有些泛白，看上去约莫五十岁，且都戴着黑色的面具，面具上并没有瘆人的纹路，只是用来遮住面容而已。

"怎么……只有这两个人？"

刘鑫内心泛起一股不祥的预感，他用捂住口鼻的手帕擦了擦渗出的冷汗，暗自嘀咕着。

咔——

下一个瞬间，刘鑫忽然感到被身后的一股力量笼罩，他的心脏仿佛骤停了一般。黑暗中隐约现出许多狞笑的脸，这些脸向他逼近，有的还变成了怒容，张口向他咒骂着。

"咕咕咕，我就知道你肯定会来。"

为首的黑影，左手拿着打火机点亮了火光，刘鑫这才发现，黑影身后黑压压的一片不是地下室的阴影，而是一群活生生的人！他们披着漆黑的斗篷，刘鑫虽然看不清他们脸上的表情，却早已看透自己的结局。

"好家伙！潜伏在村子里那么长时间，伪装身份骗取教主大人的信任，背地里竟然打着卑劣的算盘。"

"平逸大师？呵呵，一个如假包换的大骗子！我所做的一切都是为了揭露你们的恶行！"

"恶行？少做白日梦了，这儿是个封闭的小村落，与外界联系都要通过我们的人。别说是人了，就连神仙也……"

黑影似乎突然想起了什么，原本得意的表情逐渐凝固，最后变成狰狞的模样。

"怎么，你好像想起来了？"

刘鑫毫无惧色的冷笑不禁让对方感到一丝惶恐。

"你、你该不会是利用'它'向外界告发这件事吧？"黑影的怒火更旺了，眼里喷涌着红光，"那就别怪我们不留活口！"

"现在才发现已经太晚了。"即使面临绝境，刘鑫也毫不示弱，脸上的表情如陷入网中的猛兽般绝望而凶狠，"那是一家大型的杂志社，即使只有一个读者能破译里面的文字，你们的恶行也会被公之于众！"

"呵呵，大师原本还想留你一条性命……这回是你自己先把事情做绝，就怨不得我们了！"

黯淡的月光映着面色黯淡的人，风吹过树丛，不断发出嗖嗖的声响。一阵喧闹过后，K 村又重归平静……

第一章　星光之岬

彼得·潘症候群——童话里的彼得·潘，离开了大人居住的世界，永远像少年一样无忧无虑地生活着。因此，人们把年纪很大却在各方面表现得像孩童一般的人称为"彼得·潘症候群患者"(Kidult)。

1

"不如去'星光之岬'吧？"
主编朝刘顾伟丢来一块威化饼。
"星光之岬？是说哪里的岬角吗？"
"不对，不对。"主编用力摆了摆手，"你没听过这名字？"
"嗯，从来没有。"
"我以为像你这样的人会知道'星光之岬'呢……"
"像我这样的人……"
刘顾伟心中泛起了波澜，自己在别人心中究竟是怎样的存在？如果可能的话，他十分渴望披着隐身衣，不为任何人际关系所烦恼。然而偏偏事与愿违，越渴望以儿时纯洁的心态面对生活，生活越会给予自己强烈的打击。
"对啊，你还耿耿于怀吧？"主编熄灭烟头，一面走马观花似的翻阅即将出刊的杂志,一面头也不抬地对刘顾伟说道,"我指的是上回海滨浴场那件事。"

2

刘顾伟是名游泳爱好者,每到夏天他都会独自到海滨浴场。沙滩上的帐篷、太阳伞鳞次栉比,浅水中的泳衣五颜六色,犹如给大海镶上了一道美丽的花环。海滨浴场的人很多,有的在租游泳圈,有的在拾贝壳,还有一家人,孩子正在给爸爸身上埋沙,沙滩上不时传来欢笑声。

"当大人有什么好?!"

刘顾伟暗自抱怨道。长大就意味着要承担更多小时候不必承担的事情,虽然有了充裕的资金供自己支配,但也仅此而已,生活上的琐事、公司里复杂的人际关系,这些都让刘顾伟感到头疼。因此,不论做什么,他都喜欢独自一人,能不劳烦他人就不去劳烦。

"喂!你们看那老头儿是怎么回事?"

周围人的议论声打断了刘顾伟的思绪,他向远处望去,一位六七十岁的老人正拼命挥舞着双臂,似乎是溺水了。

刘顾伟来不及脱掉鞋子,一个鱼跃跳进水里,他迅速靠近老人,一面踩着水,一面试图为后者套上救生衣。不料,老人脖子一扭,敏锐地挣脱出来,同时伸出另一只手臂死死勒住刘顾伟的脖子往水里摁。

"为、为、为什么……"

刘顾伟感到一阵呼吸困难。

所幸,海滨浴场的救护员发现情况不对,及时将刘顾伟和老人救上岸。事后,刘顾伟才得知,老人原本打算自杀,但一个人寻死太无聊,就想找个人拖下水。这让原本就在心里与外界筑起一道墙的刘顾伟情绪更加低落,他对复杂的社会环境毫无抵抗的能力。

——星光之岬?

——去看看又何妨……

3

在华荣路站下车后,刘顾伟对着打印出来的地图,四处寻找"星光之岬"。

"没准那儿的诊疗方式会适合你呢。这几年,初入职场的年轻人遇到心理障碍的频率越来越高,据说那家心理诊疗室具有让患者重新振作的魔法。那儿的心理咨询师是我的好友,以他的本领,治疗你的心病绝对不是难事。只是他人有点怪,相处起来可能费些劲……"

这是主编告诉他的。

——一个怪人……

显然,刘顾伟在意的是主编最后的那句话。

沿着图示的路线,他不知不觉便到了西式公馆前。

——华荣路三一五号。

"就是这儿了。"

经营者似乎有意营造一种轻松的氛围,"星光之岬"开在这座城市最有名的咖啡一条街里,周围弥漫着浓浓的咖啡香味,第一次来访的客人一定会误以为里面是个咖啡馆。

"欢迎光临!"

前台的接待员是个美人，鼻梁端正，嘴唇的曲线玲珑，她的脸蛋光洁而秀丽，扎起的辫子垂在胸前，她看上去大约二十五岁。不过，最让刘顾伟心动的还是那双脉脉含情的眼眸。

"那个……请问这里就是'星光之岬'吗？"刘顾伟怯生生地问道。

"是的，有什么可以帮您的？"

刘顾伟接过递来的登记簿，上面记载着访客们的姓名、心理病症类型[1]、预约的主治医师及联系方式。

　　闫永宽　病症类型 T1　136XXXXXXXX　主治医师：熊炜国
　　胡楠　　病症类型 A4　138XXXXXXXX　主治医师：莫楠
　　刘子昌　病症类型 A2　159XXXXXXXX　主治医师：莫楠

"哦，那个……我以为这里是咖啡馆，可能是把'星光之岬'和之前去过的咖啡馆的名字记混了，不好意思。"

刘顾伟心里打起了退堂鼓。

"终于来了是吗……"

亲切的声音从半开着门的房间传出来，房门上挂着"诊疗室一"的牌子。

里面的人似乎有意将音乐声放大，刘顾伟这才意识到刚才听到的歌曲并不是"星光之岬"播放的背景音乐，而是从这间诊疗室传出来的。

房门渐渐打开，出现在眼前的是一位身材瘦高的男子，一身白衣，年纪四十上下，微卷的大背头，五官有点像欧洲人。当他

---

[1] "星光之岬"始终坚信勇敢记录所患病症是患者战胜它们所迈出的第一步。但为了保护患者隐私，登记簿上的编号代表的病症类型只有主治医师知晓。

的目光转向刘顾伟后，原先亲切的表情立刻消失了。

"你、你就是老范说的朋友？"

"那个……老范指的是《北窗》杂志社主编范建伟？"

"除了他还会有谁？"

"我想我就是他所说的人。请问您就是莫楠医师吗？"

"我的天！什么叫'要好好保护那孩子'，用这么暧昧的语言形容三十多岁的大男人我还是头一次听说！亏我特意量身定制了托马提斯诊疗啊！璐璐，就说我不在，送客！"

诊疗室的房门"咚"地关上了。

"不好意思，他的个性就是这么古怪。"

刘顾伟正尴尬得不知说什么好，一位比莫楠稍微年长的医师用手帕捂着鼻子走了进来。

"呵呵，亏那家伙还好意思说托马提斯音乐疗法，明明是我最先使用这项技术的。"他打量着刘顾伟，随即严肃地向前台的女孩问道，"那些小家伙都被杀死了吗？"

"是的，很抱歉。"

"这次就算了，我最讨厌那些小虫子，不希望以后再遇到这样的事。虽然你是莫楠的表妹，但我跟那个疯疯癫癫的人不同，如果一位医师把自己的诊疗室搞得邋里邋遢，又如何能得到患者的信任？"言及此，医师才对刘顾伟进行自我介绍："我是这里的副主任医师，熊炜国。如果您正为工作、生活所烦恼，欢迎加入我的'托马提斯音乐诊疗计划'。"

"托马提斯？"

"呵呵，这是疗法创始人的名字。简单来说，大多数人会认为我们的双耳一模一样，功能也一样，可是事实并非如此。托马提斯发现用右耳较多的人学习得快，并利用神经学的原理解释了这一现象：右耳联结着左脑，而左脑又是语言学习的中枢，右耳到左脑的联结是快速而准确的；而左耳联结的是不能加工语言的右脑。从左耳进入的语言要经过胼胝体传输到左脑，这个传输过程不但缓慢而且也不可靠，而在整个传递过程中，一些对于语言学习很重要的高频声音丢失了。后来，托马提斯开始利用经过过滤的乐曲进行试验，他发现经过接收高频率声音听觉训练的人，不但学习能力提高了，而且精神也变得比以前高昂。"

"所以，这个疗法是通过听觉训练治疗精神方面的紊乱？"

"可以这么说，托马提斯音乐疗法对自闭症、多动症、阅读困难症和抑郁症效果非常显著。"熊炜国从诊疗工具箱里拿出头戴式耳机和播放器，"另外，一些专业的歌手得了职业性耳聋，随之而来的是他们失去了原有的声音，他们变聋的原因是唱歌声音太大，更准确地说，他们变聋的音频区域是2000Hz左右。由于那些歌手长期处在吵闹的环境中，他们耳中的肌肉变得越来越松弛，所以大声的音乐再也不能进入内耳部分。托马提斯发现通过听一些一会儿开、一会儿关的音乐，从而不断对耳肌进行锻炼，可以有效避免这一情况的发生。"

正当刘顾伟对熊炜国的诊疗方式产生些许兴趣时，莫楠大大咧咧地闯了出来。

"老兄，别对我的患者下手啊，不然我这主任医师还怎么混？"

"啊，抱歉，抱歉。如果已经预约的话，还是找对应的医师治疗吧。"

熊炜国行了个礼，回自己的诊疗室去了。

"刚才那位老兄最喜欢的就是推销自己的产品，什么老年人按摩椅、安睡床、蜂胶、口服液……简直就是诈骗！更可笑的是，他的诈骗手法简直就是幼儿园水准。电视推销广告你看过吗？他总在那里大放厥词，把营销的保健品吹上天。不过，最荒唐的还是每次活动后都有大批可怜的家伙为他的诈骗行径买单！"

"其实，我只是听主编的建议来这儿咨询的而已……"

"咨询？说到咨询，大多数心理诊疗教材都强调初次见面要给对方安全感，增强信任度，避免直白的陈述。真是笑话！既然患者来访，那么唯一的目的就是根治病症，一味地像温水似的敲敲打打不触及核心的医师才是庸才！"

"不好意思，他有演说癖。"莫楠的表妹带着歉意向刘顾伟解释道。

"总而言之，先进来再说吧！"

被带到挂有"诊疗室一"的小房间后，刘顾伟才真正体验到熊炜国说的"邋里邋遢"是什么感觉了。室内的窗帘严严实实地拉着，灯光昏暗，办公桌上随意放置着诊疗书籍，挂在靠背椅上的衣服还沾着发垢与花露水的气味，墙角凌乱地堆着看上去像心理诊疗时会用到的图板、器材等。

"首先，来谈谈你的遭遇吧——十五年前令尊因琐事离家出走，在那之后，你与令堂相依为命，好不容易通过贷款在市中心买上了房，令堂却因为胃癌去世了。听说几天前你还险些被一个自杀的老头儿害死，真是不幸啊。"

"您都听说了？"

"嗯，谁让你遇到事情就喜欢向领导抱怨。"

"其实也不是抱怨……"

"因为在他身上，你看到了父亲的影子？"

"您好像很了解我。"

"了解？我从来不打算了解一位三十岁男性患者的心理。"莫楠不屑地打量着眼前的男人。

此时，诊疗室的门被打开，前台接待员将饮料递到二人面前，彬彬有礼地说了句"请用"。

"她是莫医师的表妹？"

"听隔壁的老头儿说的？"

"嗯。"

刘顾伟心里暗自嘀咕着，这对表兄妹简直毫无相似点可言。

"来、来，先喝点饮料。"

"咦？莫医师您为何不用吸管？"

"哦，我都是用这玩意儿喝的。"莫楠说罢，从抽屉里取出一副盒装筷子。

"您、您用筷子？"

"对呀，因为浸泡在冰镇可乐里的冰块才是人间第一美味。"莫楠一边咬着冰块，一边说道，"当然，碳酸饮料的确应该少喝，最好的例子就是我上回那颗龋齿……"

"那个……我们能继续刚才的话题吗？"

"哦，刚谈到彼得·潘症候群。恕我冒昧推测，在令尊悄无声息地离家出走后，你和令堂开始了名副其实的相依为命的生活。换句话说，你是独生子？"

"确实如你所说，从那时开始，我逐渐感受到家母加倍的关怀。当时的我还是个初中生，说来惭愧，不论是饮食起居还是功课学业，只要她能帮得上忙的，几乎全都为我打理……"

"而你也接受了这样的角色，对吗？"

刘顾伟点点头，答道："后来我有幸就读本市的985重点大学，那也是家母为我填报的第一志愿，最重要的原因就是这所大学可以选择走读，并非强制住宿。"

"我明白了。久而久之，令堂掌握了你生活的一切，或者说，你所做的每一件事都在她眼皮底下，而你并没有反抗的勇气，心想只要照着她所设想的模样活下去就没问题了。所以，直到现在，依然渴望受到无微不至的关怀的心态与这个年龄段应有的自理能力产生严重的矛盾，一旦遇见可以信赖的长者便将其视作亲人般依靠……话说，这十五年来有和令尊联系过吗？"

"他在十五年前和家母大吵一架后就离家出走了，直到现在都没有音讯。家母和我曾经尝试联络过，但没有找到关于他的任何线索。"

"令尊从事的行业是……"

"他曾经当过新闻记者，后来转为自由撰稿人，经常在杂志上发表言辞犀利的社会评论文。"

"哦。这样一来，只要令尊还继续写文章，就表示他只是单纯地不想与你们相见咯。"

"不，他的最后一篇文章是于二〇〇三年刊登在《少年童话》上的。"

"你可把我搞糊涂了，令尊不是撰写社会评论文吗，怎么又写起了童话？"

"老实说，我也很意外，因为家父的文章从来没有涉足过其他领域，而且当时留给《少年童话》杂志社的联系地址和收稿酬的银行卡号还是家里的。"

"所以，你认为令尊对你们还是有感情的，只是因为某种原因没能回来？"

"嗯。"

"搞了半天，只要知道令尊的下落，你的心病就好了一半……"莫楠揉了揉双眼，似乎真的开始伤脑筋了，"那么，你刚才说的那则童话能给我看看吗？当然，我不保证能帮到你什么。"

"已经很感谢您了！"

刘顾伟将二〇〇三年第二辑的《少年童话》递给坐在对面的莫楠。显而易见，杂志的受众是小学生群体，封面和内文的插图都十分朴素，装帧也是简单的骑马钉。

"令尊撰写的文章是……"

"《光荣的荆棘王国》，在第八十五页，笔名是浣月。"

"哦，对学生群体来说，篇幅未免有些长。"

"听《少年童话》的编辑说，家父是将这则童话的手写稿寄去杂志社的，当时手写稿还算比较常见。"

"总之，让我来研究一下吧。"

莫楠开始津津有味地品读《光荣的荆棘王国》。读到一半，他突然两眼放光，嘴里还念叨着什么，接着便在凌乱的文件柜里翻找资料，全然顾不上杵在一旁的刘顾伟。

"请问……您好像对家父的童话很感兴趣？"

"哈哈，好久没遇到这么有趣的事情了！"莫楠坐在资料文件堆的中央，一副乐呵呵的样子。

"莫非您有什么收获？"

"收获可大了！这样吧，我透露给你一个秘密，这则童话的意义绝不亚于他所撰写的社评！"

"可……这算什么线索？"刘顾伟无奈地笑道。

"对了，你不用在这儿傻等了，这本杂志我得借用三五天，没问题吧？"

"嗯，当然没问题。"

"成交！这是给你的处方。"

刘顾伟迟疑了一会儿，才接过莫楠递来的一张话剧门票。

第二章　光荣的荆棘王国

1

尼克斯·乌伊尔，沙丘王国的勇士。原本他能够成为大将军，但在冰城的战役中遭受好友乌干达的背叛，致使全军覆没，就连他自己也身负重伤。

"乌干达！你为什么背叛我！"鲜血沾满尼克斯的战袍，他对着渐渐离去的背影发出愤怒的嘶吼。

"可怜的尼克斯，空有万夫不当之勇，脑子却不太灵光。难道你不认为里斯陛下才是我们应该誓死效忠的对象吗？"

"你这个叛徒！"

咆哮声震天动地，就像野马的嘶鸣一般。待他再度清醒，乌干达早已离去，伴随着剧烈的摇晃，他才发现自己正躺在一驾马车上。车身吱吱呀呀地晃动着，滚动的车轮碾碎了地上的冰雪。

——年长的姐姐牵着小妹妹的手，她们一起在茫茫世间漂流。

一边哼着童谣一边驾驶马车的是个十五岁左右的小女孩，她留着棕色的长发，发髻上戴着缀有珍珠的小帽。尼克斯想说话却发不出任何声音，女孩回过头来发现尼克斯已经清醒，露出开心的微笑。这是尼克斯有生以来看到的最纯真的笑容，沙丘王国四处充斥着权力的争夺，在那个王国，人性早已泯灭，根本见不到这样质朴的表情。

呼——去吧！

女孩对着信鸽一阵低语后，放飞了它。

"别怕，我只是让信鸽传话给引路的稻草人，我不会伤害你的。"

她的温柔话语好似一首催眠曲，让他安然地进入梦乡。

2

朦胧的视线逐渐明晰，尼克斯看到女孩那双清澈的大眼睛正对着自己。

"妈妈！他醒了！他醒了！"

尼克斯茫然地望着四周，这是一套简陋得不能再简陋的小木屋。这小木屋顶上盖着麦秆，有一个烟囱，一扇窗子好像一只锐利的眼睛，望着远方金碧辉煌的宫殿。

"太好了。"

女孩的母亲看上去很和蔼，她将刚熬好的汤药递到尼克斯面前，尼克斯小心翼翼地闻了闻后，才轻轻抿了一口。

"你是沙丘那边的人吧？"女孩的母亲问道。

"为什么这么问？"

"那儿的人都是这副表情，好像对世间万物都充满戒备。"

"请原谅我亵渎了您的善意！"

尼克斯说罢，大口大口地将汤药喝了下去。

"请放心，这里虽然名叫荆棘王国，却拥有这世上最善良的子民。边境的稻草人具有识别世间万物的慧眼,凡是心怀邪念的人都根本无法踏进这里一步。"

"也就是说这里住着的都是善良的百姓?"

"但凡有人想进入这里,都得先通过稻草人的慧眼。"女孩的母亲微微颔首,"只要闯入者的内心存有邪念,就无法突破稻草人布下的结界。所以,荆棘王国的百姓都是善良淳朴的人。"

"天啊!这简直是人间的天堂!"尼克斯说罢流下了热泪,他回想起在沙丘王国所遭遇的一幕幕。为了皇室的权利,友情、亲情全都不复存在,那和地狱有什么区别?于是,尼克斯毫不犹豫地决定在荆棘王国居住下来,成为他们的一员,为了百姓的幸福甘愿奉献出自己的一切。

3

尼克斯很快就适应了这里的环境,魁梧健壮的他平日里总会为邻里街坊做些诸如砍柴、挑水的体力活,百姓们也对他赞誉有加。那位在冰城救了尼克斯、名叫乔妮的少女慢慢爱上了他。最终,他们在邻里街坊的见证下完成了婚礼,这让尼克斯更加坚定了为这里的百姓奉献一切的决心。

直到有一天……

"尼克斯·乌伊尔!"

冬天来了,为了让乔妮吃上新鲜的兔肉,尼克斯决定出城狩猎。风中的雪花像巨浪似的朝尼克斯袭来,即使如此,尼克斯还是凭借着兔子的脚印捕捉它们前进的方向。尼克斯的父亲曾经说过,兔子跑时脚的前端用力比后端大得多,因此尼克斯凭借着脚印的深浅没多久便捕到了好几只兔子，满载而归。尼克斯得意扬扬地飞奔回去，却总听见有人正在后边呼唤他。

"尼克斯·乌伊尔！沙丘王国的勇士！"

再度环顾四周，确认巷子周围并没有任何居民的存在，尼克斯挠挠头以为自己出现错觉了。

"尼克斯·乌伊尔！"

定睛细看，尼克斯才发现发出叫声的是眼前这块铁皮。

"谢天谢地，你终于看到我了……"铁皮突然站起来，尼克斯这才发现原来对方也有双手双脚，是个铁皮人。

"刚才是你发出的声音？"

"没错，在这寒冬里除了我们的勇士尼克斯·乌伊尔外，还有第二个人敢出门吗？"铁皮人发出嘎嘎的声音，好像是在笑，"我的朋友，听说你为这里百姓的幸福甘愿奉献一切？"

尼克斯点了点头，答道："只要力所能及。"

"太好了！"铁皮人仿佛看到了救星，兴奋地挥舞着双臂，"是这样的，你知道城外的几只稻草人吗？"

"我想你指的应该是城外那些停着麻雀的稻草人吧？听说他们能够分清世间一切善恶，能够进来的都是他们认可的善良民众，所以在这里生活非常愉快。"

"正是如此。尽管我是由铁皮做成的，但我打心底希望能够在这座人间天堂定居下来。可也因为这个原因，稻草人取下了我的脑袋，把我变成了一个没心没肺的人，我不想这样，在这里安稳定居是我唯一的愿望……"

"所以，你想要我向稻草人求情，取回你的脑袋？"

"不，不用那么麻烦。"铁皮人发出嘎嘎的声响，继续说道，"只要你帮我拿到四样东西，我就能顺利地恢复原样了。"

"哪四样东西？"

"听好了——第一样是智慧药丸，在城里西北边的药铺就能买到。对，就是绿色的那颗，据说吃了能恢复智力，这是我急需的。其他几样分别是火药、荧光粉和熏香，这些物品你平常也见过，应该唾手可得。"

"好，不过现在时候不早了，我得先回趟家，然后帮你找齐这些东西。"

"其实我有个不情之请。能否请你立刻帮我找到这些东西呢？拜托你了，我的朋友！"

尼克斯拿他没办法，只好以最快的速度找到火药、荧光粉和熏香，接着又跑到药铺买了智慧药丸。一路跑来的尼克斯不但气喘吁吁，还花光了身上所有的银两。

"我多花了一倍的钱买来这些东西，您看分量够吧？"

"太感谢了！伟大的战士，你的恩情我将永世难忘！"

铁皮人恭恭敬敬地朝尼克斯行了个礼。尼克斯心想今天又做了件善事，便高高兴兴地跑回家了。

4

"天啊！这是怎么回事？"

隔天，尼克斯被乔妮的惊叫声吵醒，他一出门便被眼前的景象惊呆了……

所有百姓身上都被一层厚厚的铁皮罩住。他们无法说话，只是在街上走来走去，还发出咔咔的响声。

"露西、波斯纳尔、小戴莉！你们是怎么了？"乔妮的哭声近乎悲鸣。

"怎么会……他们的样貌和我昨天见到的铁皮人一模一样。"

尼克斯心中泛起不祥的预感。

"你说什么，铁皮人？"乔妮带着哭腔问道，"荆棘王国从来就没有什么铁皮人！"

"可我昨天确实……"尼克斯话还没说完，就发现荆棘王国的军队朝这里奔来。

"尼克斯·乌伊尔！你这个叛徒！"

"到底怎么回事？"

尼克斯下意识地搂紧乔妮。

"够了！你装模作样地骗取了大家的信任，背地里却干着肮脏的勾当！"

"我尼克斯为了百姓的幸福愿意付出一切，做过的事也都问心无愧。你们凭什么抓我？"

"你昨天帮了铁皮人，对吧？"

"是，他被城外的稻草人取下了脑袋，所以我帮他恢复原样。"

"还说不是你害的！那个铁皮人是邻国派出的奸细！"卫兵咬牙切齿地说道。

"什么？"

"如果你不是和他们一伙的，就是被他利用……"

卫兵说到一半，突然浑身颤抖起来。令人瞠目结舌的一幕发生了，卫兵愤怒的表情转为呆滞，身体逐渐被一层银灰色笼罩，慢慢地整个身躯都变得和那些百姓一样。紧接着，整个军队的卫兵全都变成了不会说话的铁皮人，荆棘王国的房屋变成厚厚的铁皮屋，就连天空也蒙上了一层铅灰色。

尼克斯转过头来，发现乔妮也成了铁皮人，他紧紧地抱住乔妮，泪水夺眶而出。

"噢，不！乔妮！"

就在这个时候，尼克斯再度听到那阵刺耳的"嘎嘎"声。

"别这样，我的朋友。"

尼克斯愤怒地站了起来，拿出阔剑准备与对方拼个你死我活。

"原来这一切都是你的阴谋！"

"不，这只是适当的方法。你们人类做事不都讲究方法吗？"

"你到底让我帮你做了些什么？"

"呵呵，我只是看外面那些稻草人太碍眼了而已。"铁皮人答道，"这里的居民能够安逸地生活下去，全倚仗那些稻草人。我们每次想要进来，都被它们拦下，所以我想了个方法，那就是把自己的心挖出来。"

"挖出自己的心？"

"对，这样我就成了没心没肺的铁皮人。这么一来，那些稻草人果然容许我进入荆棘王国。然而没了心的我行动并不自由，因此只能拜托我的勇士尼克斯·乌伊尔去取四样物品。我先用熏香引起城外那些稻草人的注意，他们果然被熏香吸引而聚到了一起，紧接着我向城外喷洒荧光粉，让那些稻草人在黑夜里也无所遁形，最后利用大火一举消灭碍眼的稻草人。这样一来，我们铁皮人入城便畅通无阻，荆棘王国从此以后就成了铁皮人的天下了！嘎嘎嘎嘎嘎……"

"可恶！没想到我的善意却害了这里的百姓！"

尼克斯挥舞着阔剑想要自刎，却被铁皮人拦下。

"你是新王国的开国功臣，将以光荣的身份受到子民的景仰，怎能轻易寻死呢？"铁皮人对着那些卫兵命令道，"来人，把我们的勇士尼克斯·乌伊尔带到皇宫，我要重重地赏赐他！"

5

由于判别世间善恶的稻草人悉数被毁，人们向往的荆棘王国从繁荣到衰退只经历了短短一个月的时间。这里再也没有善良的百姓，有的只是机械的轰鸣。

屡屡遭到背叛的勇士尼克斯·乌伊尔被软禁在富丽堂皇的宫殿里，他剜下了自己的双眼，从此不再相信世间任何人。陷入黑暗的尼克斯每日听到的都是铁皮人"咔咔"的踏步声，但所有人对他视若无睹，他也对生活感到绝望。

直到有一天，尼克斯似乎听到了一种新的声音，那是新奇又久违的声音。随着"咔咔"的脚步声越来越大，垂垂老矣的勇士缓缓抬起头，他仿佛听到了令人怀念的歌声：

——年长的姐姐牵着小妹妹的手，她们一起在茫茫世间漂流……

第三章 遇 袭

1

刘顾伟仿佛失去了知觉，他完全被舞台上那绝妙的表演征服了。

那是易卜生的《玩偶之家》。

一对看起来幸福和谐的夫妻海尔茂和娜拉隐藏着不为人知的往事。八年前，结婚不久的海尔茂得了重病，需要去南方疗养，可他们生活窘迫，娜拉为了救丈夫一命，不得已伪造父亲的签名向一位名叫克罗克斯泰的人借钱。后来，恢复健康的海尔茂事业有了起色。就在娜拉隐瞒丈夫凑齐还款准备收回借据的时候，海尔茂决定解雇克罗克斯泰。为了保住饭碗，克罗克斯泰以借据为要挟，请娜拉为自己求情。固执的海尔茂不愿被他人取笑为"让老婆牵着鼻子走的男人"，立马派人送出了解雇信。克罗克斯泰见要挟不成，转而寄信给海尔茂，让他知道一切。娜拉原本以为海尔茂会为妻子的牺牲所感动，理解她、保护她，却不承想海尔茂竟暴跳如雷，把娜拉称作"伪君子""坏东西"，还指责她将自己的前途葬送了。尽管克罗克斯泰在他人的劝说下退还了借据，但心灰意冷的娜拉再也不愿像以前那样和海尔茂一起生活了，她决定离家出走，寻求新的生活。

虽然是十九世纪的作品，但刘顾伟从未亲临现场感受过如此震撼人心的话剧。所有演员的表演都很精彩，不过这一切都被饰演娜拉的那位演员的光芒所掩盖。她的一颦一笑，到最后毅然决然地离去，无不深深地感染着台下的观众。

刘顾伟把两条腿伸直，脑袋仰靠在高高的人造革椅上。他活了三十多岁，还从来没有像此刻一样发自内心地被舞台的表演所打动，或者说他深深地爱上了站在舞台上的娜拉。刘顾伟并不惊讶，因为就在几天前，他已经对这位女孩一见钟情了。

社区剧院外的海报上用仅次于剧名的字号写着——主演：靳璐。

2

"很意外吧！"

伴随着经久不息的掌声和热情洋溢的欢呼，《玩偶之家》落下了帷幕。靳璐早就发现了坐在舞台中央的刘顾伟，她顾不上卸妆，兴奋地跑下台。

"我、我从没看过这么精彩的话剧！啊，绝不是恭维话，真的很精彩！"

"嘻嘻。我们每个季度都会在社区剧院举办一场慈善义演，《玩偶之家》是我头一回当主演呢，感觉好紧张。"靳璐拭去额上的汗珠，"没想到表哥居然把票转赠给你，或许是在担心我的表现会给他丢人现眼。"

"不，你真的很棒！换作我，恐怕看到台下的观众，双腿就直打哆嗦了。"

"你真有趣！如果没有急事，等我到后台卸了妆后一起去喝杯咖啡如何？"

"当、当然没问题。"

——这家剧院真漂亮！

望着靳璐的背影，刘顾伟由衷地感慨道。

奶油色的房顶和墙壁，乳白的灯泡如同宝石花一样嵌在房顶上，这在社区剧院里也算是一等一的规格了。

没多久，靳璐便一路小跑着出来了。一件纯净的白衬衫配上牛仔短裤，显得颇具青春活力，让人根本无法与方才在舞台上温婉成熟的娜拉联系起来。

"你知道亨利·欧文[①]吗？"

"亨利……欧文？"

"呵呵，你不知道也不稀奇。"

"我猜一定是著名的戏剧演员，对吧？"

"答对了，他是我最崇拜的明星！他常常花三个月以上的时间去研读戏剧剧本，分析细节，这样的毅力即使在成名后也依旧没有任何改变。虽然参加义演只是兼职，但我总希望有一天能成为全国最著名的演员，站在大舞台上演出！"

"我认为这一天会到来的。"

出了剧院，二人来到步行街的咖啡馆。靳璐将手机横放，开始重温刚才那场演出。

"原来这出话剧还有网络平台直播？"

"是呀，观众还不少呢！"

刘顾伟认为靳璐的话绝不是在吹嘘，一条条弹幕几乎遮盖了

[①] 亨利·欧文（1838—1905）：19世纪最伟大的戏剧演员之一，1871年，欧文在自任导演的《钟声》一剧中扮演麦西亚斯获得巨大的成功。因其演剧艺术的杰出成就被授予爵士爵位，他是英国戏剧史上获此殊荣的第一人。

屏幕上方，根本看不清演员的脸。

"哎，果然还是被发现了。"

"什么？"

"就是娜拉那句'千千万万的女性都为男人牺牲过名誉'，当时一紧张就咬字不清了。"说罢，靳璐闭上眼开始小声默念着口诀，刘顾伟依稀听到"高阳转降、山河锦绣"之类的词语，应该是话剧演员的四声混合练习。

"真意外，身为主演的你还会紧张？"

"当然啦！因为昨天有个怪人加我的微信，还恐吓会在话剧演出过程中对我不利。所以越是到话剧快结束时，我的内心越是紧张。不过好在并没有任何事情发生，我想那只是某些无聊人士的恶作剧吧！"

"这可不是小事，万一不是恶作剧呢？"

"放心吧，话剧都结束了。"

"那个人的微信号还在吗？"

"早就被我删啦。我想那一定是恶作剧，不用担心。"

"为何这么肯定？"

"因为对方的头像是《疯狂动物城》里最可爱的那只树懒，还傻乎乎地侧过身来对着镜头笑，一看就知道是恶作剧嘛！"

刘顾伟不知该如何吐槽眼前这位女孩天真的论调。不过，他转念一想，话剧早已结束，也没有任何事发生，应当只是一场闹剧罢了。

"你看，那不是诊疗室的熊医师吗？"

"哎，还真是……"

悬挂在咖啡馆中央的电视正在播放熊炜国的现场直播讲座。最近各大媒体开始对托马提斯音乐疗法产生浓厚的兴趣，原因便是今年L省的高考状元宣称自己在小学时接受了托马提斯音乐诊疗后，学习成绩一路突飞猛进，这无疑让望子成龙的家长以为找到了提升孩子学习成绩的捷径。

"听表哥说这家伙以前就专门做这类勾当。"

"你是指办讲座宣传自己的疗法？"

"何止是这样。每次到讲座最后，他总会推销一些高价的保健品，虽然对身体无害，但几乎毫无益处。你瞧，他手里拿着新的播放器和耳机，搞不好准备推广新的配套仪器呢。"靳璐一边搅动着杯中的咖啡，一边抱怨着，"或许是我太过敏感了。从十五年前开始，我就对不经大脑的舆论十分厌恶。"

"十五年前？"

"对呀，当时的SARS疫情可以说是国家最大的一场灾难。在那个理应团结一心战胜困难的时刻，却有些人思忖着借此机会发大财。你应该听过吧，当时的全国各地放鞭炮驱逐SARS的荒唐闹剧？"

"嗯，后来经查证是烟花商贩在四处散布谣言，想借着抢购风潮大捞一笔。"

"说来也挺好笑的，当时我的母亲还真花了好几百元从商贩手里买来几串鞭炮，兴高采烈地在已经遭受病毒感染的外婆面前点燃。不知是看到许久未见热闹的场景，还是深知自己将不久于人世，在隔离站里接受监护的外婆当时那孤寂、忧伤的笑容让我一辈子都无法忘怀。对我来说，那场疫情的可怕之处不是灾害本身，而是面对灾害坐收渔利的人。虽然事情已经过去很久，但它让我意识到原来一场灾害真的可以令人丧失神智，做出荒谬的选择。"

"不过凡事都有好的一面吧。也是拜这场灾害所赐，之前几乎隔断的乡村与城市传播系统得到了有效链接，不少医院的医疗设施在灾害后都完成了新一轮升级，今后遇到类似的疫情都能及时应对。"

"或许你说得对，一件事就如同一枚硬币的正反面，总有积极的一面。"

3

离开咖啡馆后，刘顾伟将靳璐送到马路对面的公交车站。

夏日晚风拂过，花草的叶子瑟瑟作响，带着凉爽的意味。从那可以望见远处步行街的标志性建筑物——海关钟楼，在暮色中，显得特别傲然，也特别孤寂。

"快看，那儿在放烟花！"靳璐兴奋地拍着刘顾伟的肩，让他有些不知所措，"从小时候开始，我一看到烟花就莫名地兴奋，它的颜色真的很漂亮！"

在漆黑的天空里，一束束怒放的烟花如梦如幻地照亮二人仰着的脸。

"那是因为火药里含有很多金属物质，再加上镁粉作为'发光剂'，看起来当然亮丽鲜艳了。"

不知不觉，二人走到了斑马线前，车站就在对面。刘顾伟不禁感慨愉快的时光总是短暂的。当他们准备跨过斑马线时，一辆轿车忽然窜出，待二人意识到时车已经逼近身前，车头上两盏大灯白晃晃的，照得人眼花，那车头放大得不可再大，像一只食人的野兽般朝他们袭来。

在电光火石间，刘顾伟一把搂住惊叫的靳璐，咬着牙朝前奋力蹬去。在这一瞬间，他仿佛看到车内驾驶者冷酷犀利的眼神。

——难道,他就是恐吓者?

思绪一瞬间闪过,待刘颀伟反应过来时,轿车已经离他们远去,只留下街边驻足的行人。

"喂!怎么是你们?"

刘颀伟迷离地望去,仿佛有个模糊的身影朝他们奔来。

"莫、莫医师……"

"表哥,你怎么……"

"我叫辆出租车先送你们回去。"莫楠眉头紧皱,显得焦急不安,"送完你们,我还得去趟警局。你们千万注意安全,昨天早上来诊疗室的那位患者在家中遇害了。"

第四章　消失的若干具尸体

1

"呀，果然是你。"

一位留着八字胡、浓眉大眼的青年刑警朝莫楠挥了挥手。

"叶——勇——德！没想到在这里遇见老兄，上一次好像还是在我的诊疗室吧！"

"喂，别说那么大声。第一，你现在是外人，我请你来案发现场，就要懂得低调；第二，明明是你的年纪比我大，这个'老兄'我是愧不敢当。"

"既然把我当兄弟，也别在乎长幼啦！"莫楠受聘担任警方特邀犯罪心理分析专家时，曾与叶勇德有过一面之缘，但真正熟络起来，还是在"星光之岬"做心理疏导那阵子。"这次的被害者真的是昨天的那位患者吗？"

"毫无疑问，而且他口袋里还有你的名片，电视机顶盒上还放着'星光之岬'的宣传手册。"叶勇德把莫楠引进被害者的卧室内，"这里就是案发现场。"

"咳、咳，怎么有股怪味……"

"难道诊疗时你都没问过吗？被害者刘子昌是高中生物教师，他的兴趣就是收集动物标本，卧室里难免有药剂的余味。"

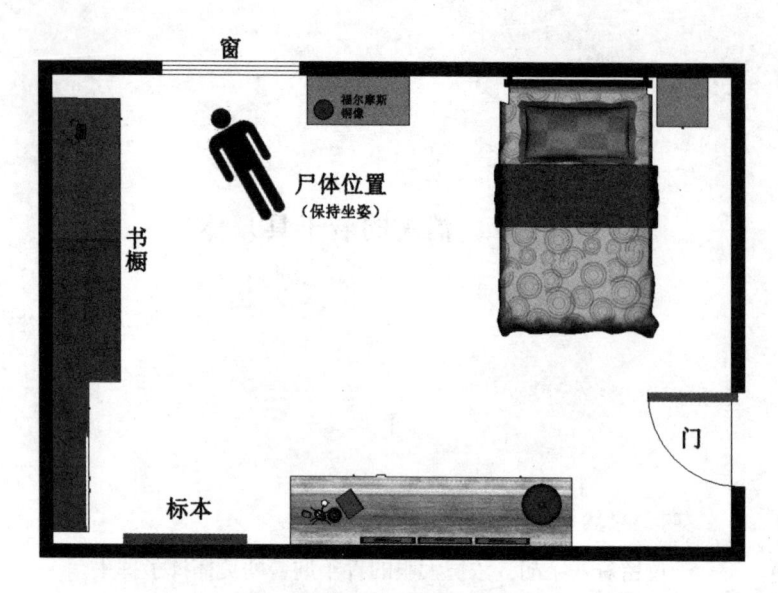

图一　案发现场示意图

"管他从事什么行业，我只知道他患有重度偏执症。"

"听说他为此拜访了许多心理医生，情况一直没有得到缓解。"

"这个老顽固的个性就是不撞南墙不回头，即使撞到墙了，还会拿头继续撞。"莫楠挠挠头说，"前阵子他任职的南港一中公布了调任分校的教师名单，他的名字也在其中。虽然职位和待遇有了提升，但他始终认为这是明升暗降，觉得自己受到了排挤，愤愤不平，几乎到了没有心思工作的地步。老兄，你们确定已经排除了自杀的可能性吗？"

"刘子昌是被人掐死的，毫无疑问是他杀。"

"如果是这样，还把我叫来干吗？第一，我和他只有一面之缘，心理诊疗前医生都会评估患者的自杀倾向，有过'前科'的你不会不知道吧？第二，你们该做的是好好调查被害者的人际关系！"

"例行询问嘛，毕竟最后一个见到死者的很有可能就是莫楠医师你了。"

"那也和我无关！"

"别这么说，或许莫医师可以为我们的调查方向提提建议……"

"你指的是在对你进行心理疏导期间，仅仅通过对案件的描述就知道犯人是谁的情况吗？"

"嘘！别说得太大声。让其他人听到的话，他们会看不起我的。"

"知道就好！别在这臭房间待了，或许我可以勉强听听案件的详细情况。"

莫楠一边捂紧鼻子一边在房间里走来走去。对于独居的人来说，一百平方米的三室一厅未免太过奢侈，而且从凌乱的生活用品、沾有些许霉斑的衣物来看，莫楠怀疑刘子昌是否具备基本的生活自理能力。

"哈哈，别看这个小区外表干净整洁，到了晚上路灯下还不照样围着飞虫、飞蛾什么的，尤其是夏天……"叶勇德收起笑容，从上衣口袋里掏出一本破旧的手册，"推断的死亡时间是今天凌晨两点左右，发现尸体则是在上午六点三十分。"

"六点三十分？未免太早了吧。"

"因为这个海德新村从今年四月份起就执行小区垃圾分类，可回收和不可回收垃圾分别储存、投放和搬运，还在每家每户的垃圾袋上都贴了二维码。这样一来，分类管理员就会上门对投放错误的家庭进行指导。"叶勇德咂了咂嘴，鄙夷地看着一片狼藉的客厅，"不知是故意的还是这位刘老师不上心，这几个月来，他丢弃的垃圾没有一次投放正确的,这让小区的垃圾分类管理员非常无奈。今早,他发现刘子昌昨晚将有害垃圾丢弃到了可回收垃圾处,决定再次上门对他进行分类指导,但怎么按铃都无人应答,而站在门外的管理员却能听见刘子昌家中的手机铃声,除此之外没有任何动静。他感到不对劲,就联系了物业,这才发现了尸体。"

"原来如此。发现尸体时死者是什么状态?"

"坐在椅子上。"

"哦?"

"确切地说,是坐在椅子上,身体背靠着卧室的窗子。"

"有关于来访者的线索吗?"

"不巧的是,小区的监控设备正处于维修阶段,并没有关于来访者的任何有效信息。因为被害者不喜交际,休息时间都会选择窝在家里研究动植物标本,所以在邻里看来,他就是个怪人。"

"既然是被掐死,那么凶手很有可能是男性喽?"

"不错,我们也正朝着这个方向展开调查。结果发现被害者朋友里并没有对他怀有明显恨意的,除了两位曾经向他借过钱的男性。"

"既然如此,凶手八成就在他们当中了——因为金钱往来的关系恼羞成怒,最后头脑一热、铸成大错的例子也不少呀。"

"如果真是这样倒也罢了,他们偏偏都有不在场证明。"叶勇德焦灼地皱着眉头,两条又弯又粗的黑眉毛像八字似的向下弯垂,"其中一位是他的同事,名叫夏瑜,案发时间正和几位朋友在卡拉OK包厢里唱歌,这已经得到了证实。不过,中途因为醉酒的关系在厕所蹲了三十分钟,朋友们打算离去时才发现他竟然在那里睡着了。"

"卡拉OK离这里多远？"

"大概只有一公里，跑步的话五分钟之内就到了。"

"他曾经来过被害者家吗？"

"来过，因为他们有共同的爱好，研究动物标本。"

"另一位也是教师？"

"不，是他的学生。"

"学生找老师借钱？"

"这点我们也感到不可思议。事实上，刘子昌平日里还兼职开辅导班，当然校方是绝对不允许的，因此只能私下指导几名学生。其中有一位名叫刘若凝的高三学生，平日里斯斯文文的，没想到几天前他女友居然被检查出怀孕了，若这事被宣扬出去，对任何一方的打击都是致命的。为此，那名男生恳求刘子昌，希望他能给予资金方面的援助。"

"说白了，就是支付堕胎的费用……"

"也许是刘子昌向来没什么人缘吧，刘若凝认为他一定能够守口如瓶。"

"昨晚那名学生一直待在家里吗？"

"嗯。案发期间，刘若凝人在家中，卧室的门关着，所以家里人认为他一定是睡着了。"

"那个名叫夏瑜的教师向刘子昌借了多少钱？"

"大约二十五万。"

"这可不是小数目……"

"他前不久才办了离婚手续，由于财产分割的关系，现在手头没有多少资金了，所以才会开口向刘子昌借钱。"

"因为刘子昌既不考虑结婚，也不为买房发愁吗？"

"哈哈，你说对了，而且刘子昌还不收夏瑜利息。"

"怎么看刘子昌都是这两位的恩人啊！"

"不过……刘子昌对他们都提出了一些要求。"

"哦？"

"他要求夏瑜义务性地为自己的实验提供帮助，例如，查阅参考资料，在实验室记录、监控。据说刘子昌对夏瑜的要求非常高，稍不满意，便会大发雷霆，甚至还用带有侮辱性的言语指责他。另外，刘子昌还经常让刘若凝利用学校实验课的机会，从实验室里偷出一些试剂，剂量一次比一次多，这点已经引起了校方的注意。"

"原来如此。找了半天就找到这两位可疑的人，深入调查后却又发现两人毫无疑点，可以说是没有任何进展了。"

"也、也不必说得那么直白嘛。好歹有些许收获……"

"哦？你发现什么了？"

"刘子昌的卧室……你不觉得有些奇怪吗？"

"哈哈，原来你也留意到了……你是说那尊福尔摩斯铜像吧？"

"不愧是具备瞬间记忆能力的人啊。你说得没错，一个脏兮兮的房间里，唯独书桌上这尊福尔摩斯铜像锃亮无比。说实话，我一开始只是好奇，并没有特别在意，然而到了早上七点三十分，这尊铜像居然跳出这样的机关——"

叶勇德小心翼翼地抱着福尔摩斯铜像："原本是叼着烟斗的名侦探形象，一到闹钟的设定时间，头部和猎鹿帽立即缩进身体里，取而代之的竟然是脸上挂着邪恶笑容的莫里亚蒂教授，还发出'咯咯咯'的笑声，真是尊恶趣味的铜像，不知是谁设计的！"

"老兄，你到底想说什么？"

"刘子昌在工作日设定的闹钟时间都是早上七点三十分，今天闹钟也毫无例外地响了起来。当我们看到莫里亚蒂教授时，也吓了一跳，他的头发上竟然沾有半干的黏液。"

"拿去化验了吗？"

"当然，那是雌蛾的费洛蒙。"

"费洛蒙？"

"嗯，雌性的蛾类有一种特异功能，就是在生殖的季节它的尾部能分泌一种费洛蒙，可以引诱一公里以外的雄蛾前来交尾，这是生物的一种生殖本能。可是我们找遍整个房间都没有发现这样的液体存在。"

"也就是说，凶手在犯罪之后，带走了盛放雌蛾费洛蒙的溶液？"

"我认为是这样的。而且，随着调查的深入，我们还发现刘子昌的卧室窗框的凹槽处以及窗台处零星撒有飞蛾的粉末。"

"蛾子的粉末？"

就在莫楠陷入沉思之际，鉴识人员向叶勇德汇报了鉴定结果。

"窗户上也发现同样的液体成分？"

"确切地说，在窗户内侧下沿部分，沾有少许雌蛾费洛蒙溶液，可以认为有人曾经擦拭过沾在窗上的液体。"

"哦？这可是个大发现。"莫楠双眉紧锁，额头上出现了三条"小波浪"，嘴角却透着一丝喜悦，"如果我猜得没错，案发现场的窗户是紧闭的？"

"没、没错……我为了通风散除异味才打开的。"叶勇德错愕不已，"医师，你又是如何知道的？"

"呵呵，老兄，容我卖个关子。"

"难道你已经知道真相了？"

"八九不离十吧。"莫楠再次露出傲慢的微笑,"不过可以给你一个提示。"

"提示?"

"第一,凶手为什么要带走雌蛾的费洛蒙溶液?第二,被擦得锃亮的福尔摩斯铜像的机关里为何沾上相同的溶液?第三,被害者卧室的窗户为何被关上?老兄,可以肯定的是,除了刘子昌的尸体,这儿还有好几具被杀害的小尸体呢……"

2

"你这是在干吗?怎么看起了小学生看的书?"

靳璐把冰镇的可乐递给莫楠。

"少啰唆,我在背台词呢!"

"什么台词?"

"哦,对了,还没告诉你……我要上电视了。"

莫楠头也不抬地盯着那本《少年童话》。

"哇!我能顺便露个脸吗?"

"作为三流话剧演员?"

靳璐鼓起了腮帮,说:"我知道了,连你也开始学隔壁的熊炜国,赚不干净的钱!"

"Bingo!而且我们将要联袂登场,时间是后天晚上七点半,现场直播哦。那家伙都混到专栏访谈去了,所以他决定找我做特别嘉宾一同出场!"

"太卑劣了,我不理你啦!"

"对了,门外那位晃来晃去的男人是刘颀伟吗?他最近好像不光是来找我看病的。"

"你猜错了,人家今天就是来找你的。"

靳璐心里明白,自从上次遇袭之后,刘顾伟每天一下班便会抽出时间来到"星光之岬"。

"找我?有什么事找我?"

"你不是答应人家破解所谓'童话的真相'?已经过了三天啦。"

"哦,对对,瞧我这记性!快叫他进来。"

刘顾伟礼貌性地敲了敲门,眼神中既含着怯意又有些许期待。

"看起来气色不错嘛。"

"哪里……请问,莫医师知道了那则童话背后的含义吗?"

"知道又如何?而且现在还不能告诉你。"

"为什么?您明明已经答应……"

"先不提这个了,我找你来其实是想跟你确认一件事。"

"什么事?"

"令尊真名是叫刘鑫,我说得不错吧?"

"您、您怎么知道?难道、难道,您已经找到家父了?"

"看来我的推理没错……关于令尊的事请不要着急,一切真相会水落石出的。"

说话一向无拘无束的莫楠忽然变得严肃起来,刘顾伟心中反而泛起了不好的预感,或许真相与他的期望恰恰相反。

"那么您能告诉我,您是如何知道家父的名字吗?"

"这很简单,自从你第一天把那则《光荣的荆棘王国》童话交给我时,我就知道了。"

"什么?"

莫楠将那本《少年童话》平摊到办公桌前,指尖明确地指向《光荣的荆棘王国》的主角——尼克斯·乌伊尔。

"还没发现吗？'NIX·UIL'颠倒首尾顺序后就变成了'LIU·XIN'，我发现这点，才急着翻阅当年的社会评论文献。果然，在颇具名气的撰稿人当中就有刘鑫的名字，他以文风犀利和取材严谨闻名。"

"天哪……还真是……"刘颀伟的嗓音颤抖得更厉害，好像有什么东西堵塞了他的咽喉，"这么一来……"

"这么一来，这则童话的背后正是令尊想要告诉我们的真相。"

第五章　电视台的演说

1

莫楠两肘拄在桌面，双手托着下巴，看上去身躯僵硬，严肃中透着不自然，和平常嬉皮笑脸的模样简直判若两人。或许是过度紧张的缘故，他的额上不时沁出豆大的汗珠，这一切都被现场的4K摄影机完美捕捉，工作人员不禁为他捏一把汗。今天的访谈节目是他们同莫楠的第一次合作，还不知道在"不按常理出牌"这点上，后者从未让人失望过。

"如今，托马提斯音乐疗法受到不少家长群体的青睐，身为知名的心理咨询师，莫楠先生对此有什么建议打算和大家分享呢？"

主持人开口询问。熊炜国与莫楠相对而坐，前者俨然一副学者模样，桌上摆放着红底白字的名片卡，在台下的观众看来，两位医师毫无疑问是心理疗法研究的泰斗。

"那个……没什么，我在想熊医师的新仪器是升级版的吗？"

"仪、仪器？是指托马提斯音乐诊疗时用到的头戴式耳机和播放器吗？"尽管主持人对莫楠风马牛不相及的回答有些错愕，但还是保持着职业性的微笑，相较之下熊炜国的笑容则显得有些尴尬。

"接下来,让我们看一段莫楠医师带来的诊疗视频。"

现场的音乐逐渐转为舒缓。

按照导播的计划,此处原本应由莫楠简单介绍诊疗视频完成过渡,但莫楠似乎忘词了,使得这个过渡有些生硬。不过,更让他错愕的事发生了,现场的大荧幕上并没有播放托马提斯音乐疗法的视频,取而代之的则是一幅怪异的水墨画。

图二　怪异的水墨画

"喂!这是怎么回事?"

导播摘下耳机,厉声斥责身旁的工作人员,但对方解释,一切都是按照莫楠医师事先交代的顺序播放而已。导播低声啐骂着,待他回过神来,直播现场又有新的突发状况。只见先前一派学者模样的熊炜国,突然咆哮起来,捂着头奔向观众席,现场一片哗然,已然陷入失控状态。

"老兄,别那么激动嘛。"莫楠淡定自若地来到荧幕前,"各位观众,我为方才同事的表现向大家说声抱歉。其实这幅墨渍图版就是罗夏墨迹测验。简单来说,不同人对墨迹的第一反应各不相同,有的人认为这是人体的一部分,有的人认为这是云雾,而我同事似乎认为这是某种动物,对吗?"

"快、快把这令人作呕的蛾子拿开!"躲到摄影师身后的熊炜国发出尖锐的咆哮。

"嘿嘿，多有得罪……原来在熊医师眼里，这片墨迹是飞蛾的形象？"

"那又怎样？"

熊炜国擦了擦镜片，重新走上台，然而主持人已经不知道说什么，现场俨然成了二人对决的舞台。

"恕我失礼，为什么熊医师立马就能联想到飞蛾呢？"

"因为我最讨厌这些小虫，不行吗？"

"哦，我以为和两天前患者死亡的命案有关。"

"你在胡说八道些什么？！"

熊炜国顾不上失态，双拳使劲捶着桌案。

"两天前的凌晨，某个小区发生了一起命案，死者正是前一天来访心理诊疗室的患者，他得了重度强迫症。命案现场的卧室可以说是一片狼藉，唯独一尊锃亮的福尔摩斯铜像显得非常突兀。大家请看……"莫楠朝工作人员比了个手势，屏幕上的画面立刻切换为他所说的福尔摩斯铜像，"这尊铜像有个有趣的机关，就是一到设定闹铃的时间，铜像的头部会缩回，取而代之的是福尔摩斯的宿敌——莫里亚蒂教授的形象。根据警方的鉴识，铜像内残留有雌蛾的费洛蒙溶液，这种溶液甚至可以引诱一公里以外的雄蛾前来交尾。奇怪的是，凶案现场竟没有发现盛放溶液的容器。唯一的解释就是这个容器被凶手带离了现场。"

"莫医师，您所说的事件究竟和熊医师有什么关系呢？"主持人疑惑地问道。

"别着急，很快就说到重点了。"莫楠胸有成竹地挥了挥手，"因为这名死者的性格原因，人际交往的圈子近乎零。再者，根据陈尸的地点来看，凶手肯定是个与他熟识或是他信任的人，否则凶手不会顺利地进入死者的卧室。接下来，我要说明的是本案的关键。"

屏幕立刻切换成三张命案现场的图片，分别是窗框凹槽处的飞蛾粉末、关于窗户内侧下沿部分液体成分的检测报告以及命案现场的示意图。

"根据警方的鉴识结果，不仅是那尊铜像，就连窗户内侧下沿部分也含有雌蛾的费洛蒙。这说明什么呢？在凶手掐死坐在靠背椅上的被害者时，奄奄一息的他在情急之下将死亡讯息喷洒在身后的窗子上，因为他深知喷洒的溶液会吸引路灯下的飞蛾，因此被害者使出浑身解数用头顶开了窗子。不明情形的凶手直到雄性飞蛾飞进房间，才将被害者死前留下的信息拼凑成型，明白被害者的意图。情急之下，凶手杀死了飞蛾，所以窗框凹槽处才会残余飞蛾的粉末。"莫楠淡定地揭开桌案上那瓶果汁的瓶盖，喝了几口后继续说道，"那么，问题来了——为什么被害者情急之下会使用雌蛾的费洛蒙来作为死前留言的工具呢？"

"因为他正在研究动物标本，刚好凶手闯了进来？"台下的一位观众一本正经地举起手。

"不，卧室的桌上没有动物标本，而且现场的其他动物标本并没有被移动过的痕迹。"莫楠答道，"在这里再提出一个疑问，凶手是被害者信任的人，但不论多么信任，面对迎面而来的攻击总会有所反抗才对，可是本案中被害者并没有这类行为。为什么呢？我们不妨猜测，被害者那时正陷入一种无法反抗的状态——比方说，闭上眼、戴着耳机、听着莫扎特的音乐——我说的是他正在接受托马提斯音乐诊疗。"

"一、一派胡言！"

熊炜国怒不可遏，他声嘶力竭地朝莫楠发出怒吼，就像要消灭这个敌人一样。

"老兄别激动，我只是打个比方。让我们继续回到先前的问题，既然陷入了无法反抗的状态，那么被害者为何还将雌蛾的费洛蒙溶液放置在触手可及的地方呢？我们不妨再做出假设，被害者这一做法正是针对凶手的。"

"针对凶手？"主持人提出疑问。

"对。比方说，凶手是个恐惧飞蛾的人。被害者通过在凶手身上泼洒溶液，达到恶作剧的效果。行凶时，凶手无意间碰倒盛放雌蛾的费洛蒙溶液的器皿，溶液泼洒在那尊福尔摩斯铜像上，凶手只顾着擦净铜像外表，却未能发现其中的机关。在这之后，他关上窗户，并杀死了飞入现场的飞蛾。不过，下一个问题又出现了，既然凶手惧怕飞蛾，那么在这紧要关头又是如何杀死它们的呢？刚才已经提到了，此时卧室内的飞蛾已经拼凑出了死前留言的形状，凶手一定非常紧张，在这样的状态下，绝大多数人都会选择使用最快捷、最有效的方法杀死那些飞蛾吧，比如，用随身携带的某样物品？"

"那是什么？"

"死者房内并没有任何东西丢失，因此，杀灭飞蛾的道具一定来自凶手本人。"莫楠对着熊炜国露出狡黠的笑容，"熊医师，您诊疗时使用的播放器为何突然换了一台？"

现场一片哗然，所有人的目光齐刷刷地朝向熊炜国。

"我高兴换就换，这能当作证据吗？"

"那么，原来那台呢？"

"早就丢了。"

"丢在哪里？"

"不知道。"

熊炜国烦躁地扯着领口。

"丢在小区的垃圾箱内，对吧？"

"难道你……"

似乎是为了吊足观众的胃口，莫楠缓缓地从公文包里取出一个被包在密封袋内的十寸超薄播放器。多亏四个月前小区出台垃圾分类实施细则，所有住户丢弃的垃圾袋都被贴上了二维码。我想，利用这玩意儿拍灭窗上飞蛾的你，一定会把播放器和粘着的飞蛾小心翼翼地包裹在袋子内。由于对飞蛾恐惧的心理作祟，你不可能将它带到其他地方丢弃，所以，通过搜查小区内没贴二维码的生活垃圾，不费多大工夫就找到了这玩意儿，这也是这宗案件决定性的证据。顺带一提，曾经被纳入警方考量的两位嫌疑人，其中一位是与被害人一同研究动植物标本的教师，根本不惧怕飞蛾；另一位只是学生，还有不在场证明，当推理出凶手具备的特征时，他们已然被排除在嫌疑人名单之外。"

"熊医师……他为什么要杀害诊疗室的患者呢？"主持人不解道。

"因为这本登记簿。"莫楠将"星光之岬"前台的登记簿影印本翻到刘子昌造访当日的页面，当然，被害者的姓名和诊疗室的logo都事先被处理过，"如大家所见，登记簿上只记载着患者姓名、联系电话、主治医师等信息。巧合的是，当日下一位来访者刘先生因为内心恐惧产生排斥心理，并没有如实告知来访原因，更没在登记簿上写下自己的信息，而是以'误认为咖啡馆'为由打算离开……在凶手燃起杀机时，知晓后一个刘先生身份的唯一方法便是查看登记簿，可是，他误将刘子昌当作目标。通过留下的手机号码拨通被害者的电话后，告知自己主任医师的身份，免费为对方介绍新的托马提斯音乐疗法。在交谈中，他向被害者透露了自己厌恶路灯下的飞蛾,因此,被害者产生了恶作剧的念头,谁知这一举动反倒成为指证凶手的最佳证据。更让凶手没想到的是,第二天刘先生生龙活虎地出现在他面前。知晓自己犯下巨大的错误后,他转而威胁与刘先生一起喝下午茶的女孩,并跟踪尾随、伺机下手,其实他真正的目标从始至终都是另一位刘先生。我说得对吗,老兄?"

尽管此时的熊炜国已经狼狈不堪,但他还能够勉强挤出几个字:"我凭什么要杀害初次见面的人?"

"因为那则童话啊。"

"童话?"

主持人疑惑地皱了皱眉头。下一个瞬间,屏幕立即切换到刘顺伟提供的那则童话——《光荣的荆棘王国》。

2

"如何?怎么看都是一则悲壮的童话吧?这是十五年前,刘先生的父亲撰写的首篇童话,也是最后一篇。刘先生的父亲名叫刘鑫,若是喜欢读书看报的老读者一定会有印象,他是一名自由撰稿人,也是一个知名的社会评论家。他于十五年前离家出走后,便杳无音讯,唯一留存世间的,就只有这则名叫《光荣的荆棘王国》的少年童话。聪明的观众一定能发现其中的有趣之处——故事的主人公'尼克斯·乌伊尔',将英文'NIX·UIL'颠倒首尾顺序后就变成了'LIU·XIN'。当时,发现这点的我,如同插上了幻想的双翼,不禁开始怀疑这则故事是否隐藏了重要的信息。难不成在十五年前,刘鑫遭遇了什么困境,所以只能通过这种方式像大家传递某些真相?"

"确实如此！可背后的真相又是什么呢？"主持人问道。

莫楠故意清了清嗓子，开始发表演说。

"十五年前，也就是二〇〇三年，对于在座的各位来说，一定无法忘记那场波及全国甚至全世界的巨大灾难——SARS。在这场斗争中，全国三百四十九人因感染病毒而死亡。光是这样的数据根本不足以描述当时的气氛：恐慌、抢购、谣言、严防死守……在那之前，历史上从未有过如此大规模的疫情。但是，就在这本应齐心协力抗灾的当口，偏有卑劣之人打起了小算盘。在二〇〇三年春节后，各种谣言可谓铺天盖地。鞭炮商贩为了敛财，制造'烧香放炮防SARS'的谣言蛊惑民众，一时间全国各地的鞭炮声不绝于耳，几元的鞭炮被卖到几百元；熏醋、喝绿豆汤能够驱逐SARS的谣言想必大家都曾经有所耳闻，其实在这背后隐藏了利益集团的炒作，将囤积已久甚至已经发霉的绿豆高价出售，赚得盆满钵满……他们就是利用民众'宁可信其有'的态度，达到不可告人的目的。"

"可您说的这些又与童话本身有什么联系呢？"

"刘鑫撰写这则童话的时间点便是SARS暴发的二〇〇三年年初，面对如此巨大的灾害，离家出走的他未曾与家人联系过，这不是很奇怪吗？因此，我们不妨做出假设，刘鑫是不是陷入了某种封闭状态，比方说——到了某个无法与外界联系的地方。"

"他因为受到感染而被隔离了？"

"如果是这样，医务人员一定会协助他联系家人，确认感染情况。"莫楠答道，"最大的可能性，便是他来到了一个强制不能与外界联系的地方。例如，一个遭受管制的小村落。"

"他去那里做什么？"

"刚才提到，刘鑫先生是知名的社会评论家，为了撰写真实的稿件，常常亲临险境。只是他万万没想到，造访K村成了他最后一次冒险。"说罢，莫楠转过身对着屏幕念道，"在童话故事中，铁皮人请求尼克斯·乌伊尔提供对付村外稻草人的道具——绿色的智慧药丸、火药、荧光粉和熏香。主人公无论如何也没想到铁皮人是在利用自己，它先用熏香引起城外稻草人的注意，将稻草人聚到了一起，紧接着向城外喷洒荧光粉，让稻草人在黑夜里也无所遁形，最后利用大火把稻草人一举消灭，最终世外桃源般的城市沦陷为铁皮人的天下，主人公被讽刺地封为'开国元勋'，遭到铁皮人的软禁。读到最后，我的背脊不禁泛起阵阵凉意，文中所提及的四样物品莫非是指处在SARS谣言风暴中心的绿豆、鞭炮、喷雾以及熏醋？"

现场再度沸腾起来，主持人示意大家安静后，问道："莫非刘鑫先生想要告发村中有人借机敛财的事实？"

"不错。在刘鑫的童话故事中，稻草人将感染者分离，指的是非典期间的临时隔离站，铁皮人则指代病毒感染者。关于最后铁皮人将稻草人一举消灭的桥段，大家可以看看当年这则新闻。"

接着，屏幕上显示二〇〇三年三月的《F晚报》——

火烧隔离站 五村民被判刑

H省G县人民法院于2003年3月29日依法对一起聚众扰乱社会秩序，暴力妨害防治非典工作案件进行一审公开审理，被告人赵某等五人分别被判处有期徒刑。

3月1日，G县人民政府根据全县非典疫情状况，依法决定临时征用G县K村的雄风宾馆，作为疫情医学观察隔离站，当日将部分医务工作者和被隔离者安置在观察站内。3

月11日下午2时许，K村数百名群众陆续在宾馆聚集，赵某高喊煽动口号，进入宾馆内击鼓喧闹，与执勤民警爆发冲突。村民将玉米秸点燃，砸坏警车。G县人民法院依据《中华人民共和国刑法》有关规定，以聚众扰乱社会秩序罪和放火罪，数罪并罚，赵某等五人分别被判处有期徒刑。

"SARS前后，农村与城市间的通信纽带可以说发生了翻天覆地的变化。SARS之前，农村与城市的消息传递十分不畅，失真度高；SARS过后，政府采取了一系列措施加强两者之间的通信，医疗设施也得到很大的改进，使今后遇到类似灾害时有了预警措施。然而，在SARS期间，不少村子肆意散布谣言，将SARS疫情视为'鬼神作祟'，并鼓动村民高价抢购'驱邪道具'，借机敛财。据调查，K村在SARS期间感染病毒者颇多，然而在这关键节点，K村的村长却联合一伙儿商贩招摇撞骗，以'教主'驱邪、作法等迷信手段向村民高价贩售大量囤积的鞭炮、绿豆、白醋等产品。极具正义感的刘鑫冒着生命危险潜入教主住处，可惜在找寻犯罪证据时不幸被教众发现身份，遭到软禁后被活活饿死。'教主'还鼓动不明真相的村民火烧隔离站，带出被隔离在内的感染者，进而引发全村大面积遭受SARS感染的事件。由于遭到封禁，身处危险境地中的刘鑫只得将亲眼所见改编成了童话《光荣的荆棘王国》。不出所料，信件通过了监视者的检查，以投稿的方式寄往《少年童话》杂志。人们一定未曾想到，颇具悲壮色彩的童话，其背后竟是来自社会评论家的控诉。"莫楠涨红着脸，激动地说道，"有谁能料到，当初兴风作浪的利益集团里，竟有人摇身一变成为心理咨询专家，并以全新的身份活跃在社会大众面前，继续疯狂的敛财计划！熊炜国，当你知道造访诊疗室的刘先生的父亲就是当年活活被你们迫害致死的刘鑫时，一定惊讶不已，对吧？更让你想不到的是，患了'彼得·潘症候群'的他，无时无刻不在寻找父亲的下落，那是他唯一的寄托。在诊疗期间，刘先生还将那则意味深长的童话交给了我。若有朝一日，刘先生破解了童话的秘密，顺水推舟查出当年迫害刘鑫的幕后黑手，对苦心隐藏身份的你及你身后的利益集团将会是巨大的打击。一旦秘密被揭穿，损失的利益将是无法估量的，所有参与者都将会身败名裂。因此，你毫不犹豫地制订杀害刘先生的计划，却没想到自己的罪行遭遇乌龙。十五年后，又一条无辜的性命惨遭杀害……"

终　章

"什么？居然没有播出？"

翌日，莫楠兴致勃勃地打开早已预约回看的电视节目，然而出现在荧幕上的并不是《健康V讲坛》，而是一连串广告。

"是哦。听说在讲座播出之前，这档有广告植入的养生类节目就已经引起有关部门的注意。几乎在你揭发熊炜国罪行的同时，电视台接到上级指令中止直播，所以观众只有现场的三十个人哦。"靳璐正戴着口罩，踩在梯子上打扫凌乱的诊疗室，嘴里发出含混不清的声音，"不过，昨天的莫大医师真的很帅气呢！"

"完了、完了，亏我在那家伙面前装疯卖傻，告诉他我对童话一点儿兴趣都没有。早知如此，我干脆拿着这些证据敲诈他一笔得了！"

"啊？怎么这么说？"靳璐差点儿从梯子上跌下来。

"正所谓'群众不善推理，却急于采取行动'[①]，关闭这类蛊惑性的电视节目并不能解决根本问题。换句话说，此时此刻再开一档《健康V讲坛》栏目，依旧会有不少人争相购买他们推销的保健品。解决问题的唯一途径是真正的权威人士迅速深入地调查考证，判别信息的真实性，才能引导群众做出正确的决策。"

[①] 出自法国社会心理学家勒庞（Gustave LeBon）的名言。

"照我看,把那些愚弄百姓的投机者枪毙了都不为过。"

"对了,那个傻小子现在还经常来见你吗?"

莫楠从冰镇的可乐里夹出亮晃晃的冰块,大口大口地嚼起来。

"嗯,一有空就来。"靳璐的脸蛋微微泛红,"在他得知父亲早已离世的事实后,好长时间一言不发……表哥,你得让他重新振作起来呀。"

"呵呵,或许对他而言,你才是最好的医生。"

第二话　计数强迫症

序　章

　　需要开冷气的日子渐渐多起来，整座城市夏意渐浓。
　　这天是端午节，按照习俗，人们会插艾草、吃粽子、赛龙舟。因为龙舟池的周边是一座座与学校相连的学村，所以没有课的学生们把赛场里里外外围个水泄不通。
　　"小顺，等等我，别走那么快呀。"
　　靳璐一边抱怨着一边快步追赶刘顺伟。她今天依然将秀发扎起垂在胸前，身穿纯白的衬衣，配上相同颜色的短裙，露出一双轻巧的美腿。
　　"都说了今天出门别穿高跟鞋，这下知道错了吧？"
　　刘顺伟早已伫立在岸边，靳璐好不容易拨开人群，可迎来的却是他的冷嘲热讽。
　　"正因为人多，穿上它才不用踮脚尖。"
　　靳璐朝起点望去，一个个身强体壮的船员严阵以待，龙舟的龙头也和船员一样，昂首挺胸，有着奋勇向前的豪迈气概。随着惊天一响，一条条"蛟龙"冲出起点，争先恐后地向终点冲去。河面上顿时鼓声大作，船员们呐喊的口号也格外响亮。
　　船员们紧握着桨，桨急速地上下翻飞，他们的双瞳如火花一般闪射，河面上正爆发一场激烈的争斗。有的船遥遥领先，有的则被落在了后面。渐渐地，船离终点越来越近了，靳璐不停挥舞着双拳，为他们加油呐喊，而在她身旁的刘颀伟则双手插着裤兜，目不转睛地盯着眼前的女孩。自从在"星光之岬"初次见面后，刘颀伟就对她产生了爱慕之情，往后的日子里，他一有时间，便会造访"星光之岬"，或是去社区剧院欣赏靳璐的话剧表演。

刘颀伟心里琢磨着，目前二人的关系应当是朋友以上、恋人未满，对待任何事物都谨小慎微的他，甚至还没有向靳璐认真地表达情感。每回约会一到关键时刻，他的内心就会不由得打起退堂鼓，事后才暗自懊恼。

——一定要突破这层关系。

刘颀伟对自己说道。

突然，现场爆发的一阵热烈欢呼声打破了刘颀伟的思绪。

"喂，你看到了吗？四号还是一号？"

"啥？"

"我是说，你有没有看到哪艘船先过了终点？"

靳璐以为刘颀伟没有听到她说的话，所以抬高了嗓音，谁知刘颀伟根本对比赛情况一无所知。

"……没有，它们划得那么快，根本来不及看清。"

"真是的，白长那么高了。"靳璐揶揄道。

没过多久，裁判组公布了比赛结果，最终四号船以零点三秒的优势获得一年一度龙舟赛的冠军，所有队员披着战袍站上了领奖台，在场的观众们爆发出热烈的喝彩声。

"真不容易，它们几乎同时抵达终点，裁判回放了五六次视频才最终确认结果。"

"的确，如今这个时代，人们对时间越来越严苛了。"

观看完龙舟赛，二人漫步在龙舟池至学村的文学小径，一路都是由鹅卵石铺筑的道路，身旁的亭子、花草丛中的牌匾纷纷嵌刻着很有意境的古诗词，那些精致典雅的文字仿佛能让浮躁的内心沉静下来。

文学小径虽然让游客印象深刻，却终究只是一条小径。没几分钟，二人便穿过它，来到公交站前。站牌的电子显示屏上是"关于矫正二十条线路公交时刻表"的通知。

"你瞧，如今甚至连公交车都有了自己的时刻表。"刘顾伟一边感慨，一边对着站牌找寻能够抵达"星光之岬"的线路。

"可是，这样的时刻表真的准确吗？毕竟不像火车，一路上公交车随时可能发生不可预估的事件。"

"据说这样的公交时刻表是山东济南最先推行的。公交总公司通过大数据分析行驶在城市的公交车，承诺若干条线路到站时间前后误差不超过一分钟。"

"这我也听说了。前阵子，还有关于乘客候车最大忍耐度的新闻报道。咱们国家的乘客平均忍耐时长大概是二十分钟，比欧美发达国家要长得多，也就是说，公交服务方面还有很大的提升空间。从另一个角度看，有了公交时刻表，才有考核公交服务优劣的依据。"

等待了约五分钟，二八〇路公交车终于到来。玩了一天的靳璐一上车便捂着嘴打起哈欠，两分钟不到，便静静地倚靠在刘顾伟身旁睡着了。即将抵达"滨海纪念馆站"时，刘顾伟叫醒了靳璐，两人穿过步行街，来到"星光之岬"门前。正当刘顾伟思忖着今天的约会又像往常一样毫无进展地告一段落，心中泛起一阵落寞时，却发现一名瘦削的男子在门外踌躇不前。他看起来有些神经质，手里那册薄薄的记事本被他攥成了拱形，干燥的双唇还在一张一合地不知嘀咕些什么。

"这位先生,请问有什么可以为您效劳的吗?"靳璐彬彬有礼地问道。

第一章　计数强迫症

计数强迫症——见到特定的某些物体（如数目、电线杆、台阶、牌照等），就会不能自已地计数，如果不这样做，就会感到焦虑不安。

"呃，你希望怎样开始呢？"

刘顾伟将莫楠送到"星光之岬"后，先行离开。见到来客，靳璐也不敢怠慢，她急匆匆地换上工作服，沏好茶水，却瞧见莫楠今天依旧无精打采，挂着熊猫眼，一脸倦态。

自从刘顾伟带来的《光荣的荆棘王国》引发一连串事件后，"星光之岬"已经有很长一段时间没有物色到合适的心理医师了。即便其中有几位通过了面试，但他们没上岗多久就辞职走人，一方面是对试用期的薪资感到不满，另一方面则是无法忍受他们的同事莫楠古怪的行事风格。因此，这段时间，莫楠正深刻检讨，试图消磨处世的棱角，不轻易展露自己的毒舌。

"医生的意思是……我为什么来这儿？"

"没错，就是这意思。你想和我聊些什么？切记，长话短说。"

莫楠怏怏地打起了哈欠，原因是他正在准备心理咨询师的考试。不过，靳璐深知，在他面前提及这件事是个禁忌。毕竟，备考十年还没拿到证书不是什么光荣的事。

"我叫闫子帆,以前是一名速记员,后来因为受不了工作压力辞了职。其实,这次造访的目的……我也不太清楚,就是最近的生活有点糟。"

"我认为,一定有什么令你纠结的事?"

"准确地说,我想我患上了某种强迫症。"

"很好。我希望我们之间的谈话能够简洁明快。"莫楠摩挲着下巴,仔细打量眼前这名男子。他年纪四十上下,眼神飘忽,来回搓动着双手,这表明其神经质的特点,莫楠追随着对方的眼神,他发现闫子帆的眼神不是简单地掠过,而是正在记录着什么。"您好像对我的办公室感兴趣?"

"U0093847K709。"

"你在说什么?"

"这是您胸牌上的编号。"

"刚才你记录下的内容应该不止这些。"

"嗯。"闫子帆面无表情地说道,"医师放在办公桌上的那本心理学教材ISBN号是978750628753X;喝了一半的可口可乐的生产日期是2018年6月20日;电脑显示屏贴着的标签上的序列号是I-7807;刚才门外经过两辆车的车牌号是闽D35878D、冀F756066;对了,刚才递给我的红茶杯托上有着一圈数字装饰的logo,上面的数字是235829759879……"

"哇!这是瞬间记忆吗?简直是天才!"

靳璐的称赞并没让闫子帆感到一丝愉悦。

"可我记下的只是数字而已……"

"你觉得自己患上了计数强迫症?"

"没错,一定是这样的。"突然,闫子帆开始狂躁起来,他扯着嗓子，仿佛被掐住脖颈似的，"莫医师，您一定要救救我！不管在哪里，只要我看到数字就会下意识地记下来！车牌号、序列号、台阶数、流水号……前一秒自己还在想其他事，但只要一看到数字，思维就会突然停滞，强迫自己牢牢记下眼前的数字……我真的、真的受够了！"

"你先冷静一下。这种情况不论心情好坏，都会发生？"

患者歇斯底里的情形在莫楠看来已经见怪不怪，他依然神态自若。

"是、是的……前段时间，我在网络上看过几位医师的视频讲座，但那些人分明都是江湖骗子！"

"这种情况持续多久了？"

"从我辞职开始，应该有五六年吧。"闫子帆答道，"后来我在金枫园二期租了一套两室一厅的房子。虽然这样能够让自己避免与外界接触，少了许多麻烦，但一个人待着容易想些不该想的事，几天前，我甚至考虑弄瞎自己的双眼，这样一来，我就不会被眼前的数字左右了。"

"我想，你应该感到庆幸，今天来到了'星光之岬'。"

"这么说，医师您有根治强迫症的方法？"

闫子帆的目光顿时点燃希望之火，在他眼里，莫楠或许就是那个能将他从绝望中拖出来的人。

"这得取决于你提供的信息是否充分。"莫楠清了清嗓子，目光变得严厉起来，"闫先生，除了计数外，你注意过头脑中有没有一种让你很烦恼的念头，而你为了驱除这个糟糕的念头不得不采取行动？我的意思是，你有没有忍不住反复清洁什么，或者睡觉前总要一遍遍地检查房门？"

"没有。"闫子帆顿了几秒，再度确信，"我想没有。"

"那么……会不会刚洗过某件物品,但仍然认为它很脏,需要再洗一遍?"

"也没有。"

"只是对数字敏感?"

"是的。"

"很好。"莫楠微微颔首,"为了避免共情缺失①,我还想再问一句,闫先生是一个人居住?"

"是的。毕业后从事的速记员工作让我觉得压力很大,也没有找对象的闲心。"

"多久没出门了?"

"……如果指的是出金枫园二期的话,我想大概有三四个月了。"

"这么说,今天是鼓起勇气才来这儿的?"

"嗯。我在报纸上看到了新闻报道。再者,'星光之岬'离金枫园二期也不远。"

"有尝试着出门跟朋友玩吗?"

"我没什么朋友。虽然我是北方人,但大学是在这儿念的,毕业后就当上了速记员,一天到晚跟在领导身后一本正经地拿着笔在记事本上挥舞。虽然收入不低,不,甚至比一般工薪族高个两三倍,但这样的生活我无法忍受。"

"也就是说,现在还依靠几年前的收入过活?"

"嗯。不过最近积蓄眼看就要见底了……想必如今心理治疗费用很高,所以我提前向别人借了一笔资金。如果痊愈了,就马上继续工作。"

---

①共情缺失指的是由于医师对患者问题的误解,导致心理治疗无果而终。

"那借钱给你的父母知道你如今的处境吗?"

"莫医师您误会了。"闫子帆抿了一口茶,摇摇头继续说道,"我的父母早就不在了……是向邻居借的。"

"邻居?"

"嗯。她是一名上班族……好像是在公交公司上班。我们是老邻居,低头不见抬头见。所以,在来'星光之岬'前,我向她借了一笔钱,心想无论如何也得把强迫症治好。"

站在一旁的靳璐不禁思忖道,闫子帆的财政赤字应该也是原因之一。

"闫先生平时喝酒吗?"

"不能说是经常,但有时会用酒精麻醉自己。"

"啤酒还是红酒?"

"都有,偶尔喝点儿白酒。"

"喝多少?"

"不多,啤酒的话……一周大约喝一两次,一次两三瓶。"

"遇上什么烦心事,就会考虑用这样的方式解决吗?"

"多多少少吧。"

"如果我的判断没错,闫先生最近遇上的烦心事不止这一件吧?"莫楠狐疑地问道。

闫子帆吃了一惊,浅浅的眉毛瞬间扬了起来。

"莫医师,您真厉害!不瞒您说,最近的确有件事一直让我烦心。"

"早这样说不就得了?"莫楠怏怏的眼神终于透出一丝亮光,虽然看上去毫不在意,但他预感靠近了问题的核心。

"因为也许在您看来是鸡毛蒜皮的小事……但我……"

"别婆婆妈妈的,究竟是什么事?"

与其说莫楠的语气不耐烦,不如说他控制不了激动的情绪。

"是公交车。"

"公交车?"

"对,从去年开始,我发现透过卧室的窗子刚好可以看到小区外的公交车站,因此,我三百六十五天如一日地记录一辆公交车抵达车站的时间。"闫子帆搓揉着手心,试探道,"莫医师,您一定觉得很无聊吧?"

"真是太无……不,您究竟发现了什么问题?"

"我所说的这辆公交是去年刚开通的二八〇路社区公交,从起点站到终点站行程所花费的时间大约是五十五分钟。这一年来,经过金枫园二期站的时间几乎从来没有严重偏差过。"

说罢,闫子帆终于将记事本展示在莫楠面前,扉页便是该路公交的站点路线图(图三)。从第二页开始,满满都是二八〇路经过金枫园二期公交车站的时刻。

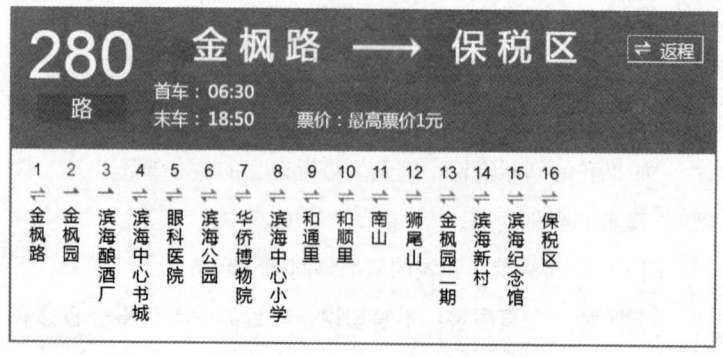

280路	金枫路 → 保税区		⇌ 返程
	首车:06:30 末车:18:50	票价:最高票价1元	

1	2	3	4	5	6	7	8	9	10	11	12	13	14	15	16
金枫路	金枫园	滨海酿酒厂	滨海中心书城	眼科医院	滨海公园	华侨博物院	滨海中心小学	和通里	和顺里	南山	狮尾山	金枫园二期	滨海新村	滨海纪念馆	保税区

图三 二八〇路公交路线图

"最近发生了一桩怪事。"闫子帆煞有介事地凑到莫楠面前,"有一天,这辆公交每个班次的到站时间居然偏差了将近十五分钟。"

"耿耿于怀的话，去问公交公司不就得了？"

"这正是让我无法释怀的地方！我前后打了三次电话，公交公司的排班人员都以近乎相同的口吻回复我，二八〇路公交准点发车，不存在超时延误，每个站点的到站时刻误差也在容许范围内。"

"他们真是这么说的？"

"是的。因为对数字特别敏感，这件事就如同骨鲠在喉，一直让我无法释怀。若公交公司那边没有问题，那么一定是我病入膏肓，出现幻觉了。"

"闫先生，若您提供的情况属实，这件事可比刘顾伟那小子的童话故事有趣多了。"

莫楠嘴角微微上扬，先前的倦态似乎一扫而空。

第二章 时刻表之谜

"莫医师，您看，就是这天。"闫子帆指着记事本上一列工整的数字（表1），神秘兮兮地说道。

"六月六日？"

表1 闫子帆记述的二八〇路公交途经金枫园二期车站
（金枫路→保税区方向）时刻表

6月2日	6月3日	6月4日	6月5日	6月6日	6月7日
7:12	7:11	7:12	7:10	7:23	7:09
7:44	7:42	7:43	7:44	7:55	7:45
8:10	8:10	8:13	8:11	8:21	8:10
8:38	8:39	8:34	8:33	8:50	8:38
9:09	9:05	9:05	9:11	9:19	9:09
9:46	9:39	9:46	9:41	9:58	9:43
10:15	10:17	10:18	10:17	10:29	10:17
10:45	10:45	10:43	10:45	10:59	10:45
11:12	11:18	11:15	11:12	11:27	11:12
11:44	11:48	11:46	11:46	11:59	11:44
12:07	12:07	12:15	12:12	12:25	12:08
12:47	12:45	12:47	12:42	12:58	12:44
13:11	13:13	13:13	13:14	13:25	13:11
13:46	13:46	13:45	13:44	13:56	13:46
14:12	14:17	14:17	14:15	14:20	14:15
14:47	14:48	14:42	14:47	14:57	14:44
15:18	15:17	15:20	15:18	15:30	15:13
15:50	15:52	15:52	15:52	15:59	15:48
16:10	16:14	16:10	16:07	16:23	16:15
16:49	16:44	16:42	16:49	16:59	16:46
17:19	17:21	17:22	17:19	17:30	17:15
17:52	18:00	17:55	17:53	18:15	17:52
18:18	18:22	18:23	18:13	18:37	18:21
18:45	18:40	18:41	18:44	19:00	18:45
19:22	19:15	19:22	19:25		19:25

"对。您没发现这一天的到站时间与其他日期相比,都有不同程度的延误吗?十五分钟未免也太夸张了,不管怎么想都太不合常理。"

莫楠着重看了看闫子帆提供的时刻表,他一笔一画、工工整整地记载着六月六日二八〇路公交抵达金枫园二期的时刻。确实如他所说,除去末班车外,二八〇路公交自始发班次开始,几乎所有车次的到站时间都比其他任何一天迟了十五分钟左右。不过,若是换成一般人,这样的偏差在庞大的时刻表数据里就像在一片葱茏中,有一片叶子的颜色稍淡一些,但并不惹人注目。

"闫先生,我看过国外不少关于类似状况的案例,有人喜欢记录某一档节目的开始时间和结束时间,也有人喜欢扒开抽纸包装数里面的抽数,尽管事实上这么做毫无意义。我想,也许六月六日是什么特殊的日子,造成公交始发时就延误了几分钟,这样的偏差层层叠加,直到经过你所居住的金枫园二期……"

"绝对不可能。"闫子帆的语气透着坚定和不容置疑,"六月六日和六月七日,我分别致电询问过公交公司的排班人员,他们非常肯定每一车次的始发站和抵达终点站的时间都没有任何超过容许范围内的偏差。"

"他们的容许范围是多少?"

"十分钟以内。"

"我注意到一个很有趣的问题。如果没有记载疏漏的话,最后一班公交反而提前到达了金枫园二期,你确定之后再也没有二八〇路公交经过?"

"非常确定,我一直等到了晚上九点。"

"真佩服你的毅力啊。"莫楠若有所思地望着诊疗室墙上挂着的时钟,现在是下午三点十一分,忽然,一个念头从他脑海中一闪而过,"闫先生记录时,是对着时钟还是手机显示屏上的时间?"

"不一定,有时对着钟表,有时看手机。"

"有没有这种可能——六月六日当天,你参照的时间出了问题?"

"不可能。而且,我还开着电视,和电视新闻报时核对过,准确无误。"

"天天如此?"

"是的。"

"六月六日那天有没有发生什么异常情况?"

"莫医师,您到底还是不相信我……"闫子帆又是摇头又是叹气,脸皮皱着像个苦瓜,"当天除了房东先生找我收房租外,没有其他特别的。再说,他来的时候已经是下午两点半了,和我所关心的问题根本八竿子打不着。"

"误会、误会!并不是我不相信你……"

正在一筹莫展之际,忽然传来一阵嘶哑的响声,"星光之岬"的大门被一位壮硕的年轻男子打开,室外阳光也跟着照了进来。虽然背着光,但莫楠通过来者的体格一下就认出了他的身份。

"叶——勇——德!今天是什么风把您吹来了?"

莫楠夸张地打着招呼,就像多年不见面的老友一样。闫子帆也循声转过头去,视线恰好与叶勇德撞个正着,虽然与叶勇德素不相识,但他紧绷的面部透着威严而不可侵犯的气场,俨然一副秉公执法的刑警模样。

——或许,他真的是刑警。

闫子帆暗自嘀咕。

"老兄,我这次不是来找你的,而是有事想请教这位闫先生。"

"你找他？难不成连警察也开始跟我抢生意了？别忘了，你也是在我这里挂过号的。"

"少贫嘴。"叶勇德看上去并没有和莫楠闲扯的打算，而是将警察证件展示在闫子帆面前，"闫子帆，我们认为您与一起谋杀案有关，请随我回去配合调查。"

第三章　1/2 的嫌疑人

"谋杀案？你没搞错吧？我看这家伙连只蚂蚁都不敢踩，怎么可能会去动手杀人？"

"老兄，我只说闫先生与一宗谋杀案有关，哪里说他杀人了？"

"啊……我知道了，从刚才开始你们就在跟踪他，对吧？"莫楠往窗外扫视了一圈，外头的确停着两辆警车，"你现在赶时间吗？"

"正准备带他回去调查。"

"如果我以诊疗的名义强留他，算是干扰警方办案吗？"

"好吧，我知道你的意思。"叶勇德无可奈何地掏出上衣兜里的记事本，"还是到我车里聊比较节约时间，我们正准备前往被害人的住所。"

"巧了，我也不喜欢拖泥带水。"

叶勇德领着闫子帆、莫楠上了警车。若以二八〇路公交车路线为参考，距离"星光之岬"最近的车站是滨海中心小学站，虽然从路线图上来看，要到达金枫园二期还有五站之远，但其实公交车在南山站和和顺里站绕了个大圈，若是自己开车，车程不到十分钟。

"警、警察先生，我想您一定是哪里搞错了，平时根本不出门的人怎么可能和杀人案有关？"闫子帆在坐在后座，通过后视镜窥探叶勇德的表情。

"柯云萍你认识吧？"

"当然认识，她是我邻居啊。难不成，您指的被害者就是……"

"对。今天早上，她被人发现陈尸在自己家中。"

"你说什么？"闫子帆大惊失色，"我大前天明明还见过她的。"

"在哪里？"

"当然是她家里了。"

"闫先生，你不是足不出户吗，怎么还跑人家家里去了？"

"我是去还钱的。"

"你找她借过钱？"

"是的，为了根治我的强迫症，我在网络上报名参加诊疗课程，不过没有任何效果。拜访莫医师之前，我想先还给她一部分钱，因为前不久听她说正准备起诉前夫，所以我觉得还是先还回去一部分比较好。"

"不过，据我们所知，柯云萍似乎并不是个慷慨大方的人。"

"不会吧？我觉得她挺友善的。"

"你对柯云萍的情况很了解？"

"毕竟当了好几年的邻居。"

"那你一定听说过她前夫的事了？"

"不，我从不关心别人的私事。"闫子帆说，"只是偶尔听到她和那个男人争执的声音，诉诸法庭这件事是柯云萍主动告诉我的。"

"是这样吗……"

"警察先生，难不成你怀疑是我杀了她？"

"别激动、别激动。"叶勇德握着方向盘，双眼注视着前方，"我们今天早上接到她前夫杨晨光的报警，柯云萍在自己家中被人用水果刀划破颈部动脉，很明显是一宗杀人事件。而且，既然毫无抵抗地将凶手引入家中，表明凶手一定是和她熟悉的人。自从离婚后，她一直是一个人居住，虽然偶尔有住户目击到她带着一名男子回家。但经过排查，我们认为凶手很有可能就是杨晨光，可他死活不承认。"

"你说的这些又和闫先生有什么关系？"副驾驶座的莫楠终于打破了沉默，问道。

"柯云萍的尸体被发现是在六月八日，也就是今天上午九点二十四分。据法医推断，柯云萍的死亡时间在六月六日下午一点五十分至两点半之间，杨晨光在案发时间没有不在场证明，而且，侦办案件的经验告诉我们，第一发现者往往就是凶手。因此，杨晨光立即被我们列为重点怀疑对象。不过，在侦讯过程中，他矢口否认自己杀了人，并告诉我们当天下午他是被一通匿名电话约到金枫园二期附近的小巷子里的，但没有目击者证实他的说法。"

"匿名电话？"

"是一通号码加密的私人电话，无法成为杨晨光被凶手陷害的证明。"

"这倒是，但你还是没有回答我的问题。"

"别着急嘛，老兄。"叶勇德笑道，"侦讯到一半时，杨晨光意识到我们将他列为重点嫌疑人，他像是忽然想到什么似的，告诉我们凶手肯定是林斌。"

"林斌又是谁？"

"呵呵,那个男人从毕业到现在什么活儿都干过。电台播音员、自由撰稿人、家庭教师、出版社编辑、调酒师、名不见经传的小演员……总之,是个行踪飘忽不定的家伙。可他似乎并不缺钱,毕竟当今这个社会,有些人仅靠房租就可以养活自己了。"

"林斌和柯云萍之间又有什么关联?"

"他们是中学同学,在学生时代就曾经交往过。杨晨光告诉我们,他和柯云萍离婚后,房产归女方,又因为二人没有孩子,柯云萍将房产估算价值的三分之一以转账的方式汇给了杨晨光。在那之后,林斌得知了消息,就常往柯云萍家里跑,要知道,林斌也是有婚事的人。虽然林斌的隐蔽工作做得不错,但还是被杨晨光识破了身份。"

"他是怎么发现的?"

"离婚前,杨晨光和柯云萍曾爆发过很多次争吵,他那时便开始怀疑自己的妻子可能有了别的男人。"

"事实证明并不是他多疑?"

"没错。据我们调查,林斌的体格和小区住户目击到的那名男子十分相近。而且,林斌正是闫子帆的房东。"

"哦?是这样吗?"莫楠向闫子帆问道。

"是、是的。"

"呵呵,这下可有意思了。"

"不过,当我们找到林斌时,他自信满满地声称他有很明确的不在场证明,为他做证的就是这位闫先生。"

"原来如此,你们怀疑林斌?"

"多年的刑警生涯经验告诉我,林斌那种挑衅般的态度,说明他绝对就是凶手!"

莫楠知道叶勇德总是喜欢做出固执的推断,叶勇德接受心理诊疗时，他才刚在刑警支队工作没多久。他的特点莫楠十分了解，有全国柔道大赛亚军的头衔，凭借健硕的身材逮捕犯人是他的强项，但论推理，实力的确不算出色。话虽如此，叶勇德身为刑警的第六感总是十分灵验，连莫楠都感到不可思议。在"星光之岬"，叶勇德常与莫楠分享正在经办的案件。在这个时候，莫楠的身份便成了推理小说中常见的"安乐椅神探"，只需凭借叶勇德的叙述就可以推断出凶手的身份，而最终的凶手往往是叶勇德最初怀疑的人，当莫楠问他为什么时，这个刑警的回答无一例外，都是"我的直觉"。

"他究竟有怎样的不在场证明？"

"这个，我们就得好好问问闫先生了。"

过了金枫园二期公交车站，在小区前门的保安亭登记之后，莫楠和闫子帆先下了车，叶勇德带领几位手下和他们一起乘坐电梯来到柯云萍的住所五〇二室。

"金枫园二期的小区布置和一期相同，就是中间高、东西低，柯云萍所在的这幢楼是一梯两户。"叶勇德推开房门，展现在众人眼前的就是案发现场，由于腐臭味还未完全散去，莫楠紧紧捂着鼻子，扫视眼前的一切。

"她是在厨房的洗手池前被杀的？"

"对。凶手操起水果刀，从柯云萍身后袭击，一击致命。"

"闫先生，推断的案发时间内，你有听见隔壁传来什么声响吗？"

闫子帆摇摇头，回答道："一点儿都没听到。"

"包括凶手造访柯云萍家的时候？"

"是的，一点儿动静都没有。"

"这就奇怪了。林斌你也是了解的，他刚毕业那会儿曾经在工地指挥施工，业余时间兼职数学教师。看上去温文尔雅，却是个大嗓门。"叶勇德挠了挠蓬乱的头发，"闫先生，你当时该不会是睡着了吧？"

"不，我清醒得很。六月五日晚上，林斌就通知我隔天会亲自上门收房租，因为有线电视费以及物业管理费是从他的银行卡支付，所以每到月初，他都会让我在费用登记本上签字。"

"林斌是六月六日下午到这儿的吗？"

"是的。他是乘坐二八〇路公交车，在下午两点二十分到达小区门口的金枫园二期车站。"

"嘿，你记得可真够清楚。"

"其实这位闫先生今天来找我的原因就在于此，他患有比较严重的计数强迫症。"莫楠示意闫子帆拿出他的记事本，递到叶勇德面前，"他每天都会将二八〇路公交车抵达金枫园二期车站的时间准确无误地记录下来，这个习惯从一年前就养成了。所以，我认为他的证词是绝对可信的，不存在与林斌合谋伪造不在场证明一说。"

"原来世上真有这样的人……林斌下车后，直接奔向你家了？"叶勇德问闫子帆。

"是的。大约五分钟后就摁响门铃，这是常规的速度。"

"真让人伤脑筋。这样一来，他的不在场证明的确相当完美。"

叶勇德的神态依然非常温和，不过浓浓的两道眉毛稍稍蹙紧，看得出他此刻内心烦躁。

"但是，案发时间既然在六月六日下午一点五十分至两点半之间，往极端想，如果林斌在一点五十分悄无声息地行凶，然后溜出小区假装乘坐二八〇路公交，让闫先生看到他从车上下来。

这种初级的伪造方法你们应该考虑过了，对吧？"

"当然。"叶勇德答道，"老兄，你知道现在普及的新版公交IC卡吗？就是装有指纹识别器的。"

"啊，我懂。上下车都得刷卡，而且刷卡前要先对着卡面上的指纹识别器认证通过，据说这是方便公交公司统计市民出行大数据用的。在我看来，完全是画蛇添足的设计。"

"然而正是这张小小的公交IC卡，成了林斌最佳的不在场证明。"

"哦，怎么说？"

"现在是大数据时代，公交出行也不例外。正如老兄刚才所说，公交公司为了精确统计持卡的市民出行时间及换乘公交的数据，才设计了全新的IC卡。这类新卡会保留持卡者最后一次乘坐公交上下站的时间信息，我们由此查得林斌乘坐二八〇路公交车的时间是在当日下午一点四十分滨海中心书城站上车，两点二十分在金枫园二期站下车，与闫先生方才提供的证词完全一致。所以，我才说林斌的不在场证明天衣无缝。"

"原来如此，那么我们去闫先生家转转如何？"莫楠提议道，"方便让我们打扰吗？"

"当然没问题。"

闫子帆走到自家门前，将钥匙插入锁孔，逆时针稍稍一转，门就打开了。

"你平常不锁门的？"

"嗯，因为里面没什么值钱的东西。"

"这里是你平时登记时刻表的地方吗？"莫楠指了指阳台。

"不，是在我自己的卧室。"

莫楠站在卧室窗前，视线穿过眼前两幢小区高楼的缝隙，刚好看得金枫园二期公交车站。

"这样观察也怪难受的。"

"因为在这里一抬头便能看到挂在墙上的时钟。"

"我记得你之前说过，有时也会看手机时间。"

"是的，看时钟的频率会高些。"

"六月六日当天呢？"

"我忘了，应该是时钟，不过整点时都会核对手机时间，确保二者没有误差。"

"原来如此。"莫楠走出卧室，在房间来回踱步，"闫先生，你的房间可真简单，几乎没有任何多余的物品呢。"

"是呀，所有电器都是房东留下的，我的生活用品本身就少得可怜。"

"冒昧问一句，二八〇路公交各班次到达楼下那个公交车站的间隔都在半小时左右，在此期间内，你是站在这儿持续观察，还是……"

"除了饭点，其他时间几乎都会在卧室。"

"闫先生自己做饭？"

"其实……为了节省开支，向柯云萍借钱之后，我的午餐和晚餐不是泡面就是便宜的便携式自热米饭。"

"这可真是糟糕的生活习惯。"莫楠顿时深感协助眼前这位患者走出困境的必要性，"六月六日你也是靠这些宅男食物打发的？"

"是的。"

"用餐时间呢？"

"中餐是十二点左右，晚餐则是七点过后，和林斌一起享用的。"

莫楠双眉紧锁，突然陷入沉思，额头上浮现出了三条"小波浪"。

"闫先生，请先配合警方做好笔录，今天先好好休息，我们明早再进行下一个疗程，届时我会在楼下等你。"

"好……下一个疗程不是在'星光之岬'进行吗？"

"不，是在二八〇路公交车里。"

第四章 牢不可破的不在场证明

莫楠从昨天与闫子帆的接触中了解到，有些人必须以一种特殊的、绝对的、完美的方式来安排某件事，或者他们需要一遍遍地重复做某个特定的动作，追求某项特定的事物。作为计数强迫症患者，闫子帆将这样的心理寄托到对时刻表过分遵从，他不停地在记录中检查、确认过往数据，试图以此获得宽慰感。一旦这种认同状态遭到挑战，他便会深陷郁闷和沮丧。因此，想要根治他的深度强迫症，就必须从他最耿耿于怀的小事上下手。

闫子帆的情况不禁让莫楠回忆起去年诊疗过的一个计数强迫症案例，患者是名幼儿园教师。如今幼儿园的环境与几年前不可同日而语，教学设施完善的私立幼儿园大都学费高得离谱，然而，身为幼师的患者 A 却从未享受到高薪，他的工资甚至还不到高中教师的三分之一，这样的幼师、幼儿两头压榨现象在国内已经非常普遍。一次在幼儿园六一儿童节晚会上，班里最漂亮的女孩小霞在表演过程中不慎从台阶上跌下来，鼻梁骨骨折。虽然这纯粹是女孩自己不小心造成的，但小霞的家长指着 A 的鼻子破口大骂，结果 A 被停薪两个月，小霞的家长甚至还在幼儿园门口拉起了横幅，一群不明真相的居民纷纷在网络上转发，到了最后，竟演变成 A 涉嫌虐童。受到重创的 A 辞职后，发现自己患上了计数强迫症，上下楼或是过人行天桥时，他总会一遍遍地数着台阶，一旦他脑子里察觉"似乎数错了""哪里不对劲"，就会强迫自己再重新数一次。如果他的感觉不好，还会退后一步，然后再往前一步循环数数。用不了多久，小区附近的居民都视Ａ为异类，而Ａ也对自己的行为感到羞耻，终日闭门不出。最后，Ａ来到了"星光之岬"，莫楠通过药物疗法配合认知疗法，让Ａ意识到强迫症并不是自己的伙伴，即使台阶的数目不对，也没什么好灰心的。尽管现在Ａ偶有强迫性思维出现，但他也会本能地想办法驱逐它们。

根据以往的经历，莫楠对闫子帆进行了评估，他认为这位患者除了深度的计数强迫症，还伴有视线恐惧症，从而导致社交能力较弱。因此，他以乘坐闫子帆最关注的二八〇路公交车的名义，让他走出家门，感受与外界的交流。

"你可以把自己包起来。"

上车后，闫子帆明显感觉很为难，莫楠给他戴上了口罩和帽子。

二人搭乘的这辆二八〇路公交车与林斌六月六日乘坐的是同一辆，司机也是同一位，当班司机名牌上写着他的名字——"贾海童"，年纪大约四十岁。从金枫园二期车站出发，到达和顺里车站时，车上的乘客陆续多起来，闫子帆也开始紧张，额头沁出许多汗水，身体不断扭动。

"你坐靠窗的位置，我坐你外面。"

换了位置过后，闫子帆的情绪有了好转。他注视着窗外的景色，虽然依旧没有说话，但面部表情轻松了许多。

"莫医师，一个月前我曾经在那儿遇到了柯云萍。"

闫子帆指着窗外的见福便利店。

"买泡面时遇到的吧？"莫楠打趣道。

"还真是，那家便利店买二送一的宣传单都送到家门口了。我遇见柯云萍时感觉她的表情十分僵硬，连一句正常的寒暄也没有。"

"她买了些什么？"

"就是薯片、饼干之类的零食和一些碳酸饮料，因为我是结账后才看到她的，所以也没多聊。"

"原来如此。"公交车不断前行，莫楠注意到再往前的和通里站附近有个较为隐蔽的情侣主题酒店。有一次，一位不知浪漫为何物的工作狂向莫楠请教如何讨老婆欢心，莫楠就推荐了这家酒店。

"对了，你说林斌六月六日找你收房租，他确实是下午两点二十分到达楼下车站的吗？"

"还需要再向我确认吗？昨天那位刑警也说过，IC卡上的记录也是准确的。"

"我不是怀疑你的证言……当时他有什么不对劲的地方吗？"

"没有，我们聊了一会儿。他说那天特别清闲，就坐在客厅看起了电视。我这人平常除了记录公交时刻外，也没什么特别的爱好，只是招呼了一下林斌。"

"然后他就一直在客厅看电视？"

"是的。"

"什么节目？"

"是一场周中进行的中超联赛。"

"全程都守在电视前？"

"应该是吧，我几乎都在卧室里，所以不是很清楚，但不时能听到他的欢呼声。"

"他看完比赛就回去了？"

"这倒没有。我们还一起用了晚餐。"

"下楼?"

"不是,林斌打包带上来的。"

"哦。房东人还不错嘛,他跟你很熟吗?"

"我想也许是因为不论手头多紧张,我都按时缴纳房租的关系。林斌还说遇上我这么省心的租户真是太好了,呵呵。"

"省心……"莫楠也跟着笑了起来,"那天晚上你们都吃了什么?"

"林斌买了些下酒菜,我们都喝了不少酒。"

"可我记得你在'星光之岬'时不是说为了等待二八〇末班车的抵达,一直守在卧室里,直到晚上九点?"

"是呀……晚上七点,我记录下二八〇路公交车到达金枫园二期车站的时间后,林斌刚好把饭菜以及啤酒扛上来。他知道我的习惯,于是,我们就在卧室一边聊天,一边吃饭喝酒。直到九点半之前我还是清醒的,后来就迷迷糊糊地睡着了。醒来时已是第二天早上六点三十三分,林斌在七点左右给我来了电话,稍微问候了一下。"

"我明白了,所以你声称晚上七点至九点这段时间绝对没有二八〇路公交车经过。"

"平日我有闹铃的习惯,为的是赶上登记首班车的时间。六月七日还好有闹钟叫醒我,否则一定错过了。"

"原来如此。"

不知不觉,车辆已经驶达华侨博物院站。莫楠向闫子帆叮嘱一番后,坐到了前排,司机吹着口哨,看上去心情还不错。

"贾师傅,您在这儿上班多久啦?"莫楠抓紧和他套近乎的机会。

"问我吗？"贾海童通过后视镜瞟了一眼莫楠，他操着东北口音，看上去是个健谈的人，"有两三年了。"

"听说最近公交公司制订了公交时刻表，把到站时间精准率纳入考核，有这回事吗？"

"可不是……现在刷IC卡都要摁指纹，而且上下车都要刷一次，一遇上工作日的乘车高峰期，哪里还会有什么精准率一说？"

"冒昧问一句，您对这个人有印象吗？他在六月六日乘坐了这路公交。"在十字路口等待红绿灯时，莫楠将手机递给贾海童，屏幕上显示着林斌的照片。

贾海童思忖了一会儿，突然发出"哦"的一声。"那天下午，我有印象，大概在两点多的时候。"

"你是说他上车的时间？"

"不，我哪能记得这么清楚？"贾海童笑道，"那天他遇上了'卡串串'。"

"卡串串？"

"是的。早在十年前，这帮人利用公交两小时免费换乘的漏洞，组织了专门替乘客刷卡赚差价的恶劣行径。现在，他们借口没带零钱乘车，待集齐足够的零钱，却又用事先准备好的IC卡刷卡数次，赚取中间的折扣差价。"

"呵呵，世上真是无奇不有。"

"据说'卡串串'一人一天能挣好几百呢。"

"当天林斌也把零钱给'卡串串'了？"

"没有，你说的这个人原本就坐在车上。他斥责对方守在刷卡机前造成混乱，但对方也不是好惹的，两人发生了一点口角，差点儿动手打起来。最后还是乘客和我一人一句才平息纷争，所以我有印象。"

"'卡串串'一共刷了几次？"

"三次，还是用三张不同的卡刷的。"

"我说的这个人大约于两点二十分在金枫园二期下车，对吗？"

"这我就不记得了。乘客那么多……我只对他们发生争执有印象而已。"

今天一大早，莫楠就接到叶勇德的电话，林斌的不在场证明大致没有问题。之所以说"大致"，是因为公交公司的系统出现了漏洞。一周前，数据传输软件的制作方没有与公交公司数据分析部门核对数据格式，导致日期数据的子项闭合失败，出现乱码，而且多次发生数据缺失的情形，直到今天才重新升级修复。也就是说，林斌的公交卡上只显示最后一次上下车的时间和站点，并不能看出日期。不在场证明出现了微瑕，尽管警方不在意，但莫楠坚持让叶勇德调查当天IC卡刷卡及投币情况。经过调查，当天二八〇路公交车上用旧版IC卡完成刷卡的只有三次，其余乘客均使用嵌入指纹识别器的新版IC卡，且每张IC卡都只刷了一次，不存在多次刷取的情况。另外，公交公司的数据系统正处于待完善的状态中，刷取新版公交卡的记录只能显示流水号，无法查询实名。投币的乘客共有十八位，其中纸币两张，硬币十六枚，钱币上都没有与林斌相符的指纹。也就是说，如果贾海童对林斌有印象，那么后者一定是通过刷新版IC卡乘坐二八〇路公交车的，他的IC卡记录的上下车时间和站点显示，下午一点四十分在滨海中心书城站上车，两点二十分在金枫园二期站下车。综合以上几点，林斌的不在场证明完美无瑕，不存在作案的可能。经过莫楠刚才的搭话，贾海童又给林斌的不在场证明敲下了实锤。

"咦,你们怎么在这儿?"

莫楠身后传来熟悉的声音,他转头一看,原来是靳璐和刘顾伟。

"这句话该是我说才对吧。"

"你忘啦,今天是我的话剧演出!"靳璐不满地回了一嘴。

"话说,莫医师您在研究时刻表吗?"刘顾伟疑惑地看着莫楠手中的卡片,上面印着密密麻麻的时间,像极了他曾读过的松本清张的推理小说。每当看到这些时刻表,他脑子就一团乱麻,根本辨不清东南西北。

"兄弟,您可别学他。"贾海童接过话茬,"自从制订了公交时刻表,公司隔几天修改一次,乘客不晕,我们倒先晕啦。"

莫楠手中的时刻表是公交公司最新修正的版本,自六月一日开始施行(表2)。

表2 公交公司最新发布的二八〇路公交途经"金枫园二期"车站
(金枫路→保税区方向)标准时刻表

站点	抵达时间
金枫园二期 (金枫路→保税区方向)	7:10/7:40/8:10/8:40/9:05/9:40/10:15/10:45/11:20/11:50/ 12:05/12:45/13:15/13:45/14:15/14:50/ 15:15/15:50/16:15/16:45/17:20/18:00/18:20/18:40/19:15

"还挺精确的。"莫楠喃喃自语,丝毫没有理会刘顾伟的问题。

"各位朋友,你们好!下一站,终点站——金枫路站,感谢乘坐二八〇路公交车,感谢一路上对我们的支持和帮助,欢迎再次乘坐。"

听见播音,靳璐吓了一跳。"不会吧,下一站是终点站?"

"就说咱们坐错方向了。"刘顾伟指着车上的路线图,无奈地说道,"现在经过的是金枫园一期,要回去的话得沿着二期方向才对。"

"真是的,明明那么像,连风格都一样。"靳璐抱怨道。

"也难怪,两片小区都是中间高、东西低的布置,而且建筑风格几乎相同,不少人把这两个地方搞混。"

"等等,你刚才说什么来着?"莫楠忽然转过头来大喊。

"我、们、发、现、坐、错、车,你满意了?"靳璐以同样分贝的音量回敬道。

"不,下一句!我问的是下一句!"

第五章　瑕疵初现

门铃响了，林斌吓了一跳，没有任何人约定要和他见面。何况外头还下着大雨，这种时候到底有谁会来呢？

林斌迟疑了一会儿，门铃再次响起，他有些烦躁，惴惴不安地向玄关走去。

"您好，请问是林先生吗？"来者的年纪大约四十岁，微卷的大背头，五官有点像欧洲人。

林斌警惕地什么都没回答。

"其实我刚咨询过保安人员，听说您这儿的房子准备出租，所以想来看看，不知您是否方便？"

——原来是来看房的。

林斌这才放心地推开门。

"请问先生怎么称呼？"

"我姓莫，是一名上班族，公司就在附近，所以想来这里看看有没有房子出租，如果价位合适，我打算长期租。"

"真不巧，我刚刚才和另一位租户签订租房协议。很抱歉……"

"啊，这可伤脑筋了。"

"不过，我在二期还有房子，可以租给您。"林斌指了指客厅的沙发，"请坐。"

莫楠把随身携带的包往沙发上一放，说道："这里和二期的户型倒十分像呢。"

"何止是户型，整体设计几乎别无二致。"

"就连卧室也一样，透过窗子刚好能望见公交车站。事实上，我是搭乘二八〇路公交车过来的，上了车，我才注意到只有从金枫路始发的方向才会经过这儿。"莫楠注意到整洁的地砖上隐约可见的磨痕，而且不止一处，"您在做卫生？"

"是的，家里有些乱。"

"刚才楼下整箱空酒瓶应该是您丢的啦？"

"呵呵，为什么是我？"林斌愣了一下，诧异地转过头，"你应该不是单纯来看房的……"

"林先生，你的瞬间转移魔术真让人刮目相看。"事到如今，莫楠已经没有隐瞒的必要，他跷起二郎腿，缺乏神采的眼神却散发着威严的气场，"若行凶时发出的声音让敏感的闫子帆听见可就不好了。"

"你是警察？"

"闫子帆记载的时刻表是准确无误的，六月六日二八〇路公交车驶过车站的时间并非延误了十几分钟，而是提早了将近半小时让他看见。"

"我不知道你神神道道的在说什么。"林斌拧开威士忌，淡定自若地将酒倒进酒盅，"如果你想在这儿大放厥词，我只能撵你出去。"

"呵呵，别着急，我想说的是，六月六日闫子帆居住的地方并不是金枫园二期，而是现在这个房间。"

"你是说……我大老远把他搬过来？"

"那家伙每天七点过后开始观察二八〇路公交车的情况。公交车到站时间之所以在案发当天延误了十五分钟，是因为他错过了首班车。金枫园是第二站，从金枫路到这儿只需要十分钟左右的车程，因此，首班车经过这里时，他还在洗漱，根本没注意自己是从第二班开始统计的。"

"莫先生，您这说法真有意思。您怀疑我杀了柯云萍？"

"身为房东的你自然握有房间钥匙，六月五日你趁着闫子帆熟睡之际潜入金枫园二期的房间，用药剂将他迷晕，开车载着他来到金枫园一期，也就是这个房间里。隔天，闫子帆醒来时开始三百六五十天如一日地观察记录。对闫子帆特别了解的你，自然知道这家伙是个足不出户的宅男，于是，你在二期行凶后，主动来找闫子帆。你让他喝酒有两个原因：其一，将他灌醉后方便你将他载回二期的房间；其二，这附近有一座酿酒厂，若是让他闻到淡淡的酒味，产生怀疑就大事不妙了。"

"呵呵，您说得可真轻巧。您有证据吗？"

"刚才那些空酒瓶上应该有闫子帆的指纹。"

"很好，您可以带去警局好好检验，这样一来就可以还我清白。"

莫楠心想，林斌并不像外表看上去那么粗线条，他也许是个心思缜密的人。

"真糟糕，我都给忘了……我的IC卡乘车记录不就是最好的不在场证明吗？麻烦你们办点正事，赶紧把她的前夫抓了，凶手肯定是那个叫杨晨光的人。"

突然，"砰"的一声巨响打破了沉默。林斌一惊，酒杯差点儿打翻在地。他一开门，一名长相凶恶的男子立即扑了上来，他揪起林斌的领口怒吼道："就是你杀了云萍！"

"兄台，放尊重点儿。"林斌最初被对方的突然袭击吓了一跳，恢复平静后，便展现出柔道黑带的实力，轻而易举地将对方摔翻在地,蔑视地问道,"你就是杨晨光吧?现在的警察为了破案真是无所不用其极。"

"林先生,千万别误会,这家伙一定是跟踪我过来的,跟我无关。"莫楠做了个鬼脸。

"别以为我不知道,你是有妇之夫,背着老婆和云萍交往,云萍向你提议离婚不成,你就痛下杀手,你这畜生不怕遭天谴?"

"我说了不止一次,没有证据别瞎说。"

"你们幽会的照片我已经交给警方,他们很快便会指证你的罪行!"

"哈哈,这又怎样?反而能证明你恼羞成怒杀害柯云萍。警方只相信证据,嫌疑最大的你没有不在场证明,被逮捕是迟早的事。"

"还不是拜你所赐!"杨晨光转而向莫楠求救,"莫医师,这家伙从一开始就在陷害我,他的不在场证明也是早有预谋的。"

"莫医师?这么说……你不是警察?"林斌歪着脑袋诘问。

"我从没说过自己是。"

"难不成……你就是柯云萍的情人?"

"你为什么这么问?"

莫楠打量着林斌的表情,他的眼神的确充满了难以名状的愤怒,这让莫楠感到有些诧异。

"既、既然如此,你究竟又是何方神圣?"

"在下是闫子帆先生的心理诊疗师。"

"呵呵,心理师?我劝你还是安分点儿,不是什么热闹都能凑的。"

"很抱歉,我的诊疗宗旨是:只要患者身心能够康复,任何事我都愿意效劳。"

第六章　时刻表把戏

"时刻表、时刻表……老是绕不过这个弯！"

"老哥，别忘了你现在正在开车啦！"

靳璐后悔不该为了赶时间去剧院，就把莫楠从睡梦中叫醒。今天要表演的剧目是契诃夫的《樱桃园》，饰演女地主朗涅夫斯卡亚的她始终把握不好"喜剧中伴着悲剧"的人物形象，就连此时此刻，她内心还是七上八下的。她生怕在刘顾伟面前把角色演砸，原本打算到剧场后临阵磨枪，抓紧时间请教导演老师，但现在望着一边絮絮叨叨，一边跟随不靠谱的导航在马路上胡乱穿梭的莫楠，靳璐觉得能准时到达就谢天谢地了。自从见到林斌后，莫楠一门心思扑在钻研时刻表上，整个人彻底陷入烦躁不安的状态。

"搞不好根本就是你冤枉人家了，照我看，凶手就是柯云萍的前夫。"

"绝对不可能。"无暇顾及形象，加上睡眠不足，莫楠这几天都顶着一头蓬乱的头发，在靳璐看来，那已经是无法梳开的乱钢丝了。"如果凶手不是他，就无法解释闫子帆遇到的时刻表谜团了。你知道吗？林斌在金枫园一期有一套和二期一模一样装潢的房子，而且连隔壁和楼下的房子也全都在他名下。不论怎么看，这都太可疑了。"

"这不奇怪呀,毕竟人家的父亲是有头有脸的人物。"

"如果这样一个人被外遇的对象逼着离婚,你猜他会做出怎样的事情来?"

"你是说……杀人?"

"某种程度上说,他比杨晨光更有嫌疑。上回我去金枫园一期,他正一个人忙着大扫除,调整家具的位置,实际上是害怕警方突击调查。"

"他把一期的房间布置成二期,好迷惑闫先生?"

"没错,因为生活上的'节约',加上他的计数强迫症,闫子帆一天到晚浑浑噩噩,根本没有余力关心外头的世界。"

"从他的卧室往外看,也能看到公交车站?"

"为此,我专门走了一遭。因为两边刚好有小区的高楼挡着,视野原本就不宽阔,加上两边的车站后方都是待开发的地铁三号线施工范围。由于正在赶工,建立起的围挡范围每日发生变化也不足为奇。"

"原来如此,他一定是个心思缜密的人。"

"能在第一时间销毁闫子帆指纹的家伙,肯定不是等闲之辈。"

"林斌的不在场证明真的那么完美吗?"

"原本我也不相信的,但实在太过巧合。一方面,他的IC卡上准确无误地显示最后一次乘车的时刻,刚好与案发时间重合;另一方面,他在案发当天乘坐公交也确实得到了司机的证实;还有,当天的刷卡、投币情况表明,林斌乘车刷的是新版IC卡,通过指纹识别器成功乘车。上述三点串联成一条完美的证据链。"

"唔……既然被司机目击过乘车,那么肯定是刷卡或者投币乘车;既然警方调查后,证实有且只有刷公交卡的可能性,那么卡上当天的乘车时间是可信的；既然卡上的时间是准确的，那么柯云萍遇害时林斌就有完美的不在场证明啦？"整个事件就像一道难解的数学题，靳璐好不容易才将它们一一捋清，"对了！公交公司一般都会存储短时间的监控录像吧？如果警方还不愿意排除林斌犯案的可能性，直接调出监控不就得了？"

"林斌早就跟叶勇德他们建议过了。但二八〇路公交的监控探头只对着司机的方向，勉强可以照到刷卡感应机。我想，他一定是利用柯云萍的工作身份套取了很多信息，然而对方并不知道林斌是只狡猾的狐狸，他的目的是谋害他人。"

"这简直就是托卡尔斯基黑屋……"

"你说什么，卡车司机？"

"不是啦，我指的是乔治·托卡尔斯基。"靳璐说道，"二十世纪五十年代末，一位数学家提出'镜屋猜想'，所有多边形的镜屋都能从房间里任意一点将房间整个照亮。然而，直到一九九五年加拿大人乔治·托卡尔斯基建立了一个多边形模型，那是一个二十六边形，每个角都是四十五度或九十度。如果将点光源放在一个特定位置，整个屋子有一个点肯定照不到，但因为模型太过特殊，只要将光源移动分毫，整个屋子都会被照亮。你不觉得如果凶手真的是林斌，他所构筑的犯罪模型未免太过完美了？如果不是闫子帆患有严重的计数强迫症，林斌几乎不会被警方怀疑。即使杨晨光将他的事告知警方，他也会事先将所有线索清理完毕。"

"没错，不论警方怎么调查，这家伙始终在暗处，最终的矛头全都指向杨晨光，而不是他。但这家伙万万没想到，闫子帆就是模型中移动的光源，必须趁模型变得无懈可击之前破坏它。"

"哎呀！请专心开车！刚才你经过的地方就是剧院！"

靳璐看了看表,这才注意到距离话剧开场只有不到二十分钟。昨天一门心思准备话剧,她把电话铃声调成了静音,完全没注意到剧组人员已经打来五十多通电话。

"我掉个头就是了!这不还有二十分钟吗?"莫楠慢悠悠地打起转向灯。

"天啊,你该不会真以为话剧演员每回都是素颜登场吧?"靳璐急得直跺脚。

如此争分夺秒的关头,一辆雾炮车突然从右侧穿出,车尾喷出的强力水花遮挡住莫楠的视线,莫楠不耐烦地咂了咂嘴。前不久,越来越多的雾炮车开始在城市里穿行,以"治霾神器"的角色逐渐在全国各地普及。

"这玩意儿无非是加了风扇的洒水机,说它能治霾,真是对大气科学一窍不通。"只要一陷入烦躁状态,莫楠便开始滔滔不绝地发表演说,"别看它名字起得玄乎,其实就是一台强力风扇,加上洒水车的水箱,通过水泵把水抽到风扇的扇叶下面,再打散吹出去而已。做出决策的人难道不懂大气是一个超级流体?既然是流体,交换速度自然很快。即使雾炮车把部分污染物喷下来,很快就有其他地方的污染物取而代之。它们只会在大气监测前出没,突击喷洒做出一手漂亮数据,这种治标不治本的做法居然也能得到普及?况且一个连行业标准也没有的玩意儿,凭什么在全国大力推广?"

"我不想听你啰唆!"靳璐捂紧双耳大喊,"如果耽误了演出,我跟你没完!"

"咦,我刚才说了些什么?"

莫楠忽然一愣,接着又开始神神道道地重复刚才发表的演说。

"谁知道!给我往前开!"

"对了。流体、交换！听着,你先下车,我马上去一趟警局。如果我的推测不错,时刻表之谜的破绽已经被我发现了!"

与莫楠得意扬扬的表情相反,靳璐积压的怒气终于如火山一样爆发。

"很好……以后要是再坐这辆车,我就不姓靳!"

她重重地关上车门,火急火燎地往剧场方向飞奔。在路人看来,二人就像一言不合闹分手的情侣。

"你本来就不姓靳……"

莫楠望着靳璐的身影,低语着。

第七章　被窃取的时间

　　利用矿泉水和威士忌的比重差，可以将它们调制成悬浮式威士忌。林斌将冰块放入盛着矿泉水的杯中，慢慢在其上方注入一层威士忌。当他们构筑成漂亮的二层鸡尾酒时，门铃却响了起来。

　　"莫医师，今天又有何贵干？"

　　林斌不耐烦地吐了一口气，像看苍蝇一样看着莫楠。

　　"啊，没什么。只是有件事来请教您。"

　　"别兜圈子了。长话短说，如果你还是没有证据地胡说八道，我会通知保安来赶人。"

　　"那么，我就开门见山吧。"莫楠摩挲着下巴，"林先生，您知道托卡尔斯基黑屋么？"

　　"你指的是多边形的镜面反射问题？"

　　"您真是见多识广。"

　　"别看我这样，从前我也做过一阵子奥数教师，这点原理还是清楚的。"

　　"很好，我喜欢和聪明人沟通。"莫楠觉得没必要兜圈子，"闫子帆这个人呐，在柯云萍的案子里扮演的角色真有趣。他既为你的不在场证明敲下实锤，又向我们展示了你的作案嫌疑。"

　　"你说的是那家伙登记的时刻表？警方该不会真拿这个当证

据吧？"

"之所以说这起案件像托卡尔斯基黑屋，是因为不论警方怎么调查，总有一个被大家忽视的点隐藏在背后，只要不移动这个模型，盲点就会一直存在。"

"你到底想说什么？"

"我指的是六月五日。"

林斌的身体不由震颤了一下，脸色瞬间发青，脸上的肌肉似乎都在颤抖。"我、我还是听不懂你在说什么。"

"你的不在场证明其实是通过三点共同佐证的。其一，你的IC卡上准确无误地显示最后一次乘坐公交的时刻，刚好与案发时间范围重合；其二，你在案发当天乘坐公交也得到了司机的证实；其三，当天的刷卡、投币情况表明，你要乘车只能刷取新版IC卡，通过指纹识别器成功乘车。"

"这不恰恰说明我的不在场证明十分完美吗？"

"其实，警方忽略了一个细节。被杀害的柯云萍就在公交公司上班，身为统计员的她对内部数据了如指掌。"

"莫医师，你该不会是想说我教唆她修改数据吧？"林斌冷笑了一下，指着莫楠的鼻子说道，"我告诉你，公交公司的数据系统是不允许篡改的，别异想天开。"

"不，我没说您修改数据。"

"那你什么意思？"

"我的意思是，你知道在系统升级之前，新版IC卡只能显示刷取时间和使用者，无法读取日期这件事。"

"那、那又怎样？对我来说，这是最不利的呀。"

"你从柯云萍口中得知这条信息，打算利用它完成不在场证明。六月五日，你在拟定好犯案的时刻，也就是下午一点四十分乘坐二八〇路公交，两点二十分在金枫园二期车站下车……"

"很遗憾，你的说法不成立。如果真是这样，这条乘车记录一定会被六月六日的记录所覆盖的。"

"不，因为在案发当天，你并没有刷取手里的 IC 卡。"

"莫医师，我想你有必要问问当天的司机师傅，他一定会告诉你他对我有印象。"

"呵呵，因为这也是你计划的一部分。在行凶过后，你随意搭乘一班二八〇路的公交，并且尽可能在车上找茬儿，引起司机的注意。恰好'卡串串'一事让你有了灵感，于是，在争执过后没多久，你找个下车乘客较多的车站下了车。接着，驾车或搭乘的士飞速前往闫子帆所在的金枫园一期。在两点二十分之前，躲在站牌后，待二八〇路公交抵达时，混进下车的人流，伪装成刚从二八〇路公交下车的模样，从而制造不在场证明。"

"你的推理固然精彩，然而却疏漏了一处大前提——我要如何乘坐二八〇路的公交？相信你也知道警方的调查结果，六月六日我只能刷新版的 IC 卡乘车，这是为我的不在场证明板上钉钉的证据。"

"我刚才说过了，你没有刷取手里的 IC 卡。"

"呵呵，你该不会打算说司机师傅和我认识，替我作伪证吧？"

"哪里……我只想说，公交车上的监控影像会告诉我们真相。"

"我也巴不得能有对着乘客的影像，能为我做不在场证明。"

"少装蒜，你早就知道二八〇路公交车只有一个朝向的监控。"莫楠掏出手机，打开上午从叶勇德那儿弄来的视频文件，"不过，百密一疏……"

"那又能拍到什么?"

林斌故意伸长脖子凑到屏幕前。但下一个瞬间,莫楠按下暂停键,林斌顿时慌了手脚。

"你很聪明,懂得伪造IC卡,还在里面嵌入了蜂鸣器。刷卡时,用力摁下按钮,就会传出和正常刷卡相同的声音。你利用这一点迷惑司机师傅,若是在乘客较多的站点上车,他更不可能注意这个问题。但是,刷卡感应器恰好位于监控录像的角落,当这张IC卡刷取时,感应器上的指示灯并没有亮。林先生,如果我们对视频上持卡者的衣袖及露出的手掌特征进行详细调查,你猜结果会如何?"

林斌茫然地望着眼前的莫楠,掏出衣兜里的香烟盒,抽出一支点燃。隔了很长的时间,两片嘴唇心不在焉地一咂,两缕灰色的轻烟从鼻孔飘了出来。

"你这么做都是为了闫子帆?"

"算是吧。"莫楠微微一笑,"不过,与其说我是为了帮助他脱离苦海,不如说是害怕自己的预感灵验……"

"预感?"林斌不解道地问。

"是的。还记得方才我和您说的托卡尔斯基黑屋吧?如果我的预感灵验,被你用来当作不在场证人的闫子帆恐怕正是这宗杀人事件没被照亮的真正盲点。"

终　章

"你说……借钱？"

翌日，"星光之岬"传来叶勇德那特有的高音喇叭似的声音。

"喂，你淡定点。桌上的玻璃杯可不便宜，别给震碎了！"莫楠打趣道，"不过你得替我保密，这事千万别对闫子帆说。"

"好、好。能告诉我你是怎么知道林斌的动机的吗？"

"还记得案发后我带着闫子帆乘坐二八〇路公交车吧？在抵达和顺里车站时，他告诉我曾在车站附近的见福便利店偶遇柯云萍。"

"那又如何？"

"根据你们的调查，柯云萍应该不是慷慨大方的女人吧？"

"这点你倒说对了，不但不慷慨，甚至有些吝啬。工作十几年，连罐咖啡都舍不得请。"

莫楠微微一笑，仿佛一切都成竹在胸。"当时的柯云萍对闫子帆并不热情，但没多久，闫子帆向柯云萍提出借几万块钱，后者二话没说就答应了，你认为这意味着什么？"

"他俩感情非同一般？"

"不。对过着封闭式生活的闫子帆来说，平日里寒暄过的除了林斌外，就只柯云萍了。因为和林斌是房东和租户的关系，不太好意思开口借大笔钱，所以能开口的对象就只有柯云萍。"

"你说得有理,不过我还是看不出这和林斌的动机有什么关联。"

"一个吝啬的人肯二话不说地向对她来说不太熟悉的人借好几万元,你觉得会是什么原因?"

"啊,难道说……他知道林斌和柯云萍的事,借此要挟?"

"你答对了一半。"莫楠也不打算吊叶勇德的胃口,"在柯云萍眼里就是这么回事,而对于闫子帆,他完全不知道,在见福便利店偶遇时,林斌就跟在柯云萍身后。或许是乔装打扮的关系,或许是被便利店的货架遮挡视线,闫子帆并没有看到林斌。当闫子帆罹患严重的计数强迫症无法自拔,鼓起勇气向柯云萍借钱时,柯云萍的脑海里一定在想'该来的还是来了,这天杀的家伙终于开始勒索我了'。"

"我想起来了,杨晨光提到过,后来林斌和柯云萍爆发争吵,女方要求男方马上和妻子办理离婚手续,不想再做地下情人。"

"是的,他们争执得不可开交的阶段,闫子帆又好巧不巧地返还柯云萍一部分借款。林斌去找她时,无意间发现这笔钱,不论柯云萍如何解释他就是不相信,以为柯云萍见事不成,又有了新男人。占有欲极强的林斌一怒之下决定痛下杀手……"

莫楠竟未察觉玻璃杯中那些浸入可乐的冰块早已融化,马上招呼靳璐,后者快快不快地将一颗颗晶莹剔透的冰块重新掷进杯中。上回由靳璐主演的话剧竟意外地颇受好评,没想到当时犯迷糊的莫楠正是为了惹她生气,让她将紧张的情绪一口气释放出来。只是,靳璐觉得自己像个傻瓜似的,走进这位心理医师布下的陷阱里,这几天在怄气罢了。

"原来如此,为了不让闫子帆身背负罪感,你才让我们对他保密。"

"这下明白了吧？这起杀人事件就是一连串的误会导致的悲剧。"

"对了，刚才那位漂亮的小姑娘是谁？新招来的店员吗？"长期在"星光之岬"接受心理诊疗的叶勇德对靳璐一晃而过的身影感到好奇。

"啊……她是我的……一个亲戚。"

在叶勇德印象中，莫楠还是第一次如此含糊地跟他说话。

"可我好像从来没见过啊。"

"我想身为主治医师的我并没有义务把整个家族的成员都介绍给你认识吧？"

"哈哈，这倒是、这倒是。"

似乎有一种模糊的印象浮现在叶勇德的脑海里，那是一张照片……

那是很早以前，叶勇德还是受人欺负的小警员时。

——好美的女孩啊。

——瞧你，两眼都看直了，多没出息。

——可是她真的好漂亮……

——再漂亮也是个十恶不赦的连续杀人魔。小叶，也许就在今晚，这女人又将导演一场惨剧，等待着我们的又是一场短兵相接的战斗，或是一串枪声。身为人民的守护者，无论什么时候我们都要摆正自己的立场。

前辈曾经这样严厉地告诫过他。

第三话　整形中毒症

笼中鸟,
笼中鸟,
笼中的鸟儿,什么时候能出来?
黎明前的夜晚,
魔女来卖面具。
想要哪张脸?
想要哪张脸?

——寺山修司《躲猫猫》

序　章

再次造访"冬眠侦探"所在的公寓，是一个黄昏。

靳璐主演的话剧《麦克白》刚谢幕，她便冲进后台拉上刘雪迎，搭上莫楠的车。行驶不到一小时，车外就下起了淅淅沥沥的小雨，雨点有节奏地敲打着车顶的铁皮。据说前往目的地的路不好走，莫楠也不敢怠慢，老老实实地遵照车载导航的指令，七拐八弯终于到达荒郊的某处住宅楼群。

"哥，你确定是这里吗？"

"上次来过，不会错。"

"上次是啥时候？"

"大概三年前吧！"

"三年前，你该不会是跟我们开玩笑吧？"

莫楠不搭理怨声连连的靳璐，而是抬头望着灰蒙蒙的天空，一场真正的大雨就要逼近了。他翻开三年前来访时记下的路线图，领着靳璐、刘雪迎穿梭在住宅楼的间隙中。这里虽是荒郊野岭，但为了最大化利用土地，住宅楼群也已经成片立起。就连平日里邋里邋遢的莫楠，此时，闻到楼宇之间飘散出的不洁净的气味，也连忙捂紧口鼻，下巴朝前一努说："喏，就是对面那幢。"

靳璐远远望去，的确有一幢住宅楼比周围的更加破落，墙上的混凝土剥落，露出斑驳的砖色。沿着墙砖，一些龌龊的图案随处可见，兴许是住户酒后所为。莫楠哼着小曲，带领二人穿过一条甬道，来到公寓门前。半开的防盗门已是锈迹斑斑，他们踏上泛着青苔的阶梯，莫楠凭借记忆来到三楼最右边的房间，头顶的日光灯管还在吱吱作响。

"一会儿可要辛苦你们喽。"莫楠转向靳璐和刘雪迎，露出狡黠的笑容。

"辛苦……什么？"靳璐满腹狐疑。

"你们不是想知道'樱花庄'事件的真相吗？直接问里面那位老兄就是了。"

"是'落樱庄'。"靳璐再也不愿回想一周前发生在落樱庄的惨剧。那是两组话剧剧团为了共同演出而组织的户外合练。本应是一次愉快的旅行，却发生了一宗诡异的杀人事件。与靳璐同行的刘雪迎也是剧团主演之一，她们共同经历了落樱庄惨案。此番前去造访，刘雪迎除了向莫楠咨询解开心结的方法，也由衷期待一睹莫楠口中的"那个男人"究竟是何方神圣。

"哥，你说的'比你聪明几十倍'的家伙就住在里面？"

"没错。"

"我不信这世上还有比你聪明几十倍的人，那一定是怪物吧。"

"几十倍，甚至几百倍。"靳璐看莫楠认真的神态，不像是随口胡诌，"里面那家伙是S市刑侦支队的王牌。"

"既然是这么厉害的人物，为什么会住在这种偏远破落的公寓里呢？"

"因为他每隔三年才上一次班。"

"世间居然有这种美差……哥，他们单位还缺人吗？"靳璐挑起眉毛跃跃欲试。

"如果你认为干刑警的都像他一样轻松可就大错特错了。被称为'冬眠神探'的他,有一项特殊能力。"莫楠望向蒙着厚厚灰尘的窗帘,屋内一片静谧。"他能在一天之内解决三年份的悬案!"

"哇!真有如此神奇的人物?"

"今天就让你们开开眼界。"

莫楠从口袋里掏出一串钥匙,据说是向叶勇德特批申请来的。一推开门,屋内便响起"咯吱咯吱"的声音,一股难以描述的刺鼻气味立刻向众人袭来。

"这家伙该不会三年没打扫过卫生吧!"靳璐捂紧鼻子,回过神来才意识到眼前躺着一位正在熟睡的中年男子。

"请高人相助就必须展现诚意嘛。"莫楠来到男子面前,恭恭敬敬地将他喊醒,"大师,又来麻烦您啦!"

某个瞬间,靳璐和刘雪迎认为躺在床上的人更像一具尸体。但过了约莫半分钟,男子终于有所反应。全身沾满污垢的他,简直就像刚出土的文物。只见男子缓缓张开惺忪睡眼,狐疑地打量起莫楠,接着嘴唇翕动了一下。"你……是谁呀?"

"大师真是贵人多忘事,我是莫楠,咱们上回才见过……"

"啊!我想起来了,你是莫老弟!"

男子的声音很低沉,以被长发遮住的面容判断,年龄大约五十岁(也可能是脸上污垢太多,影响了靳璐的判断)。待男子缓缓起身,靳璐才惊讶于他那近乎及腰的长发。再望着随处可见的蜘蛛网,四蹿的老鼠、蟑螂,以及布满尘埃的房间,她才相信莫楠所言非虚。户枢不蠹的道理大家都懂,但竟然真有一觉睡三年的宅男,靳璐和刘雪迎深感遇到了世外高人。

"对了、对了,莫老弟,麻烦帮我把热水灌起来。"

"啥？你说的难道是那个热水壶？"莫楠回过头，桌上还真摆着一个黑漆漆的不锈钢水壶，壶嘴处还残了一块。

"早就风干了吧。"靳璐揶揄道。

"糟糕，应该是我忘记灌了。"男子挠着脑袋仿佛又想起什么似的，"上回说的方便面帮我买了没？"

"呃……如果您说的是角落里那箱脏到发黑，还有老鼠齿痕的老古董，应该早就过期两年多啦……"不断散发恶臭的房间，靳璐一秒都不想多待。

"貌似睡得有些久……上回和老弟聊什么案件来着？"

"是一件跨国分尸案。"莫楠答道，"正如大师推理的，凶手正是案件中谎称遇袭的塞吉特·德波尔，他为了掩饰真正的动机，诱导警方认为一系列分尸案是无差别杀人。"

"哟，看来我的脑袋还没生锈。"

"大师的推理一向是百发百中！"

靳璐反复打量着眼前这位街头流浪汉一般的男子，能让莫楠如此谄媚，对方一定来头不小。

"话说，上次递给我案件资料的应该是叶勇德吧，他怎么没来？"

"因为他正处理一起棘手的案件，无法抽身，所以打算通过我们向您请教。身后这两位女士正是那起事件的当事人。"

"到底是什么样的案件能把莫老弟难倒？"

"让您见笑啦。"莫楠戏谑的神情转为严肃，"那是一宗前不久发生在孤岛山庄里的杀人案。"

第一章　整形中毒症

整形中毒症的患者不论何时都对整形充满兴趣，导致无止境的整形欲与日新月异的现代医学强烈地碰撞。

一周前。

"据说这座岛在战争时期曾是收容伤员的地方。"

通过手机预约，隶属于"浅草"话剧团的靳璐、刘雪迎以及杜纶池三位女生合租了一艘快艇前往恋樱岛。开快艇的似乎对恋樱岛的传闻了如指掌，一路上讲了许多无从考证的诡异故事。

"收容伤员？该不会是传染病什么的吧？好可怕！"在设计院工作刚满三年的杜纶池，喜欢穿件格子衬衫，配上牛仔裤，打扮得像个小男生。她扬起眉毛，高声问道。

"可以这么说，但绝非一般的传染病。"开快艇的人煞有介事地把嗓门儿压低，"当年进岛的伤员大概有一百多号人吧，说是受了重伤需要长期疗养，可到了最后全都杳无音讯。数月后，搜查队员陆续登岛，他们惊讶地发现，那些伤员连同医生、护士，竟莫名其妙地人间蒸发了！"

"整座岛的人全都消失？怎么可能……"

"千真万确！后来，搜查组组长怀疑伤员们可能是被别有用心的人带离岛屿参与军队进行秘密的人体试验。组长为了证实他的猜想，命令手下带着武器潜入静悄悄的医院里，就在这时，一位搜查员发现了令人毛骨悚然的一幕！"

"……他看到了什么？"

"一排排火柴人！细长的身体、细长的双腿……它们顶着椭圆的小脑袋，成群结队地行走！"

"骗、骗人的吧……这世上怎么可能有火柴人……"靳璐平日里最怕这些怪力乱神的传说。

"小姑娘，我真没骗你！他们仔细清点后，火柴人的数目和驻岛人数完全一致，也就是说，所有人都变成了火柴人！"

刘雪迎只顾闭上眼，捂起耳朵，靳璐和杜纶池虽然没有当场发作，但已然被吓得不轻，完全顾不上安慰她。

"据说，如今的恋樱岛，还不时能发现火柴人留下的足迹呢。搞不好眯起眼睛就能发现细胳膊细腿的火柴人哦。"

"谁信你！再说下去就在 App 上给大叔差评！"靳璐朝对方做了一个鬼脸，转而向刘雪迎问道，"阿雪上回来这儿的时候都没有听说这个传闻吧？"

刘雪迎点点头，脸上还是一副惊魂未定的模样。"毕、毕竟咱们准备待两天两夜，落樱庄的老板才不会对我说这些会吓跑客人的故事。"

虽然同样隶属"浅草"话剧团，但由于是流动性很强的公益话剧演出，人员更迭频繁，三人合作的场次其实屈指可数。在众团员中，靳璐一直很羡慕刘雪迎，她的本职就是演员，完全可以正大光明地沿着这条路追寻自己的梦想。也许是职业病作祟，一向在意观众目光的刘雪迎对自己的要求十分严苛，最近更是怀疑自己的容貌日渐衰老。其实，靳璐和刘雪迎原本并不太熟，只不过在一次合作公演过后，二人一起吃了顿港式茶点，回程途中刘雪迎不经意地问了靳璐一句："你觉得……我比上回见面时显老吗？"靳璐并不认为还不到三十岁的刘雪迎看起来显老，她心里一直觉得天生丽质的刘雪迎根本无须对自己的长相有过多挑剔。话匣子一开，刘雪迎便告诉靳璐自己或许患有"整形中毒症"，尤其是最近，刘雪迎接了一部电视剧的女二号，欣喜之余，开始天天对着镜子怀疑自己的容貌能否胜任。内心敏感的她特别希望得到观众的赞美，在那之后，开眼角、隆鼻、额头移植自体脂肪……一旦陷入恶性循环，想要停下来是非常困难的。在靳璐的介绍下，刘雪迎来到"星光之岬"，莫楠给她的提议是想要根治就得从内心出发，要学会让自己得到满足感。因此，刘雪迎这些天除了做好本职工作外，还要尽量克制自己追求完美的想法。

"不过，为什么必须和他们一起排练？"快艇颠簸得很厉害，刘雪迎的胃部突然有些不适，发出的声音也是气若游丝，"毕竟去年曾发生过那种事……"

"找合作方的事我们可管不着，但是去年阚金衡的事实在太遗憾了。"靳璐附和道，"说实话，我真没想到'晓月'话剧团在出了事后还能振作起来。"

"'晓月'话剧团？"年初才加入"浅草"的杜纶池满腹疑问。

"对了，小杜是今年才来的，自然不明白。"波光粼粼的湖面似乎泛起靳璐伤感的情绪，"一年多前，'晓月'可以算是整个S市最出色的业余话剧团，而阚金衡正是他们的顶梁柱，出色的台词表现力和感染力让一些专业话剧演员都赞叹不已。不过，意外来得很突然。拜阚金衡所赐，去年'晓月'的几场演出都十分成功，获得了不少业界专业人士的认可。于是，他们安排中秋过后在K市举办庆功晚宴，剧团上下几十号人沉浸在欢乐之中，就连平日里滴酒不沾的阚金衡，也喝了几杯洋酒。晚宴过后，众人回到酒店休息。大约凌晨一点，有团员听到一声巨响，原来阙金衡翻越酒店阳台的防护栏，从十三楼跌落下来……"

"有这种事？"

"可不是？当时'晓月'的团长吓得脸都青了，毕竟是从三十米高处直接跌落到人行道上。阙金衡的尸体并没有血肉模糊，也没有破烂不堪，但是他的心脏裂成两半，肝脏支离破碎。据说，后来的验尸报告更是惨不忍睹，阙金衡左侧肋骨的碎片刺穿了两侧肺，体内更是一片血海。最终警方还是判定，阙金衡的死纯属意外，但话剧团内部仍有不少传言，有人认为他是被推下楼的。"

"你的意思是，同行的团员把他给……"

"具体情况我也不是很清楚，只知道当天酒店的监控系统全部故障，没能提供事故的切实证据……总之，今天千万别在他们面前提起和阙金衡有关的事。"靳璐嘱咐一番后，宛如镶嵌在湛蓝色软缎上的恋樱岛渐渐浮现在众人眼前。

第二章　落樱庄杀人事件 I

靳璐记得本市的《S晚报》曾刊登过一则关于落樱庄的报道，大意是隐藏在S市的世外桃源。从照片上看，落樱庄就是一幢英式的木质建筑，风格谈不上现代化，看起来普普通通。待靳璐读完整篇报道后，才知道这都是老板上官亮女士有意为之，只有当游客真正踏进山庄，才会发现内部的设施其实颇有些小资情调，娱乐设施也一应俱全。不过，真正吸引两组话剧团的还是落樱庄的话剧馆。

"听说这儿的老板以前是著名的话剧演员呢！"

踏上渡口，靳璐发现恋樱岛上空气宜人，与城市里嘈杂的环境大不相同，报道上称其为世外桃源再贴切不过。如果将恋樱岛比作一顶大帽子，那么周边淡黄色的沙滩就像给它镶上了一道宽宽的帽檐。

"嗯，不过，上官老师早在一九九八年就宣布隐退了。"众人中，刘雪迎是唯一和上官亮打过交道的，"之前预定场地时，上官老师还和我聊起她早期主演的几部话剧。不过，她在隐退后一心经营事业，对新一代的话剧演员关注甚少，完全没听说过我们两个话剧团就是了。"

"好期待见到上官前辈啊！"

"杜纶池你说什么呢……来之前我就告诉你们，上官老师出国度假了。"刘雪迎无可奈何地笑道。

杜纶池"啊"了一声,说:"不会吧?本以为能让前辈指点一二的。"

"你也别太失望,毕竟'晓月'剧团还有梁晓雯这样的台柱子,你们也有对手戏,可以让他多多指导。"

"少来,雪迎你也不是第一天进这个圈子,就梁晓雯那傲慢的个性,谁和他对戏都会碰一鼻子灰……最初听到这个名字时,还以为是个女生呢。"

"呵呵,你还没见过他本人,先别急着下断语。"

就在这时,迎面走来了一位身着黑衣的女子,身材有些肥胖,年龄约莫五十岁。由于逆光的缘故,三人看不清她两手攥着什么东西。稍稍靠近后,三人着实被这阵势吓了一跳,差点儿喊出声。女子神情有些阴郁,她左手握着一把亮堂堂的菜刀,右手则攥着一只母鸡,兴许是被摁住了脖子,母鸡不断发出喑哑的叫声。

"你们是梁晓雯一行来落樱庄投宿的吗?"

"不、不,我们是另一组——'浅草'剧团。"刘雪迎答道。

"明白了,我是这里的用人,敝姓王。老板事先已经吩咐过,这两天就由我代为接待,你们先进庄内休息,我先和厨师整理食材。"

"那个……这两天除了我们还有其他人投宿吗?"

"没有。"

说罢,女子面无表情地离开了。

"好阴沉的人哪!"靳璐感到有些悒惶。

沿着宽阔笔直的道路前行,约二十分钟便可抵达落樱庄,途中天气晴转多云,不过这些都在众人的意料之中,天气预报称晚些时候附近一带还会降雨，因此她们早已备好雨具。

眼前的落樱庄就如靳璐在报道上看到的一样，外表是十分质朴的木质建筑结构。落樱庄的门没有上锁，推开门后，展现在众人面前的是一派休闲风格——一楼有餐厅、图书室以及布置温馨的小吧台，二楼则是供住宿的房间。

"好漂亮，这应该是乔治亚风格建筑吧！"主业从事建筑设计的杜纶池不禁开始滔滔不绝。

"什么是乔治亚风格？"

"乔治亚风格是意大利文艺复兴时期传入英国后派生出来的建筑风格，强调的是对称与和谐，这种风格现在正被新英格兰富裕商人阶层的庄园宅邸采用。"

靳璐走马观花地逛了一圈后，推开落樱庄的后门。穿过一条走廊，展现在面前的是一座庄严的英式风格建筑，气势恢宏。官邸外壁被涂成灰色和乳白色，四周都被杂草覆盖，仅有几棵树木错落其间。据说上官亮老师花了数年时间改建荒废许久的官邸，依照个人喜好，将它以全新的面目展现在众人面前。

"这一定就是话剧馆了！"

靳璐一边自言自语，一边打开饰有镂空图案的铁门。这是一座只有六十余个座位的小剧馆，虽然比靳璐平日里参演话剧的剧馆小得多，但她还是很感动，心想有朝一日也要建立一座属于自己的话剧馆。剧馆内没有窗户，出入口只有一个，位于观众席后（参照图四）。看得出为了迎接他们，用人特意将剧馆打扫了一番，但一些布景、道具还是随意地堆放在舞台正中央，上头蒙着一层灰，一些简单的布景四周还钉着图钉。

——一会儿就要在这里排练，到时可不能给话剧社丢脸！

合上大门，靳璐暗暗给自己打气。顺着来时的通道返回，此时落樱庄的后门已经无法从外部打开。呼唤在屋内的刘雪迎后，刘雪迎从里面将门开启。

"对面就是剧馆了吧？"靳璐这才发现有四位背着帆布包的年轻人加入，仔细一看，帆布包上都印有"晓月话剧"四个字。其中一位年轻男子见到从外头走来的靳璐，好奇地问道。

"嗯，是的。看样子待会儿我们就要一起合练啦？"靳璐朝众人礼貌地点了点头。

"这样吧，我来做个介绍。"一位看上去有团长派头，身材高大却又带书生气的男子站了起来，"左边这位年轻女士名叫向晶，饰演的是艾勒里·奎因的秘书——尼基·波特，别看她还在读大二，演技已经十分了得，可以说是前途无量的新星！在她身旁的是饰演理查德·奎因的刘宇凡，是个资深话剧迷。这位外表冷峻的帅哥则是我们'晓月'话剧团的台柱子——梁晓雯，相信大家并不陌生，他饰演的是故事的主角——艾勒里·奎因。而我，龚伟，'晓月'话剧团的团长，这次饰演戴维·W.弗雷泽，那位百万富翁。"

众人的目光都集中在梁晓雯身上，他看上去不到四十，确实是一位气质清冷的美男子，即使在这种场合，他也只是点点头，并没有像其他人一样起身致意。

交换了名片后，刘雪迎也向对方逐一介绍"浅草"剧团的三人。

本次户外合练的剧目是著名推理小说家艾勒里·奎因的名篇《幸存者游戏》，讲述的是一群"投资者"建立了一个名为"联合养老保险"的基金会，并规定最后存活的成员可获得所有钱财。接着，一个个俱乐部成员相继被杀害……作为艾勒里·奎因的经典案件之一，《幸存者游戏》起初是以广播剧的形态展现在大众

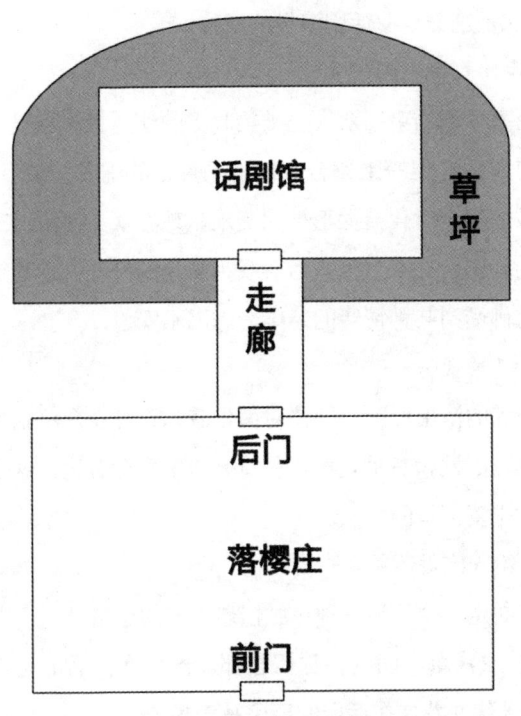

图四　落樱庄及话剧馆平面图

面前的，虽然年代久远，但在剧作家王连月老师的精心删改后，整个剧目情节更加紧张刺激，不到最后一刻无法看破事件全貌。因两个剧团实力差距悬殊，"晓月"剧团饰演的都是故事的核心角色，"浅草"剧团的三人则分别饰演"联合养老保险"这一神秘俱乐部的三名成员，戏份轻重无法相提并论。

简单地寒暄过后，落樱庄的用人（即靳璐一行人遇见的黑衣女子）和厨师带着食材回来了。二人简单地打了个招呼，告诉大家由于房间还未全部打扫完毕，行李先放在一楼。于是，两组剧团的成员便按计划前往话剧馆中直接开始排练。

"不愧是媲美专业话剧演员的演技！"

"是啊，真了不起！"

第一幕才刚结束，众人已被梁晓雯的演技深深折服，虽然平日里少言寡语，但一上舞台，他就是真正的王者。举手投足间，睿智果敢的黄金时代侦探形象完美地呈现在众人面前。下一幕即将登场的靳璐，只有默默在后台叹为观止的份儿，她甚至能感受到内心仿佛受到某种情绪的感染，忐忑不安。

——是紧张吗？

以靳璐的演出经验，即使对面坐着六百位观众，她也能心如止水。此时的她，右手轻捂着胸口，口中念念有词，这是她刚出演话剧时平复情绪的方法。

——不，绝对不是紧张。

靳璐断定，这是另一种让她惶恐不安的思绪。

"喂！'浅草'团的，你愣在那里做什么？马上就轮到你出场了！"龚伟冲着杵在后台的靳璐高声喝去。

靳璐一边道歉一边面色惨白地奔向舞台。

"你没事吧？脸色那么差。"刘雪迎发觉靳璐神色不对，连忙问道。

靳璐摇摇头，但她接下来的演出可以用错漏百出来形容，她饰演的露西尔·切里小姐完全失去了神韵，甚至连最基本的台词都记错了。

"……好吧，大家！让我们举杯，为死去的比尔·罗西干杯！"

"停！切里小姐，别喝那杯酒！"

"为什么？奎因先生，您怎么会在……这怎么回事？"

"我在，我一直都在暗中观察一切。听着，别喝那杯酒！"

"但我已经喝下……"

终于照着剧本说完最后一句台词，接着靳璐随着诡异的音乐声缓缓倒地，她饰演的露西尔·切里小姐在第二幕就香消玉殒。但是，在倒地的刹那，靳璐脑中闪过某个瞬间——一位女子也如同此时的靳璐一样，在喝下葡萄酒后，鲜血立刻从口中喷涌而出，而在女子的后方，靳璐竟看到了自己，她的嘴角微微上扬，仿佛正享受着如此残忍的一幕。

——那是谁？

——我怎么会出现在那里？

靳璐的思绪一团乱麻，忽然感到一阵头重脚轻，"砰"的一声，倒在了聚光灯下。

"喂！你没事吧？"

晚上八点，靳璐才缓缓睁开双眼。原来自己在排演中忽然昏了过去，最后是刘雪迎将她扛回房间的。

"你是……"

"我是雪迎啊！"刘雪迎将蜡烛靠近自己，那是一张近乎完美无瑕的脸，"不知怎么回事，排演到一半，整个落樱庄停电了。用人王阿姨说是发电机被破坏，要修复恐怕得等到明天中午。"

"原来如此。"靳璐轻轻咳了咳，"抱歉，给大家添麻烦了……"

"没事的。'晓月'剧团的团长说第二幕可以推迟排练。除了梁晓雯外，大家现在都已经回房休息了。"

"该不会是因为我……"

"不用担心。据说梁晓雯向来是个严谨的人。不论哪部话剧，他都会在大家休息后，自己加练，更别提这次台词量占整部剧将近一半的艾勒里·奎因了。"

"但我心里还是过意不去，这么简单的角色都演不好。"

"其实我还真挺替你担心的，这完全不是你该有的水准。不过，千万别放在心上，你今晚就好好休息吧！"

"说到担心……我反而比较担心你！"靳璐浅浅一笑。

"你说的是整形的事吗？"刘雪迎轻抚脸颊，"上周见过莫医师之后，我无时无刻不在努力克制自己追求完美的欲望。"

"但你还是忍不住做了矫正，对吧？"

"不，那是在拜访'星光之岬'之前做的，毕竟下颌矫正前后要好几个疗程，比较费时。不过我暗下决心，这是最后一次做整形手术了！"

"阿雪，其实我看过你以前的照片，但总搞不明白你究竟是怎么想的，也许大美人也有大美人的烦恼吧。"

"呵呵，总有人会不满意的。"

"不满意？你是说观众吗？"

"不是、不是……总之，你先好好休息，改天再跟你细说。"说罢，刘雪迎合上房门离开了。

有一瞬间，靳璐觉得刘雪迎就像一个羞怯的小女孩，脸红得像经霜的柿叶一样。

——排练时的那一幕究竟是怎么回事？

刘雪迎刚一离开，靳璐便再度陷入自责和恐慌中。在昏睡后的长梦中，靳璐梦见了许许多多的人，但这些人都是她从未见过的。他们有的西装革履，有的手上戴着珍珠首饰，即使如此，他们都对自己毕恭毕敬。

——他们到底是谁？

——不，我……究竟是谁？

靳璐心烦意乱，而且是越理越烦，越想越乱，最后不知如何是好，只好把头埋在柔软的枕头里，心想着隔天一定要好好地向梁晓雯道歉。

不过，即使是如此微不足道的愿望靳璐都无法实现……

第二天一早，呈现在众人眼前的，是惨死的梁晓雯的尸体。

第三章 "冬眠侦探"的疑问

"那个梁晓雯是被人杀死的?"

"嗯,嗯……不用怀疑,他是在自己房间被杀的,刀子刺进了他的背部。"靳璐气喘吁吁地答道。

之所以喘个不停,并非因为再次复述事情经过感到疲劳,而是在复述之前,得先帮这位神秘的"冬眠侦探"打扫房间。莫楠一行人造访时已是傍晚,此时,靳璐看看表,距离崭新的一天还有半小时。

"根据警方的验尸结果,梁晓雯身上只有一处穿刺伤,并且直接构成致命伤,凶器即是留在现场的短刀。从刺杀角度推断,凶手是在梁晓雯正后方行凶,被害者没有任何闪躲、扭动甚至反击。"莫楠进一步补充。

"对了,妹子的病不要紧吧?""冬眠侦探"一边吃着第五碗面,一边问道。

"事件发生的当天下午,我们做了简单的笔录后,就提前结束排练,乘船回来了。抵达'星光之岬'后,我吃了几片安眠药,隔天醒来时,表哥为我做了心理诊疗,现在感觉舒服多了。"

"下午?警方的速度真慢啊。"

"因为第一天深夜下了一场暴雨。"刘雪迎解释道,"靳璐在八点之后就睡过去了,所以并不知情。其实当晚的雨势不小,暴雨直到隔天早上才结束，至于岛外，则是一直下到第二天的正午，还伴着强风，所以警方直到下午才抵达恋樱岛。"

"梁晓雯的死亡时间呢？"

"据警方判断，在第一天深夜十一点到十一点四十五分之间。"

"案发时间你们听到什么声音没？"

"没有。"

"他在自己的房间被人刺杀，这么说是他把凶手请进房间，然后被害的喽？"

莫楠摇头。"似乎不能太轻易下结论。梁晓雯尸体的右手附近掉落了托盘以及蜡烛，其中托盘上沾有死者的指纹，而通过蜡烛燃烧的长度判断，蜡烛正是在梁晓雯遭遇袭击时掉落在地而熄灭的。陈尸地点位于房门附近，尸体头部朝房内方向，因此，凶手极有可能是埋伏在梁晓雯身后行凶的。凶手被请进房间的可能性很低。"

"……有樱花庄平面图吗？"

"给。"靳璐早已将平面图打印出来，递给"冬眠侦探"（参见图五）。

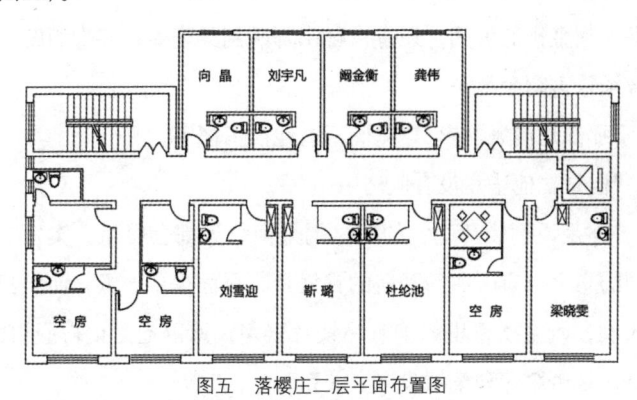

图五　落樱庄二层平面布置图

"咦,这个'阚金衡'不是因为意外事故去世了吗?"

"但在那之后,凡有外出住宿,'晓月'剧团都会为阚金衡留个位置,视作对他的思念。"

"问个题外话,阚金衡的死是否和梁晓雯有关?"

"不愧是刑侦支队的王牌,一针见血。"莫楠露出会心的笑容,"你怀疑有人为了复仇而对梁晓雯下手?"

"有这个可能性吗?"

"无法确定。不过,阚金衡的死确实疑点很多。一来,他从不饮酒,而在事发当晚,正是梁晓雯频繁劝酒;二来,'晓月'剧团内部还有关于梁晓雯妒忌阚金衡的传言,由于性格原因,两人平日相处颇有不快,更何况阚金衡天赋异禀,对话剧满怀热情并一向以勤奋著称的梁晓雯自然对阚金衡的成就感到不悦,二人在排演时口角不断,最后就连团长龚伟都深感头疼,只好将他们俩分别安排在不同剧目里演出。"

"俗话说得好,一山不容二虎啊!"

两人的对话一搭一档,默契十足。这时,刘雪迎像是忽然想到了什么,脱口而出道:"其实,阚金衡过世后,'晓月'剧团里还流传着不少关于梁晓雯的传言呢。有人说,当晚看到梁晓雯偷偷潜入阚金衡的房间,还有人称亲耳听到梁晓雯在某次酒席上直言曾经杀害阚金衡……"

"那都是捕风捉影。"莫楠不屑地摆了摆手。

"但是,他毕竟没有服药……"

"你是说钙镁片吧?的确,阚金衡每天都会服用,案发时他房间的桌上也有一瓶新开盖的钙镁片,里面少了一颗,而验尸结果表明,阚金衡胃里的确有钙镁片残留,所以他是记得服用的。况且,是否服药和案情没多大关系吧?"

"是、是嘛……当时听闻了不少传言，感觉事有蹊跷罢了。"刘雪迎显得有些尴尬，靳璐听说刚出道那会儿，刘雪迎和阚金衡曾同台出演过一些小剧目。

"既然连莫老弟都觉得难解，想必例行调查并没有什么结果吧？"

"是的。"

"刚聊到哪儿了……哦，对……停电过后，你们只靠蜡烛照明吗？""冬眠侦探"问道。

"对，王阿姨将蜡烛摆在一楼大厅的木桌上，当天大家排演也累了，所以每人各拿一支蜡烛回房休息。虽然山庄内断电，但客房电子锁的感应装置自带电池，并不影响入住。"

"即使在这种情况下，梁晓雯依然在话剧馆独自排练？"

"据说他早就把台词背得滚瓜烂熟，需要的只是一个安静的环境。"

"有个问题，落樱庄的前门当时是锁上的吗？因为靳小妹曾经尝试从外部打开落樱庄的后门，似乎没能成功。"

"前门当时是锁上的，而后门的确只有从馆内才能开启。当时王阿姨将后门的钥匙交给梁晓雯，因此他能从外部进来。"

"这样啊……案发后钥匙在他口袋里？"

"没错。"

"还有，在靳璐昏睡的这段时间，你们在排练过程中，有离开过剧馆吗？"

"嗯，陆续有人离开过。当时大家都在认真排练，暂时没有上台的团员有的观看表演，有的在馆外闲晃，我对人员进出印象都不是很深，只知道每一幕都有演出任务的梁晓雯始终在话剧馆内。"

"演出时剧馆大门是开着吗?"

"……一开始是关上的,之后不知道是谁出去闲晃时忘了把门带上。"

"排练时应该有播放背景音乐、使用音效吧,用人和厨师没意见吗?"

"因为他们出去散步了。"

"这样一来,停电时,你们应该正在排演话剧……"

"对。当时用人和厨师都出去散步了,我们一时不知所措。好在梁晓雯是个严谨的人,他的手机里一直存有话剧的背景音乐。据说日常排练时,他都会用手机录下自己的声音,闲下来时就会反思需要改正的地方。另外,手机电量充裕的两三位团员也开启了手电筒功能,代替演出的灯光。"

"等等,假设发电机是被凶手破坏的,那么断电的时候是否有人不在剧馆?"

"这就不得而知了。"刘雪迎也不确定,"刚才也说过,大家都在用心排练,恰巧第四幕只有饰演艾勒里·奎因的梁晓雯和饰演百万富翁戴维·W.弗雷泽的龚伟演出,其他人有的坐在观众席,有的可能在外头休息。"

"也就是说,除了龚伟,其他人都有可能是破坏发电机的人喽?"

"老兄,这恐怕还不能轻易下结论。"莫楠想了想说,"发电机的线路是从外部被烧坏的,搞不好凶手利用了蜡烛燃烧的时间差制造不在场证明。即在目标线路旁放置点燃的蜡烛,并标明时间刻度,待时机一到,火焰就会烧到目标线路上……照我看除了梁晓雯,其他人都无法排除嫌疑。"

"原来如此。""冬眠侦探"微微颔首,接着问刘雪迎,"用人和厨师优哉游哉地散步归来后,告诉你们发电机的线路被破坏了?"

"是的。"

"所以,除了梁晓雯坚持排练外,其他人都回房休息了?"

"对,停电之后又排练了两幕,大家的手机电量都所剩无几,山庄内的手电筒也坏了,王阿姨就取出七支蜡烛,让我们各自举着蜡烛托盘回房休息,等待隔天维修人员上门。"

"我大概了解了,你们继续说下去。"

"冬眠侦探"对靳璐和刘雪迎盼咐道。

第四章　落樱庄杀人事件 II

"大家别慌！先保护现场，剩下的我们只要配合警方调查就行。"

发现梁晓雯的尸体后，用人和厨师们都被吓得不轻，唯独身为团长的龚伟率先冷静下来。他一面驱散进入房内的团员，一面吩咐用人先报警。

靳璐踮起脚尖，此时的梁晓雯早已失去话剧演出时的神采，一把短刀狠狠地插在他的背部，他双目圆睁，面色煞白，似乎临死前看到了什么恐怖的场景。本想今早向梁晓雯好好道歉，却不料屋内无人应答，靳璐以为梁晓雯还在生她的气，然而到了早餐时间，梁晓雯都未下楼用餐。早起的用人发现一楼的窗户被人打破，龚伟一行感到情况不妙，便将房门撞开，发现梁晓雯尸体的时间是早上七点十分。

"警方说岛外的雨势和风势都太大了，看情形他们恐怕要等午后才能进岛。"与警方取得联系后，王阿姨依旧心有余悸。

"可是，这里明明没什么雨啊。"刘宇凡是个留着小胡子的中年人，穿着浅色长袖衬衫，虽然看上去有些胖，但眼神很灵动，说起话来也架子十足。

"不，昨晚的雨还是比较大的，只是现在转小了。"龚伟用手机拍了几张现场照片，领着众人来到一楼，"不过，我想即使警察来调查，他们看到这里的情况也会断定凶手是外来人士吧。"

龚伟指着右侧被打破的窗户（图六），继续说道："根据碎片的朝向判断，定是外来人士打破窗户潜入室内，杀了梁晓雯之后，再从那儿逃脱。"

"有、有道理，一定是这么回事！"向晶是第一次跟团参加户外合练，不承想竟发生如此惨剧，胆小的她只能畏畏缩缩地跟在团长身后附和。

"干脆这样，靳璐、向晶和刘宇凡在屋内和话剧馆内搜索，其他人两人一组和我出去抓凶手。"

龚伟一声令下，两拨人马分头行动。不过，他们深知凶手绝不可能坐以待毙，藏于馆内的概率微乎其微。至于岛内可供藏身的地方无非是茂密的丛林，在用人和厨师的指引下，众人花了两个小时，却一无所获。

"难道……杀人犯不是外来的？"刘宇凡面色惨白，看上去是真的害怕了，他高声叫道，"这不是很明显了吗？我们之中有杀人魔啊！我们就像《幸存者游戏》那样，大家聚在一起，然后一个个被杀掉！"

"不，依我看，是你们三位没有认真搜查。"龚伟来到破碎的玻璃窗前，"昨晚的那场暴雨将沙地淋得很泥泞，但窗外却没有凶手的鞋印，你们不觉得很奇怪吗？"

"有什么奇怪的？暴雨是在晚上十一点左右才开始下，我们八点半就进屋休息了，凶手大可在这段时间内将窗户打破进屋行凶！"刘宇凡厉声反驳。

"那么，你们有谁听到窗户被打破的声音？"

众人面面相觑，陷入沉默。

"自认为睡眠较浅的我也和诸位一样，没有听到任何较大的声响,更别提窗户被打破这么大的声音。因此,凶手肯定在我们排练时就已经打破窗户潜入屋内了。"

"有道理。我们排练时,用人和厨师出去散步。前门上了锁,后门如果没有钥匙的话无法从外部开启,所以凶手索性从外部将窗户砸碎。"

"不错,这就是我的想法。既然屋外潮湿的沙地没有鞋印,就表示凶手并没有离开落樱庄。"龚伟转而对搜查屋内的三人问道,"你们真的仔细搜查过吗?"

"当然有!"刘宇凡反驳道,"再说,你的推理有个很大的漏洞。"

"什么漏洞?"

"如果凶手在我们排练时就已经打破窗户,那么大家回落樱庄时可能没发现吗?虽然断了电,屋内十分昏暗,但毕竟是碎了一大块的玻璃,不可能视而不见的!"

"我觉得这位先生说得对,你们回房之前我还点上了七支蜡烛,借着烛光我也能模糊地看到当时窗户并没有被打破。"王阿姨的证词宣告了龚伟的推理无法成立。

"不过,这样一来,事情就更奇怪了——凶手无声地打破窗户,再不留痕迹地离开落樱庄,然后躲过我们的搜查?"

"不对,并非没有痕迹!"龚伟没有因为推理失败感到懊丧,他再次来到被打破的窗前,仔细查探屋外的沙地,"你们仔细看!"

众人凑到窗前,乍看之下沙地上并没有任何足迹,但仔细观察后,可以发现从被打破的窗户到屋外悬崖的五十米沙地一路上都有星星点点的痕迹。

"这、这是'火柴人'?"刘雪迎惊惶地叫道。

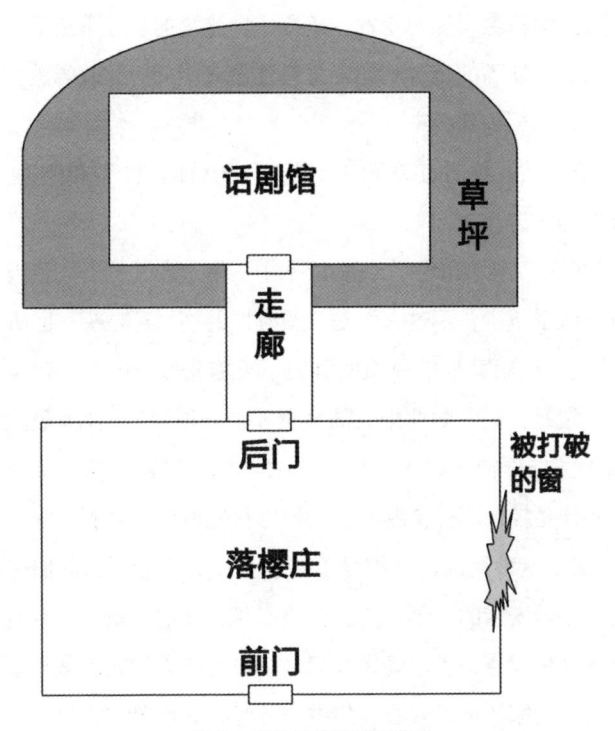

图六　案发后落樱庄平面图

"'火柴人'？"龚伟感到不解，"什么是'火柴人'？"

"那是昨天我们三人进岛时，开快艇的大叔对我们讲的故事。据说恋樱岛在战争时期是收容伤员的场所，但几个月过后，所有的伤员连同医生都变成了一个个细长的'火柴人'。窗外的脚印不正像火柴头的大小吗？"

"竟有这种事！"

"如果是火、火柴人干的话，确实能做到不被我们发现！"

"对，一定是火柴人把梁哥杀掉的！我们被战争时期的士兵下咒了，它还会继续杀人，所有人都会死的！"

众人的脸色刹那间变青,落樱庄内弥漫的哀号不绝于耳。今早起床后,靳璐的精神状态一直是迷迷糊糊的,此时的她,更感到阵阵剧痛朝头部袭来。

"王阿姨,你听过关于'火柴人'的传闻吗?"龚伟垂下脸,向女佣确认道。

"在这工作好几年了,多少听过一些。这里关于火柴人的传闻版本似乎不少,不过它们是战争时期的伤员还是头一回听说。"

"这、这简直是推理小说里的不可能犯罪,凶手一定是火柴人、一定是!只有如此细长的身躯才能办得到!"向晶虽然在K大加入了推理社,试图改掉胆小的毛病,但真正遇上了杀人案件,她还是控制不住流露本性,她颤抖地蜷缩着身躯。

"越是这种情况,就越是不能慌张。为今之计,我们待在落樱庄里是最安全的,不过为了保险起见,在那之前,所有人必须把房间互相检查一番,确保我们之中没有杀人犯或者藏身于房间的外人,大家才可以安心地集中在一起,等待警方救援。"

龚伟的提议得到大家的一致认可,互相检查房间内部和随身携带的行李之后,仍旧一无所获。龚伟来到了梁晓雯的房门前,谁知刘雪迎已经杵在那儿了。

"我不是说过,不许靠近案发现场吗?"龚伟低声斥责道。

"不好意思,可我什么都没有做,只是刚才好像听到奇怪的声音,所以来看看是否有异常。"

"结果呢?"

"应该是我多心了。"

"调查时还是别单独行动。"龚伟说罢,也跟着四处扫视房间,"这房间好像有些与众不同的地方。"

"有吗?"

"对了，这里的盥洗池怎么没有镜子？"

龚伟反复确认了一遍，询问女佣后得知，确实只有梁晓雯所在房间的盥洗池没有镜子。

"呵呵，据我所知梁晓雯这人最爱照镜子了，即使他的房间内没镜子，也会随身携带一个小的，生怕自己的容貌出现什么瑕疵。"

"真是不好意思。"气质阴沉的王阿姨拿出一张卡纸，上面标示着所有人的名称，"老板出国前特意交代我这样安排的，还说无论如何都要按这张布置图来安排房间。"

"预订时你向老板提出什么要求了吗？"龚伟转头问刘雪迎。

"没有。当时只是例行和上官老师预订房间，之后简单聊了聊话剧。"刘雪迎反问道，"有什么问题吗？"

"不，应该是我多心了。"

刘雪迎一愣神，笑道："莫非你连上官老师都怀疑啊？"

"那倒不是。我只是回想起房卡是我们排练结束之后，由王阿姨放在烛台旁边，自行领取的。所以正在考虑是否存在这样的可能性——大家领走房卡后，桌上只剩梁晓雯的房卡，会不会有人在梁晓雯回到落樱庄之前，将桌上的房卡取走？接着，利用房卡开启梁晓雯的房门，用椅子抵在门前虚掩着，然后将卡归还原位，之后就躲在梁晓雯的房间内伺机而动。"

"很抱歉，这是不可能的。"王阿姨摇了摇头，"昨天应该也和你们说过了，当你们从桌上的卡槽袋中取出房卡后，就可以打开对应的房间，但若再将卡片放入卡槽袋内，就会被感应系统识别为已退房，无法打开房门。梁先生的房卡一直是可以感应的状态，所以龚先生说的手法在我看来并不成立。"

正如女佣所说，虽然房卡上并没有标注房号，但设有感应系统,一组十枚的卡槽袋上均印着入住人姓名及房号,且取出房卡后再放回卡槽袋即宣告失效。因此,龚伟的推理无法成立,他只得怏怏不乐地再度陷入沉思。

转眼已是午餐时间,由于无心打理,菜品是清一色的冷盘,完全无法挑起众人的食欲,靳璐甚至连一口都没吃,喝了几口热茶后便盖着薄被倒在沙发上。

"话剧馆需要再调查看看吗?"

饭后,刘宇凡向龚伟征求意见。

龚伟轻声说了句"看看也罢",二人信步穿越走廊,打开话剧馆的大门。当舞台映入眼帘后,二人心中不禁五味杂陈,毕竟主演已然离世,话剧公演计划无法逃脱被迫取消的命运。

"梁晓雯加练完后,外头应该已是大雨倾盆,既然四周都没有他的足迹,那么他一定是用钥匙打开落樱庄后门,端着蜡烛直接上楼休息了。"

"我想也是。"缓缓走向舞台后,龚伟察觉到一些异常之处,"这几个瓦楞箱的布景和道具,有人碰过吗?"

"只有在排练前,'浅草'剧团那三位女生将这些布景搬到观众席后方,以免占用场地。"

龚伟细细查看,里面全是英式建筑的舞台内景布景和装饰。

"这里几乎都是门、窗、墙的景片,记得那位叫杜伦池的小姑娘说过,这是和落樱庄风格一致的乔治亚建筑。有什么问题吗?"刘宇凡问道。

"我记得在排练时,这些布景都蒙着一层灰,看上去已经很久没有使用。为何现在变得如此整洁?"

"你这么一说，的确是啊……"

"梁晓雯在我们离开后，曾经用过这些布景？"

"或许吧，毕竟这是他喜欢的英式风格，也和这部剧的背景契合，说不定是他觉得布景保养得不好，所以拿去外头清洗的。"

"这么一说也有道理，他是个严谨的人……"

就在这时，二人听到大门外传来轻盈的脚步声，说曹操曹操到，来者正是杜纶池，她告诉二人，向晶打算向大家公布昨晚遇到的怪事。

第五章　消失的足迹

"有意思，真有意思！"据莫楠透露，"冬眠侦探"一旦遇到难解的谜题，就会表现得歇斯底里，此时的他，正拍着桌子高声欢呼，"不可能犯罪，这是不可能犯罪啊！莫老弟，我就知道只要是你带来的案件，一定不会让我失望！"

"好说、好说。"莫楠露出谄媚的笑容，"大师您可否看出些端倪了？"

"你是指无足迹的诡计吗？"

"嗯。在我看来，无非两种可能性：其一，凶手打破窗户是为了进屋行凶；其二，打破窗户是凶手的障眼法。如果答案是前者，凶手应该是外来人士，如果是后者，那么凶手就在落樱庄的几个人之中。关于这点，大师怎么看？"

"管他是不是障眼法！现在的问题是凶手是在什么时候打破窗户的。窗玻璃上应该没有贴过胶带的痕迹吧？"

"你是说入室窃贼常用的方法？很遗憾，并没有这样的痕迹。"

"……既然龚伟一向睡眠较浅，那么凶手打破窗户时他一定会有所察觉。"

"如果龚伟本人就是凶手呢？"

"假设他是凶手，也无法保证打破窗户的声音大家都听不到。"

"不管怎么考虑都会陷入死胡同。"

"这正是困扰警方的一大难题。"莫楠微微颔首,"如果绕开这个瓶颈,探讨凶手是如何行凶,以及行凶后如何脱逃,是否会得出新的猜想?"

"有道理,我一直在想,凶手是否早就在屋内?"

"你的意思是……凶手从一开始就躲在落樱庄?"

"是的。早就躲在某个房间内的凶手,悄悄跟在梁晓雯身后,当他打开房间的刹那,便从背后行凶,接着由后门离去。"

"可能性也不是没有,不过假设真有其人,他又是如何进岛,又如何避开众人搜查的呢?"

"如果凶手不止一人,又如何?"

"有共犯吗……"莫楠摩挲着下巴,"但在我看来,整起案件凶手都做到滴水不漏,条理清晰,更像是由一人所为。"

"莫老弟,索性先来理一理案发至今的疑点吧。"

"正有此意。"

莫楠翻开记事本,挥舞起黑色水笔,字迹十分工整。

1. 凶手是何时击碎窗户?目的为何?
2. 凶手行凶的场所究竟是否在被害人房间?如果在,凶手如何潜入?如果不在,事件发生前后凶手藏身何处?
3. 窗外的沙地为何会留下"火柴人"足迹?
4. 凶手是否在剧团成员之中?
5. 凶手谋杀梁晓雯的动机是什么?

第六章　落樱庄杀人事件 III

"其实……我和梁哥正在交往……"

向晶苍白的脸颊泛起一层淡淡的红晕,她始终不敢抬起头,生怕受到团长的斥责。

"什么时候开始的?"龚伟冷冷地回问。

"两、两个月前。"

"怪不得你们手机吊坠都是一样的,原来你们偷偷瞒着大家交往!"刘宇凡促狭地嘀咕着。

"对不起,我知道在这个时候说这件事不合适,但我可以证明,昨天深夜梁哥还活着。"

"你们见过面?"

"不,梁哥一向讨厌别人打扰他的练习,何况我和梁哥交往的时间并不长,所以不想让他认为我是个黏人的女生。到了深夜十一点左右,窗外的雨势慢慢变大了,我有些担心,思来想去还是决定到梁哥的房前,看看他是否已经回屋。"

"他有没有回应你?"

向晶点点头,神情十分坚定。

"时间是十一点吗?"

"大约十一点二十分。"

"你亲眼见到他本人了?"

"没有,他在房内回答我。"

"你们说了些什么?"

"……我先轻轻敲了敲梁哥的房门,问他是否已经回房休息。梁哥似乎正在睡觉,我敲第三遍时,他才不耐烦地对我说了声'我在'。"

"是他的声音?"

"我不会听错的。但是他的语气明显有些不愉快,我以为他因为'浅草'剧团的排演失误而心情不好,所以没有再打扰他。"

"这么一说,昨晚伴着雨声,我模模糊糊地听到有人敲门。"龚伟托着下巴,总结道,"如果你的证词属实,那么梁晓雯在十一点二十分还没遭到毒手。"

"团长,之所以向您坦白,是因为我不论怎么回想,都觉得梁哥当时已经很疲倦了,依他的性格,绝对不会邀请我们之中任何一个人进入房间。"

"你想说,当时凶手也在房间内?"

"您也是这么想的?"向晶反问。

"这样一来就有三种可能。第一,凶手还没对梁晓雯下手,且梁晓雯认为与凶手同处一室不会危及性命;第二,梁晓雯还不知道凶手躲在房间内,此时的凶手正伺机而动;第三,凶手已经杀害梁晓雯,并伪装他的声音回答你。"

"团长,你的意思是……凶手在我们之中?"

"前提是你的证词属实。"

"我说的当然是实话!"向晶再度确认,"昨晚回复我的确实是梁哥。"

龚伟清了清嗓子,接着发出浑厚的声音,把向晶吓了一跳,那个声音听起来和梁晓雯别无二致。

"知道吧？我们都是话剧爱好者，不论男女，这点儿功夫大家都有。"

"所以，团长您认为我的证词不能说明什么问题吗？"

"抱歉，我不是这个意思。"龚伟摆了摆手，"一会儿警方录口供时，还麻烦你如实告诉他们。"

"这样推理下去也无济于事。依我看，凶手就是战争时期那些士兵变成的'火柴人'，只有它们才能如入无人之境！"刘宇凡打断二人的讨论，"如今咱们是泥菩萨过河——自身难保了，还有闲情为诅咒的牺牲者推理，真是可笑。"

"晓月"剧团三人的争论，让靳璐她们感到不知所措，她们甚至不知道该和谁站在一边。这时，落樱庄外倏然传来嘈杂的声响。龚伟闻声率先夺门而出，山脚下有几位身穿制服的警察正朝落樱庄的方向走来。

"大家快看，我们有救了！"

龚伟长舒一口气，就像逃脱了恶魔的魔爪。

第七章 "冬眠侦探"的推理

"事情大致就是如此，负责这个案件的叶勇德正忙得焦头烂额，他指望能得到大师的帮助。"

莫楠毕恭毕敬地向"冬眠侦探"请教，谁知对方竟贴着莫楠的耳朵促狭地斥责道："你这家伙，究竟卖什么药？"

"请大师多多指点！"莫楠依旧一副谦逊的模样。

"哼，你是想拿我当枪使？"

"我不知道大师的言下之意。"

"冬眠侦探"涨红了脸，他似乎被莫楠激怒了，二人在靳璐和刘雪迎面前上演不知名的戏码，让杵在一旁的她们不知所措。

"请问……您已经知道凶手是谁了吗？"靳璐试探道。

"呼，得了，我全招！"

"冬眠侦探"认命般长舒一口气。

"您真的知道了？"

"好说，毕竟我还要在一天之内解决三年份的案子，你们说的这点小事件不算什么。"

"您可别吹牛，这可是连我表哥都无法解决的案件哦。"

"是这样吗……"对方不屑地抬了抬手，"之前，在你们叙述的过程中我和莫老弟做过两次讨论，这家伙吊足了我的胃口，让我以为这是个十年一遇的好案子。可万万没想到，等你们说完，一切都变得索然无味咯……"

"您这话是什么意思？"刘雪迎凑上前问道。

"起初，我只是对某人产生怀疑，但在那之后，越来越多的证据把怀疑变为事实。我举个例子，难道你们没从那位叫向晶的女大学生的证词中得出什么结论吗？"

"你是说，他和梁晓雯的事？"

"没错呀。"

"结论龚团长不是已经说得很清楚了？"

"我的天，他那半吊子的推理，小学生都能想得出。这么说吧，这起案件只需要一张平面图就能解决。"

"平面图？"靳璐指着桌上的影印文件，"你是说二楼的平面布置图？"

"对呀，不过你们实在太笨了。我还是从头说起吧。""冬眠侦探"清了清嗓子，继续说道，"向晶告诉我们，她曾在案发当晚十一点二十分左右，与房内的梁晓雯有过对话，但对方只答了一句'我在'，没错吧？试想，如果有人深夜敲你房门，问你'回来了没'，你会怎么回答？"

"唔……一般都会说'我回来了'或者'有什么事'之类的……"

"没错，若是回答'我在'，按道理是将对方请进屋内的用语吧。"

"经您这么一说，确实是这样！"

"因此，我们能很容易地得出一个结论——这句话既不是梁晓雯说的，也不是凶手伪装成他的声音说的。"

"既然都不是，那么难道是'火柴人'回答向晶的？"靳璐不禁揶揄道。

"是比'火柴人'机灵几十倍的家伙。"谈论案件时,"冬眠侦探"像演说家一样,说话抑扬顿挫,"你不也提到过,每次排演话剧,梁晓雯都会将自己的声音录下来吗?"

"啊!你是说……凶手当时播放的是梁晓雯手机里存储的音频?"

"总算开窍了。"

说到这里,靳璐才回想起来,在《幸存者游戏》的第二幕,饰演艾勒里·奎因的梁晓雯的确说过"我在,我一直都在暗中观察一切。听着,别喝那杯酒"这句台词。

"就像龚伟说的,在场的所有人都是话剧爱好者,模仿他人声音是平日里的基本功,凶手为何不当场模仿梁晓雯的声音,反而选择更加麻烦且危险的方法呢?因为——某种原因致使凶手不方便发出梁晓雯的声音。"

"什么原因?"

"你想知道?"

"冬眠侦探"把脸凑向靳璐,靳璐重重地点了点头。

"我偏不说!哈哈哈哈!"

靳璐这才明白"物以类聚"的道理,况且和"冬眠侦探"相比,她的表哥莫楠简直是一介良民。

"第二个问题——梁晓雯是背部中刀毙命。有两种可能:其一,凶手在梁晓雯房间内行凶;其二,凶手在房间外行凶。如果是后者,那么凶手要冒着被其他人发现的危险犯案,风险太大,根据陈尸的情况来看,如果在屋外犯案,凶手为何还要把梁晓雯扛回房间?怎么想都不可能。所以,明智的凶手只会选择前者。接下来又有两种可能:其一,凶手见过被害者;其二,凶手没见过被害者。从案发现场熄灭的蜡烛剩余长度看来,凶手在被害者一进门后便下手，因此，梁晓雯不太可能恭敬地将凶手请进房间，事实更倾向于凶手暗中行刺。说到这里，我们再次得出一个结论——凶手具备暗中行刺梁晓雯的条件。"

"可是，要满足这个条件，首先凶手得握有被害人的房卡呀。"靳璐像认真听课的学生一样，举手示意。

"对，凶手就是握有梁晓雯的房卡。"

"侦探大叔，落樱庄的女佣提到过，房卡全部在卡槽袋里，如果凶手取了梁晓雯的房卡，再放入槽袋，那么梁晓雯的房卡便无法使用；如果凶手取了卡没有归还，梁晓雯应该会先去找女佣了解情况才对！"

"如果是第三种可能呢？"

"第三种可能？"

"梁晓雯既从卡槽袋内拿了房卡，凶手也进入了梁晓雯的房间。"

"完全听不懂。"

"我这么说你就明白了——在梁晓雯被害前，凶手一直住在他的房间！是梁晓雯将凶手的房卡带给凶手本人的！"

"怎么可能！"

"其实这点小伎俩很简单，凶手在其他人领取房卡后，自行制作了卡槽袋。也就是说，凶手在卡槽袋外套上一层，然后将写着大家姓名的标签贴纸贴在卡槽袋上，当然，剩余最后一张未领取的房卡所对应的标签上写着梁晓雯的名字，那张卡实际是属于凶手的。"

"原来如此，你是说，凶手先把梁晓雯的房卡领走，然后在他的房间内伺机行凶？"

"对。因此，我们又可以得出第三个结论——凶手一开始住进了梁晓雯的房间。满足这个条件的又是谁呢？我们不妨用排除法。"冬眠侦探"的推理终于达到高潮，"首先，'晓月'剧团的刘宇凡、龚伟以及'浅草'剧团的杜纶池被目击同时进入各自的房间，可以排除；其次，刘雪迎拿了靳璐的房卡将靳璐抬回房，靳璐可以排除；再次，向晶最后提供证词，向众人坦白与梁晓雯是情侣一事，并在案发当晚于梁晓雯房前听到他的声音，也可以排除；最后，若是女佣和厨师犯案，完全没必要选在落樱庄内，而且还有破坏发电机、打破窗户这些繁杂的手法，也可以排除。所以，在场的其实只有一个人具备上述所有条件。"

"究、究竟是谁？"

"远在天边近在眼前，我说的是刘雪迎小姐。"

说到这里，靳璐才发现刘雪迎早已冷汗直冒，双手不停地打着哆嗦。

"怎么可能是阿雪，你胡说八道！"靳璐不禁反驳道。

"还记得我刚才说的第一点吗？凶手因为某种原因无法模仿梁晓雯的声音。刚做过下颌整形手术的刘雪迎说话总是小心翼翼、轻声细语，绝对不能发出浑厚的男声，而通过你们对事件的叙述，在场的所有人当中有且只有刘雪迎没有高声说过话。这点也与我的结论契合。"

"那被打破的窗户和消失的足迹又是怎么回事？根本不可能是阿雪……不，在落樱庄的所有人都不可能做到！"

"对，如果窗户是在犯案时被打破的话……"

"您是说，凶手打破窗户不是用来行凶？"

"当然，这是刘小姐的障眼法，目的是让大家认为凶手是外来犯或者那个'火柴人'。""冬眠侦探"望了眼莫楠，他得意地微笑着，仿佛一切尽在掌控，这让"冬眠侦探"很不是滋味，不耐烦地想要结束这场推理,"傻姑娘,还记得话剧馆内的布景吧?那也正是这起事件中刘小姐用到的'布景'。事件发生后,龚伟和刘宇凡发现布景道具全都被人擦拭过,其实,凶手正是利用里面乔治亚风格的窗户布景作为道具,掩盖了她打碎玻璃窗的真正时间。不得不佩服聪明绝顶的刘小姐,她在第一次登岛时和上官老师聊得十分热络,目的就是为了研究地形、套取作案的手法,我说的没错吧?"

刘雪迎嘴唇翕动了一下,勉强挤出几个字:"太、太过分了,我什么都没做,为什么怀疑我!"

"是吗?那我就说说布景的用途吧。刘小姐利用和落樱庄尺寸相仿的乔治亚建筑风格的窗户布景,先在大家排练的过程中破坏发电机的线路,接着在现场一团乱的情况下敲碎玻璃窗,并将从话剧馆布景箱中取出的窗户布景钉在窗框上,这样一来,借着昏暗的烛光,完全分辨不出真假。在这里需要注意的有两点:第一,在排练之前,'浅草'剧团的三人将布景箱转移到观众席后方,也就是靠近大门处,这样一来,刘雪迎取出窗户布景就方便多了;第二,她击碎窗户时,众人都因为停电聚集在话剧馆,所以不必担心声音会被听到。"

"这完全是臆测……那么大一块布景,我又要怎么回收?"

"回收的时间在杀害梁晓雯之后。你照顾好靳璐后,理所当然地成为倒数第二位取房卡的人,按我刚才说的方法在卡槽袋上动手脚后,便利用梁晓雯的房卡打开他的房间,躲在门后伺机而动。在一片昏暗的情况下从背后刺杀梁晓雯,接着交换了你们的房卡。不料此时却遇到始料未及的小插曲,向晶从门外探听屋内的情况,无法高声发出男音的你灵机一动,打开梁晓雯的手机,将第二幕里的台词播放出来,这一时间间隔却被向晶误解,以为打扰了在休息的梁晓雯，便转身离去。刘小姐当时想必长舒一口气吧？接下来进展到最后一步——拆除布景。你端着托盘放轻脚步来到布景前，卸下钉着的图钉，这里请注意一个问题：布景上的几枚图钉原先就与布景合为一体。在拆除布景之后，你先从内部将落樱庄的后门打开。此时，屋外早已开始下雨，你为了将布景的功效发挥到极致，制造'火柴人的诅咒'，于是把布景卷成履带状……"

"履带？"靳璐问道，"这和'火柴人的诅咒'有关系吗？"

"关系可大了。刘小姐将身体卷入布景卷成的履带中，缓缓滚向话剧馆的草坪处，接着，踏上草坪打开话剧馆的大门。沿途的点点痕迹则是图钉接触沙地时留下的。说到这里，你知道布景为何被擦洗过了吧？"

"我懂了，因为被凶手利用过的布景已经很泥泞，如果丢下馆外的悬崖没准会被警方发现，所以只能借助雨势将布景清洗一番，但若只清洗一块布景很容易被发现端倪，所以凶手把所有布景都清洗了一遍。"

"不错，这就是答案。"

"证据呢？你有什么证据？"犯罪手法被识破，刘雪迎开始变得歇斯底里。

"房卡就是证据呀。"

"房卡？"

"行凶过程你肯定戴着手套，但梁晓雯可没有，所以你在交换双方的房卡时一定擦洗过自己房卡上的指纹，毕竟万一警方展开细致调查，发现你的房卡上有梁晓雯的指纹，事情就败露了。此处又有两种可能性：其一，你擦拭过房卡的指纹，如此一来便会出现更奇妙的问题，许多住户都使用过的房卡为何只留下你的指纹？简直是此地无银三百两！其二，你没擦拭房卡的指纹，那么本属于你的房卡为何会留下梁晓雯的指纹？按说你们在那个时间点根本没机会见面。不论哪一种情况，都会让你无从狡辩。"

"……你是什么时候开始怀疑我的？"

"刚开始的确只是感到有些不对劲，直到听完整个案件的来龙去脉，我才肯定你就是凶手。"

"不对劲？你是说向晶去找梁晓雯的事吗？"

"不，在那之前。""冬眠侦探"得意地问道，"你是以梁晓雯的名义找上官老师的吧？"

"……你连这个都看出来了？"

"因为镜子，只有他的房间没有镜子。你因整形中毒症咨询过莫老弟，在恋樱岛遇到上官老师时，想必或多或少和她聊过这个话题，看过客房后，你知道只有一间客房没有镜子，而那间客房位于二楼角落，作为实施犯罪的舞台再适合不过了。再者，梁晓雯的名字偏向女性化，上官老师虽为话剧界的前辈，但对新人全无了解，所以你当时就将梁晓雯的名字报给她。如此一来，细心的上官老师就会将没有镜子的房间安排给她面前这位亟待克服整形中毒症的你。"

"我明白了，所以上官老师出国前特意交代女佣一定要按她的意思安排房间。"

"没错，我想你是趁女佣和厨师出岛买食材的时候拜访上官老师的吧？而我感到不对劲的地方也在于此，还记得女佣第一次见到'浅草'剧团的你们时，张口便问'你们是梁晓雯一行来落樱庄投宿的吗'？为什么她会冲着率先抵达恋樱岛的你们问这句话？因为刘小姐在预订时正是以梁晓雯的名义，我说得不错吧？"

"但是阿雪没有杀害梁晓雯的动机！"说到这里，靳璐依然不愿相信案件的始作俑者竟是身旁这位看似柔弱的刘雪迎。

"我想，他们的关系恐怕和向晶、梁晓雯的关系如出一辙……"

"你猜得不错，我和阙金衡是秘密交往的情侣。"刘雪迎绝望地垂下脸，啜泣着，恍然间变得十分憔悴。"他的死不是意外，他是被梁晓雯推下楼的！梁晓雯素来嫉妒阿衡的才华，有阿衡在，无论梁晓雯如何努力，永远也当不了主角。那天晚上，我正在跟阿衡通电话，是我打过去的，目的是为了提醒他按时服用钙镁片，因为他总会忘记。万万没想到，他留给我的最后一句话是'有人敲门，是梁晓雯的声音，我先挂了'……"

"不，我并不是靠猜。钙镁片一般随三餐服用，年轻人也可在睡前服用一次两粒，但你却说'阙金衡没有服用'，为什么呢？因为你知道阙金衡的服药习惯。当我确定凶手是你之后，之前感到不对劲的地方都能得到合理的解释。"

"事到如今，我真后悔听从靳璐的建议来到这个地方。"此刻，恼恨、失望、压抑和沮丧的心情，织成一张又厚又重的网，罩在刘雪迎的心头。"不过，我一点也不后悔。机缘巧合之下的合练演出、孤岛上的合宿，还有完美的犯罪场所……这是上天注定让我以制裁者的身份将他毁灭的！"

"上天注定吗……"

莫楠杵在房间一角，低沉地自言自语。

终章　代号"暗鸦"

"哎呀！大师一出手，十个叶勇德都敌不过！"

警方将刘雪迎带走时，靳璐也跟了过去。房间里只剩下莫楠与"冬眠侦探"两人，此时，莫楠正带着谄媚的笑容，不停地夸赞"冬眠侦探"干净利落的推理。

"少来，其实你早就知道了吧？"

"知道啥？"

"凶手是刘雪迎这件事。"

"哈哈，请你不要生气才是！毕竟作为回报，我们已经把这破屋子打扫得一尘不染，您一点儿都没吃亏，不是吗？"

"……这么说叶勇德他们已经开始行动了？"

"不愧是刑侦支队的王牌。老实说，刘雪迎在落樱庄事件中得到的便利条件太多了，又是特制布景、又是在老板面前上演身份互换诡计。"

"对。一般来说能为犯罪者提供超过三个便利条件的，只可能是……"

这时，莫楠的手机响了起来。电话那头的叶勇德声音高亢而激动，就像闸门挡不住洪水一样，不停地夸赞着莫楠，另一头的"冬眠侦探"不用想都知道那位愣头青一定是有了什么意外收获。

"虎头虎脑的家伙又立下大功啦？""冬眠侦探"问道。

"那家伙顺藤摸瓜,逮捕了组织中的三个人。"

"组织?你是指……"

"上官亮——代号'夜莺'。以话剧演员的身份隐退后,买下了恋樱岛,落樱庄事件后,警方便开始着手调查,这座孤岛上的山庄常常作为组织的接头点。"莫楠答道。

"是十八年前那个组织?"

"正是。激发那些被仇恨冲昏头脑的人产生杀意,进而诱导其犯罪,自己却袖手旁观,卑劣至极。十八年前的'迷宫庭院事件'、十五年前的'K村雄风宾馆纵火案'、十二年前的'傀儡小屋事件',六年前的'OL连续无差别杀人案'……本以为他们近几年消停了些,可前不久发生的一宗事件又让我想起十五年前的'K村雄风宾馆纵火案'。世上有些事真是巧合得可怕,在K村事件中遇害的社会评论家刘鑫,正是十五年前那起事件的第一个受害者,几位村民受到组织成员的怂恿,在杀害刘鑫后又火烧位于雄风宾馆的隔离站。"

"啊,那件事我记得,逮捕组织成员'朱鹳'后,我们才明白组织的规模比想象中要大得多。"

"前不久的一宗利用时刻表的犯罪,也是出自组织的精心设计,他们乔装成凶手的朋友,向其透露关于被害者的言论,以激发其杀意,目标成功上钩后,又旁敲侧击地提示他们实施犯罪的细节,之后便悄无声息地抽身。这次靳璐一行经历的落樱庄事件,在听了她们的叙述后,我大致了解了凶手是谁,并让叶勇德组织警力对上官亮展开调查,果然她也是组织的一员。这次的事件,上官亮感受到了刘雪迎的杀意,所以她狡猾地制造便利条件……老兄,你应该知道'概率杀人'吧?"

"每个事件都有发生的概率,可能发生,也可能不发生,凶手刻意安排数个能够致对方于死地的事件，不留痕迹，堪称'最完美的杀人手法'。"

"不错，这个案件中，上官亮在与刘雪迎谈话时，有意无意地带领刘雪迎绕恋樱岛走了一圈，这些道具和场地条件组合在一起，有实施犯罪的可能性，但构不成教唆杀人罪。之所以逮捕她，是因为在六年前的'OL连续无差别杀人案'中，她直接参与拟定犯罪计划。"

"我记得，那是一连串十分残忍的杀人事件，凶手对OL族实行无差别杀人，有的在下班途中的小巷内被袭击，有的喝下被投毒的饮料，最后因为警方始终无法抓到凶手，逐渐发展成拥有诸多男性模仿犯的恶性事件。""冬眠侦探"狡黠地笑道，"正是因为那起案件，我才认识了莫老弟，才知道有个十分厉害的心理医师协助警方办案。"

"惭愧、惭愧！就拿落樱庄的事件来说，我花了足足两天才察觉事件背后的真相，而老兄您只用了两个小时，真是高下立判！"

"我倒认为莫老弟更是个深藏不露的高手。"

"哦？"

"催眠术可是你的看家本领。像上官亮这样不弄脏自己的手，专为心怀杀意的人提供犯罪温床的混蛋的确不容易被定罪。通过催眠组织内的一员，利用她做诱饵，进而引起组织的注意，放长线钓大鱼，最后让他们——落网……嗯，的确是个不错的手段。"

"老兄意下如何？这只鱼饵可是厉害的筹码。"

"真有你的，让'暗鸦'以你表妹的身份留在身边。我知道，你之所以叫她们过来，是为了让我确认'暗鸦'的记忆是否有恢复的迹象，对吧？"

"对，我想借助老兄的慧眼，毕竟再度催眠的成功率很低，而且……"

"而且,你担心'暗鸦'明明在落樱庄恢复了记忆,却在你面前伪装成什么都不知道。"

"依老兄所见,是否存在这个可能?"

"从她的眼神中完全看不出有重拾记忆的蛛丝马迹。"

"那我就放心了。"

"呵呵,我就知道你一定又在打什么如意算盘。"

莫楠站起身,用异常洪亮的声音朗读道:

> 黎明前的夜晚,
> 魔女来卖面具。
> 想要哪张脸?
> 想要哪张脸?

"对方的面具下究竟藏有怎样的心思,谁都不会明白,但我们心理医师则不同,通过窥探他人内心来达到治病救人的目的,何乐而不为?"

"可我却听叶勇德说,你让十五年前那件案子的被害者刘鑫的孩子接触'暗鸦'?"

"那家伙真够长舌……其实,原先我以为刘顾伟牵涉的案件和组织有关,所以才冒险让他和'暗鸦'交往一阵子,但那傻小子似乎是个单纯的家伙,我正琢磨着让他早些脱离险境。"

"但是,莫老弟啊,你还没告诉我……"

"冬眠侦探"将脸贴到莫楠面前,露出和莫楠一样笑容,那是之前莫楠已经赔过十几次的卑微笑容。

"你究竟把谁的记忆置换给了'暗鸦'?"

第四话　幽闭恐惧症

序　章

芸晴公寓近来不太安生，不少单身女性在自己家中目击到了"蛞蝓男"。

所谓"蛞蝓男"，顾名思义，就是像鼻涕虫模样的男人。虽然听起来十分荒谬可笑，但的确有这样体形比蛞蝓大数十倍的怪物。据目击者称，"蛞蝓男"脑袋上的的确确长着一长一短的两对触角，尤其是他那对长触角，端部的双瞳仿佛在窥视着什么似的贼溜溜地转动着。他昼伏夜出，只光顾单身女性上班族的寝室，时而蜷缩在角落静谧地欣赏着她们的身姿，时而贴在公寓的白灰外墙上急速穿梭；他伸缩自如，一旦被对方发现，就能在下一个瞬间钻进外墙的缝隙里消失不见。至于"蛞蝓男"这一称号的来由，则是有人目击到这个怪物在缓缓挪动的柔软身躯中竟藏有一张中年男性的褶皱脸孔。

由于芸晴公寓属于比较老旧的住宅区，距新成立的软件园只有三站公交，许多中低收入的上班族为了节约开支，选择在这里租房。尽管这里稍显老旧，但由于芸晴公寓的住户多为朝九晚五工作、刚步入社会的青年才俊，因此附近一向平静，从没发生过什么大事。对于近来"蛞蝓男"频繁出没的情形，物业管理人员只能对外宣称加强安保投入，然而，几个月下来依旧未见成效。另外，公寓的一些老住户借此向房产管理局提议加快老旧小区整治改造的进度，这让房管局也倍感头疼。S市的经济实力有限，需要改造的老旧小区又实在太多，芸晴公寓是一九八六年建设的，而纳入老旧小区整治计划的都是一九八五年以前的小区。眼看其他古旧的小区一个个摇身一变，成了这座城市亮丽的景观，而芸晴公寓周边依旧整日坦然地散发着世俗与污浊的气味，就像铮铮硬汉的软肋。改造计划滞后加上近来的"蛞蝓男"事件，目前芸晴公寓隐藏的矛盾可谓一触即发，只差一条引燃它们的导火索。

"我知道、我知道，同一件事请不要重复三四遍！我又不是一年级的小学生！"

许茹宣不耐烦地挂上电话，嘴里念念有词。

"该死的'蛞蝓男'！"

芸晴公寓屡遭"蛞蝓男"光顾的事迹传开后，许茹宣每天都会接到远在家乡的母亲的来电关心，对方坚持视频聊天，说什么都要提醒宝贝女儿将门窗锁好，确认无误后才肯安心睡下。

窗外的雨细若蚕丝，轻如杂尘。许茹宣痴痴望着外头，她心里明白，这样的关心在父母看来绝非多余，一方面，自己已经二十六岁还过着单身生活，另一方面……

许茹宣一边思忖着，一边缓缓地走到浴室的壁挂镜前。

从镜子里，她看见自己细腻而白皙的皮肤，一对乌黑得像黑色潭水似的眼睛，微卷的秀发，搭配在一起格外有风韵；她从来没有像此刻一样，惊诧自己的美，几乎达到自恋的程度。

——不管在哪里，我都是最耀眼的那一个。

虽然许茹宣从事计算机大数据分析工作，日夜加班必不可少,但这似乎丝毫没有影响她的美貌,三年的社会历练反而为她增添了几分职场女性的知性美。从工作到现在,许茹宣拒绝了不下七八名男子的交往请求,其中不乏她的直属上司。虽然以"还没考虑结婚"为由搪塞过去,但她心里明白,自己分明是在逃避婚后角色的转变。一旦和对方定下终身,自己将不再拥有这般自由的生活,就连她引以为傲的容貌也会因生活的操劳而遭受侵蚀。

思及此,许茹宣轻轻地抚摸着自己的脸颊,看上去似乎还保持从前的柔嫩。在沐浴前,许茹宣总要这样对着镜子欣赏自己,心满意足后,她才开始褪去外套,准备拉下浴室的百叶窗。

——嘶嘶嘶。

许茹宣似乎听见了什么诡异的声响。

——嘶嘶嘶。

她确定这个声音出自窗外,思忖着也许是外头的雨势变大了。晚间天气预报称,未来一周S市大部分地区还会有小雪,气温接近一年当中的最低点。她漫不经心地拉下百叶窗,不料这个瞬间她眼前竟闪过一双泛着亮光的瞳孔!

——嘶嘶嘶。

它滴溜溜地转动着,那绝非普通人的眼睛!

"啊啊啊啊啊啊!蛞、蛞、蛞蝓男!"

许茹宣下意识地捂着胸口尖声惊叫。

"蛞蝓男"似乎完全不以为意,他湿滑的身躯又朝窗户的中央挪动了几步。许茹宣这才发现原来"蛞蝓男"躯干上真有第二张脸!那分明是一个模样猥琐的中年男子——粗浓的眉毛,圆瞪的双眼,嘴唇微张着。"蛞蝓男"为何竟有另一张脸?此时的许茹宣顾不上内心的疑惑,她跪倒在地,薄薄的棉衣已经被冷汗浸湿，贴在身上，令她感到彻骨的寒冷。

"我得报警！得报警！"

许茹宣喃喃自语了好一会儿才恢复神志，她连滚带爬地朝客厅跑去。壁挂镜中狼狈不堪的模样和方才的光鲜亮丽简直判若两人。披头散发的她来到客厅，嘴里不断重复着"电话、电话"，恍惚间似乎忘了近在咫尺的座机是什么模样。

"找、找到了，在这里！"

许茹宣拿起听筒的刹那，余光似乎瞄到了什么……

——嘶嘶嘶。

她缓缓地回过头……

——嘶嘶嘶。

那是，贴在窗前和她六目相对的"蛞蝓男"。

第一章　幽闭恐惧症

幽闭恐惧症是对封闭空间的一种焦虑症。幽闭恐惧症患者在某些身处密闭空间的情况下（如电梯、车厢或机舱内），可能发生恐慌症状，或者害怕会发生恐慌症状。它属于恐惧症的一种表现形式。

"'蛞蝓男'？那个偷窥狂？"

莫楠听了直皱眉，然后又压低声音责问靳璐："我又不是开侦探事务所的，抓偷窥狂关我什么事？"

"请听她说完好吗？！"靳璐强行将莫楠的脑袋扭了过去。

"好痛、好痛！"

"那个……我并不是想请您抓到'蛞蝓男'……"许茹宣摩挲着双手，"来您这儿的目的是解决个人困扰……"

"个人困扰？"

"就是幽闭恐惧症……"

"因为'蛞蝓男'吗？"

"我想……应该是的。"

尽管外头下着小雪，但"星光之岬"室内开着暖气，温度较为舒适。莫楠打量着眼前的许茹宣，她两手依旧插在落肩黑大衣的口袋里，始终低着头不敢直视自己。

"能详细讲讲您患幽闭症的经历吗？我想那应该发生在童年时代？"

"您说得没错。在我很小的时候，有一次，和哥哥姐姐玩捉迷藏，因为村子里供我们躲藏的地方本来就很有限，所以我突发奇想躲进了一百米远的一座土地庙里。当时这种土地庙在村子的田间、地头或山上随处可见，绝大多数只是简单地用三块石板垒起来的，但我躲进的土地庙则是一间小屋，为了不让哥哥姐姐发现，我还特地将庙门关了起来，现在想想真是此地无银三百两……"

"你在小庙里待了多长时间？"

"具体时间我不太清楚，只记得在里面待了很久，甚至因为空气混浊而晕眩。就在我坚持不下去打算放弃躲藏时，竟发现庙门被堵上了。"

"是你哥哥姐姐干的？"

"对，他们早就知道我躲在里面，所以不声不响地从外面插上门闩。我一边强忍着胃部的不适，一边使劲敲门求救。却没想到，外头竟传来哥哥姐姐欢呼雀跃的声音，门缝间依稀可见他们瞪大的双眼，不管我如何哭叫，哥哥姐姐就是不放我出来，直到他们笑够了……"

"太过分了！"

在一旁沏茶的靳璐都对许茹宣感到同情。不过，她又转念一想，自己的童年记忆似乎非常模糊，虽然偶尔浮现出与玩伴嬉闹的画面，但她对他们的名字却一无所知。最近，就连刘顾伟也一脸严肃地问起靳璐从前经历的事，起初，靳璐还以为他只是对自己的童年感到好奇，然而事实似乎并非如此。有一次，靳璐瞧见刘顾伟在偷偷做着记录，栗色的记事本还上了密码锁，这让靳璐百般好奇，甚至有种预感——记事本里的秘密和自己有关。

"想必当时的无助让你害怕了好久。"莫楠总结道。

"嗯……因为家在农村，我直到上了中学才第一次坐密闭式电梯，在坐电梯时我突然想起了童年时被哥哥姐姐锁在土地庙的情景，攥紧的双手不由得颤抖起来，呼吸变得急促，接着就晕了过去，不省人事。"

"当时接受过一次心理诊疗？"

"是的，心理医生给了我几条克服内心恐惧的建议，并让我尽量避免在密闭场合独处。大学毕业后，我本有机会去一家大型IT企业工作，但公司的办公楼位于十九层，在实习期间为了不搭乘电梯，我每天坚持走楼梯。其实我没什么运动细胞，日复一日上下十九层是多么辛苦的事呀！后来，我忍痛放弃这家公司的高薪邀约，来到一家位于软件园二层的小公司，虽然一周单休的生活说不上开心，但至少不会受幽闭症的影响。"

"直到上周的'蛞蝓男'事件？"

许茹宣一听"蛞蝓男"三个字，脸上便露出惊恐的神色，双手似乎被烫着了似的，使劲揉搓着。

"我看到了，'蛞蝓男'那双眼睛……还有恶心的长相！"

"听说他蠕动的躯干上长着一张丑陋的脸？"

"这些天来我几乎没怎么睡，即使窗帘拉上了也辗转反侧，担心下一个瞬间'蛞蝓男'就会破窗而入！不仅如此，小时候那段恐怖经历又浮现在我脑海里。莫医师，您可以体会到我有多难过吗？"

"完全可以。不论是过去还是现在，你的遭遇都非常值得同情，因为你并没有犯任何错误。"莫楠温柔地安抚道，"许小姐，请抬起头看着我。"

许茹宣缓缓抬起头。

"请找个最舒适的姿势坐好，慢慢地做三个均匀、舒缓的深呼吸……非常好，请你觉察现在的感觉，是不是有一种难以名状却真实存在的东西堵在你的身体里，让你呼吸不太顺畅？"

"有……那东西压得我喘不过气……"

"很好，那么请描述一下，这团东西现在在你身体哪个部位？"

许茹宣难过地指着自己的胸口。

"好的，在你的胸口部位……你愿意用我的方法把它排出体外吗？"见对方点点头，莫楠开始下一阶催眠，"那么现在请你听从我的指令，把这团棉絮排出体外……不过在这之前，请你描述一下这团棉絮。"

"它、它像个灰色的拳头。"

"你说得对，这小东西的确像个灰色的拳头……瞧，它开始在你胸口慢慢旋转起来，它开始加速了……很好，越转越快、越转越快……现在请听从我的指令，做第一个深呼吸，好，吸气、呼气……随着你的呼气，这团小东西是不是有一部分顺着你的口腔排出体外了？比刚才小了一些，你感觉到了吗？"

"真的小了些……"

"很好，我们继续开始第二个深呼吸。"

莫楠继续诱导许茹宣做情绪宣泄的催眠，就像希腊神话中阿里阿德涅引领着忒修斯逃离迷宫一样。站在一旁的靳璐不敢吱声，生怕破坏了静谧的催眠环境，但她的双手正在隐隐颤抖，她似乎回忆起了什么。

——从前……不，也许就在不久之前，表哥也给我做过类似的催眠！

——错不了,这样的对话我一定听过,而且不是在"星光之岬"!

"现在请你再体验一下,胸口顺畅的感觉是如此美妙!来吧,做两个深呼吸,很好……现在请你听从我的指令,我会数五个数,你就慢慢苏醒过来……五、四、三、二、一,很好,请你睁开眼睛,你将拥有一个全新的身体……对,慢慢地睁开,慢慢地清醒……现在感觉如何?"

许茹宣像是刚刚醒来,揉着美丽的惺忪睡眼,但脸上不再有担惊受怕的模样。"真的……感觉整个人轻松多了!莫医师,谢谢您!"

"刚才的手段只是暂时缓解你内心的压力,如果要根治恐怕尚需时日。"莫楠迟疑了一下,"这样好了,有空我会亲自前往你居住的公寓探探情况。璐璐,待会儿把许小姐登记的信息卡复印给我。"

靳璐似乎没听到莫楠的盼咐,依旧杵在一旁。

"璐璐!"

"啊,你说什么?"

"我让你待会儿把许小姐登记的信息卡复印给我,这几天我会抽空前去,说不定能会会这个'蛞蝓男'。"

"是为了看美女吧?"靳璐揶揄道。

"好、好,我会带你一起去的。"

"许小姐您别介意,这家伙每次看到美女都是这德行。"

"我是为了根治客户的心理阴影,别把我说得跟江湖骗子似的!"

许茹宣轻抚双唇,她被这对表兄妹的斗嘴逗笑了,内心的阴霾似乎得到不少缓解。

"那么，莫医师，我们定在后天合适吗？明天项目赶计划，也许要加班，后天是周日，您如果方便的话……"

"没问题，就定在后天傍晚吧！璐璐，快把信息卡复印给我，现在就要……对了，还有冰可乐！"

靳璐朝莫楠做了个鬼脸，后者望着她的背影，感到一丝后悔——方才真不应该在靳璐面前实施催眠。

但是，命运的齿轮无情地转动着，由"蛞蝓男"事件引发的命案就像一头巨兽正缓缓展露的尖锐獠牙，迎接莫楠等人的将是深不见底的命运漩涡。

第二章 "蛞蝓男"为盐所覆

"莫老弟，怎么又是你啊？"见到来者是莫楠，一个浑圆的身躯一面不停地打着喷嚏，一面快步走过来。

"刚在门外听说负责这案件的是叶刑警，我立马猜到是你！"莫楠迎着叶勇德笑道，"看来我真得给自己好好算一卦，看看是不是犯了太岁。"

"我看非常有这个必要，每回你的客户都会带来千奇百怪的命案。"

莫楠来到的这间仓库是储存食盐的配送中转站，两层楼均堆满了大大小小的盐袋。平日里，工作人员下班后总会关上门窗，但仓库一层的窗户被警方做了标记，"蛞蝓男"一定是从那里进入的。

"别说闲话了，这次死的真是名声大噪的'蛞蝓男'？"

"对。而且死状是前所未见的……"

"什么意思？"

"你知道蛞蝓最怕什么吗？"

"应该是……盐？"

莫楠回忆起小时候在自家院落阴暗潮湿的一角捉到过两只蛞蝓，它们像没了壳的蜗牛，身上覆盖着黏糊糊的液体，看起来有点恶心。都说蛞蝓最怕盐，当时，莫楠就舀来一勺盐，轻轻地抖落在蛞蝓头上,没想到它立刻缩回头蜷成一团,不停地翻滚着,看起来十分痛苦。后来,莫楠才知道蛞蝓的皮肤遇到盐就会立即溶解,渗出水分,直至失去生命。

"你说对了,就是盐!"

"呵,老兄,别跟我说'蛞蝓男'也是被盐吸干了皮肤。"

"八九不离十哦……"叶勇德将莫楠引向食盐配送仓库的地下一层,命案现场聚集了十几名办案人员,他们已经在地面上勾勒出死者的轮廓,大量白色粉末散落在轮廓周边,就像学校操场跑道上铺洒的石灰粉,"莫老弟,看来盐的确是蛞蝓的天敌啊!"

"不是吧,那家伙真的被盐吸干了身体?"

"好了,不跟你卖关子……你也看到了,现场留有星星点点的血迹。'蛞蝓男'的直接死因是头部受到猛烈撞击,头盖骨有几处凹陷。根据研判,'蛞蝓男'应该是在逃亡途中发现这间食盐配送仓库窗子并没关上,因此选择在这儿躲避追踪,不巧踏着铁楼梯到地下一层时跌倒,整个人滚落下来,头部撞到梯角,一命呜呼。更不巧的是,滚落而下的蛞蝓男还撞上了货架,如此一来,搁置在顶层尚未密封的盐袋受到撞击而撒落,最后的结果就是眼前这番景象……呵,'蛞蝓男'为盐所覆,真够讽刺!"

"排除被害的可能?"莫楠将信将疑地问道。

"我知道你想说什么,但这起案件就是如此单纯。"

"能和我详细说说案件经过吗?"

"在此之前,我有必要问问莫老弟为何这么快就赶到这儿。"

"前天有位客户造访'星光之岬',拜'蛞蝓男'所赐,她的幽闭恐惧症复发了,初次诊疗时,我对她进行初阶催眠,稍稍让她缓解压力。本打算今天到她所在的芸晴公寓看看情况,没想到公寓住户在小区门口闹成一团,嚷嚷着安保人员正在追捕'蛞蝓男'，于是我就循着踪迹来到这间食盐仓库了。"

"原来如此。"叶勇德像是忽然想起什么似的，叫住了一位脸色发青小伙子，"喂，你该不会是PTSD又发作了吧？"

"有点反应……"年轻人捂着肚子，额头上还挂着大滴汗珠。

"莫老弟，和你介绍一下——这名年轻人叫于敏忠，是我的助手。小于年纪轻轻，就以优异的成绩考取了公安大学犯罪心理学的研究生，可是个精英人才，前途无量啊！"

莫楠微微颔首，打量起眼前这位年轻人。他年纪约莫二十五岁，皮肤白皙且略带书生气，右眼角附近的那道伤疤却又让人不禁好奇它背后的故事。小于也微笑着朝莫楠打了个招呼，但看得出来，眼神中充满疲态。

"小于，这位先生就是我常和你提起的莫楠医师，他以前曾是警局特聘的犯罪心理研究专家，最近的几宗案件我也经常有求于他。"

"原来您就是莫医师啊，幸会幸会！"

"叶兄抬举我了，论办案我是大大的外行。只是最近不知中了哪门子邪，前来咨询的客户都带着千奇百怪的案子，总让我陷入不把它们解决就无法根治客户心理疾病的被动境地。"

两人寒暄了一阵后，于敏忠开始简要介绍案件的大致情况。

"命案现场的第一发现人是站在那儿的物业安保人员。"于敏忠往仓库角落指了指，莫楠才发现木质长椅上坐着一名身着制服的壮硕男子，他正低垂着头不知道在想些什么。"那家伙姓刘，今年三十五岁，在物业公司工作了七年，别看他五大三粗的，其实为人敦厚老实。根据小刘的证词，'蛞蝓男'今天选择偷窥位于公寓二楼的上班族，被那位女住户发现后，'蛞蝓男'惊慌失措地跳下楼，这一幕正巧被值班的小刘目击，随后就上演了追逐战。"

"等等，据我了解，'蛞蝓男'有不下二十次的作案经验，偏偏这次'惊慌失措'了？"

"也许之前的都市传说有夸张的嫌疑吧，而且根据犯罪现场理论，类似'蛞蝓男'这种在固定犯案地点、固定犯案时间、固定行动模式的犯罪行为，相当于不断累加被发现的概率，一旦这种概率接近于必然，那么'蛞蝓男'早晚会被我们逮捕归案。"

"一点儿可疑的迹象都没有？"莫楠环视了一圈，眼前的确只是普普通通的小仓库，于敏忠的推论也算是有理有据。

"对了，你那位叫靳璐的表妹没有跟你一同前来吗？"叶勇德突然神情诡异地问起莫楠。

"就在仓库大门外……怎么，你要找她？"

"上回'落樱庄'事件的来龙去脉我都听同事说了。咱们刚端掉'恋樱岛'这个犯罪窝点，想必组织应该会销声匿迹一段时间，却不承想……"

"你是说这起事件和他们有关？"

"这也是我的猜测……几天前，'夜莺'上官亮向我们透露一条关于组织的情报——这个犯罪组织名叫'萤'，而且颇具规模，他们的成员外号全部与动物有关，共五十多人，专门给心怀杀意的人提供犯罪计划。至今我们一共逮捕了七位成员，其中职阶最高的就是上官亮，而接受莫老弟催眠的'暗鸦'则在我们警方的监控下放长线钓大鱼。这么一说你该明白了吧？我在想，这回意外身亡的'蛞蝓男'是否也是组织的一员？如果是，一切就在我们的掌控之外了。"

"什么意思？"

"因为这个'蛞蝓男'你也认识啊！"

"我认识？是谁？"

"他经常出没'星光之岬'，还跟靳璐熟得很！如果我的预言成真，组织恐怕比警方预计的更早一步开始接触'暗鸦'，换句话说，'暗鸦'这着棋早在你我未察觉的情况下便起了作用。"叶勇德怏怏地说道，"逮捕上官亮虽说是大功一件，但'萤'组织的消息一汇报到上级，他们就立即开始筹划建立专案组。假设这起案件和'萤'组织有关，那么到时就会由专案组组长全权负责，我无从插手。而且，我得和老弟打打预防针……到了那时，'暗鸦'这枚棋子如何使用就不是我们说了算了。"

莫楠听了不禁直冒冷汗。"等等，你指的'蛞蝓男'到底是谁？"

叶勇德将几张现场照片夹在初步调查记录本里递给莫楠，上头写道：

被害人 刘颀伟，29岁
《北窗》杂志社编辑

第三章　暗　鸦

黑夜的帷幕犹如一个魔鬼，正露出狰狞的面孔。有的人在闪烁的霓虹灯下放浪形骸，有的人强忍满身疲惫依然在办公室奋斗，也有的人在黑夜的掩护下将自己的阴谋付诸行动。

穿过狭窄的小巷，"暗鸦"跟着"蛞蝓"留下的记号一路来到眼前的破旧仓库。"暗鸦"先是谨慎地打探周围的一切，确保安全后，翻过打开的小窗。同时，"暗鸦"十分留意脚下的足迹，适才外头飘起了雪花，仓库外的地面也湿漉漉的，"暗鸦"担心贸然前进会留下痕迹，因此得小心翼翼地观察才行。

——扑通。

"暗鸦"吃了一惊，似乎从下面传来了些微声响，走近一看，这间仓库果然还有地下室。"暗鸦"如魅影般钻进钢楼梯平台上堆叠的货物间，从缝隙观察地下一层发生的一切。

"你还是和以前一样疑心病重啊。"

一道强光准确捕捉到"暗鸦"所在的位置。

"亏你还有闲工夫拿我开玩笑……"普通人踏着铁质阶梯时总会发出低沉的声响，但"暗鸦"却能控制步伐，让人察觉不到他的存在，"那么晚了，有什么急事找我？"

再往前几步，"暗鸦"吓了一跳。眼前倒着一具男尸，他双目微睁，双手朝头部位置上扬，看得出他是被人从后方击中了后脑勺，死前一定十分痛苦。真正令"暗鸦"惊讶的是，男子的扮相十分诡异，头部以上居然生出两条长长的触角，凑近些才依稀分辨出底下连着装饰用的头箍。不过，如此近的距离让"暗鸦"终于认清男子那张熟悉的面孔……

"刘顾伟！""暗鸦"不自觉地叫出声来，"是你杀了他？"

"你、你别激动，我知道你们认识……可这是上头直接下的命令……"

"上头？谁下的命令，我怎么不知道？"

"这家伙在背地里偷偷调查我们，难道你还蒙在鼓里？""蛞蝓"指着倒在地上的刘顾伟。

"什么时候的事？"

"暗鸦"狐疑地问道。

"两个月前。说起来这也算是老大当年的过失……十六年前，那位叫刘鑫的记者被老大给秘密'处决'了，可万万没想到，十五年后，刘鑫的儿子竟然拿着当年那本童话杂志去找心理医生，被人察觉组织的存在。"

"所以，你先斩后奏了？"

"你别误会，我是迫不得已！""蛞蝓"往后退了一步，"再说，老大让我找你来是为了想办法解决问题，而不是制造矛盾，现在不能感情用事！"

"暗鸦"深吸了一口气，尽管内心愤愤不平，还是强压着怒火抬起刘顾伟的尸体。

"喂，你要做什么？"

"蛞蝓"轻轻地挪动步子，右手紧握着别在腰间的榔头。

"傻瓜。""暗鸦"鄙夷地瞥了"蛞蝓"一眼，"只有制造意外事故，才能隐藏我们的存在。"

第四章　案件重塑

莫楠气喘吁吁地摁住秒表，从芸晴公寓到这间仓库一路狂奔，至少需要五分钟，途中还得穿过一条条巷道。

——"蛞蝓男"为何选择逃进这间仓库？

莫楠抛出第一个疑问。

方才于敏忠告诉他，关于现场那扇未封闭的窗子，仓库管理员信誓旦旦地宣称离开前锁好门窗是身为管理人员的职业素养。后来经过调查，窗子确实是被人撬开的，刘顾伟的口袋里也确有撬锁工具，还沾着他的指纹，一切看来不容置疑。但是，一个被安保人员追捕的"蛞蝓男"，可能静下心来去撬锁吗？即使因为心思缜密怕砸窗发出的声响引起追踪者的注意，那么为何他在进入仓库后忘了把窗户关上？

莫楠又一路踏着雪返回芸晴公寓。在寒风凛冽的小巷里，莫楠回忆起初遇刘顾伟的情景，他实在无法将那样一个善良随和的小伙子和"蛞蝓男"联系在一起。现在能为他做的，只有揪出幕后黑手，为他洗刷冤屈。行至半路，莫楠才发现一个熟悉的身影早已守在眼前。

"搞什么，不是叫你好好休息的吗？"

靳璐没有回应，她乌黑的眼珠噙着泪花，神色惊魂不定。

"这件事大家都很难过……璐璐，你也不愿意相信刘顾伟那臭小子就是骚扰公寓单身女性的'蛞蝓男'吧？"

"小顾绝对不会做这种事！"

靳璐简直要哭出声，见莫楠上前轻抚她的双肩，才用力压下呜咽，她低头揉了两下眼睛。从初次见面到现在，认识刘顾伟已有半年时间，虽然因为羞于表达，他们还处在暧昧不明的阶段，刘顾伟并未正式向靳璐提出交往的请求，但无论如何，以这样的方式告别，任谁都无法接受。

"你说得对，我也认为'蛞蝓男'并非刘顾伟。"莫楠望向天空，雪越下越大，他忽然想起什么似的转头对靳璐问道，"对了，是谁告诉你我在这儿的？"

"……我是跟着叶刑警过来的。"

"他到'星光之岬'接你？"莫楠有些恼火。

"不，是我主动联系他……"

"傻瓜，身体不适就不要勉强。"

"我想至少让我一起参与调查……"

"别闹了，就算叶勇德同意，我也不答应。"

在莫楠看来，靳璐清澈的双眸散发着一种说不清的诡谲。事到如今，他也不知自己当初的提议究竟是对是错，针对"萤"的专案组一旦成立，那么靳璐背后的秘密就可能会被更多人知晓，这也意味着靳璐很快就会卷入与"萤"有关的事件中，到时又该如何面对她？

"我知道小顾一定不是那个偷窥狂，但又有什么人要置他于死地？"

靳璐突然发问让莫楠有些措手不及，他沉默几秒后回答道："他最近应该没和什么人结下梁子吧？"

"没有。这半年来，小顾除了在编辑部上班外，和其他人没有什么交集，而且小顾工作一向谨小慎微，不可能和同事结怨的。"

"这就是一直困扰我的问题。假设'蛞蝓男'不是刘顾伟，他是被诬陷的，那么有谁恨他到如此地步，杀了他还不惜毁了他的名声？"莫楠再次问道，"他最近有采访过什么事件，或者和比较危险的家伙接触吗？"

靳璐摇了摇头。

"或者因其他事得罪了什么人？"

"没听他说过这方面的事。"

不知不觉，二人已经走到芸晴公寓前，莫楠正四处寻找叶勇德的人影，当务之急便是先送靳璐回"星光之岬"。绕过保安亭时，他发现今天守在那的正是案发当日追踪"蛞蝓男"的小刘。小刘正漫无目的地眺望远方，不知在思考着什么。按说物业安保人员必须每日对小区的安防进行巡检和例行巡逻，消除安全隐患，有的物业更是仅仅因为小区住户家中失窃，就让安保人员拿着警棍牵起警犬，但也许是刚经历了"蛞蝓男"事件，追踪的对象意外亡故，让小刘惊魂未定，莫楠打了老半天招呼他才直起身板敬了个礼。

"莫、莫警官，你好！"

"兄弟，别紧张，我不是警官，只是协助调查而已。"莫楠见对方稍稍放松戒备，不紧不慢地探了探身子，"方便让我问几个问题吗？"

"只要我知道的，一定如实回答。"

"那天'蛞蝓男'就是从这儿溜走的？"莫楠指了指面前的小径。

"是的。在听到住户发出惊叫后，那家伙'咻'的一声，敏捷地跳到公寓前的草坪，翻过矮墙。一想到终于有机会能逮到'蛞蝓男'立下大功，我立刻抄起强光手电疾速钻进巷子里，也许是过于兴奋，当时的我只顾着追寻，却忘了用对讲机呼叫同伴……"

"结果一路追到那间仓库？"

"是。"

"其间有没发现什么可疑的地方？"

"警方都已经问过好几遍了……当时我拼命奔跑，目标只有'蛞蝓男'一个，怎么可能会留心其他地方。"小刘迟疑了几秒钟，忽然像是想起什么似的叫道，"对了，确实有点不对劲！"

"什么不对劲？"

"是'蛞蝓男'！"

"麻烦你说清楚些。"

"那天追捕他的时候，我感觉'蛞蝓男'的速度并不是很快……只是小巷的岔路太多，七拐八绕，着实把我绕晕了。如果在笔直的道路上，我一定能追得上他。"

"仅此而已？"

"嗯……我记得'蛞蝓男'的尸体带着两只长触角的头箍，对吧？"

"那个头箍怎么了？"

"还真够恶趣味的……"这位肩膀宽阔、老实巴交的高大汉子发现自己不着边际的回答令莫楠感到不耐烦，立马正色道，"其实，我一直有个疑问……他为什么不把头箍摘了？"

"你说到点上了，这也是困扰我的问题之一，一直戴着那玩意儿跑起来确实挺麻烦。"

"不止如此，'蛞蝓男'还一边按着它，一边狂奔。当天的风还是蛮大的，追捕他的时候雪才刚停不久，虽然我犯不着替他操心，但就是觉得有些诡异，他这么做就好像生怕人们不知道他是'蛞蝓男'似的。"

"于是，你一路追着他来到仓库前，发现窗子没关，察觉可疑，还是你听到了什么声响？"

"追到岔路口时，我听到仓库里传来'扑通'一声，所以就闯了进去，没想到'蛞蝓男'已经死了，身上还被盐堆盖住……那景象真的把我给吓糊涂了！"

"恢复神志后，你马上报警？"

"对。"

"当时仓库里有其他人在吗？"

小刘不知所措地动了动又宽又浅的眉毛。"……仓库里一片漆黑，老实说，即使有人躲在那里，只要他不出声我也发现不了。"

"原来如此。"莫楠抬头望着看上去还算干净整洁的公寓，"方便告诉我当晚发现'蛞蝓男'的是哪位住户吗？"

第五章　案件始末

芸晴公寓周边给人的第一印象就是街道整洁，行人稀少。公寓虽然外表看上去像模像样，户型也适合单身上班族居住，但只要走进去就会发现里面的设施陈旧不堪，眼前二〇四室歪挂的褪色门牌就是个好例子。

"莫先生，就是这儿。"

莫楠担心突如其来的造访会给女性住户带来误解，因此先行拜访许茹宣。在"蛞蝓男"事件过后，许茹宣的心理阴影得到一定程度的缓解，尽管还是不敢乘坐电梯，但总算不会将场景主动联系到幽闭状态造成的恐惧中了。

"你和这位郭小姐熟吗？"莫楠问道。

"嗯，她从事图书编辑工作，在烹饪班学习那会儿还算熟络。"

莫楠摁响门铃，但屋内始终没有动静，他看了看手表，现在是下午四点二十二分。

"难不成还在休息？"

"不，我想是惊魂未定吧。"

莫楠紧接着摁了两次门铃，屋内终于传来脚步声。猫眼透出的光线被遮盖了好一会儿，房门才慢慢地被打开，一位看上去不到三十岁的女生探出头来，她面色苍白，眼神中充满警惕。

"你是……茹宣？"

"雪婧姐，好久不见啦！"

"是、是啊，这位先生……"

"在下是许小姐的朋友，因为机缘巧合，这次前来协助一位刑警朋友调查'蛞蝓男'事件。"莫楠观察到郭雪婧右手始终藏在口袋里，气色看上去也很糟，"您听说了吗？'蛞蝓男'已经意外身亡了。"

"我听说了，即使如此，我还是……抱歉，我只能站在这儿和你们说话。"

"雪婧姐，你没事吧？"许茹宣关切地问道。

"说没事是骗人的，但缓解也需要时间，我已经向公司请了长假，现在在家调养。"

"恕我直言，郭小姐如果想得到缓解，恐怕还得到室外走走，参加一些团队活动。"

"谢谢，我不需要您的关心。"细看郭雪婧，她是位十分标致的冷美人，也许是"蛞蝓男"事件对她造成的影响还未消退，她对待莫楠和许茹宣的态度有极大的差别。"因为和茹宣不同，我见到过'蛞蝓男'两次……"

"两次？"莫楠一脸好奇地凝视着郭雪婧。

"半年前，就有住户传言看到蛞蝓模样的男人，而且只盯梢单身女性。那段时间我并不以为然，只以为关好门窗就行了，却没想到……"说罢，郭雪婧的声音开始颤抖起来，"大概在两个月前，七〇二的田姐邀请我去她家尝尝刚出炉的法式蛋糕，就在刚进房间的刹那，'蛞蝓男'、'蛞蝓男'……他正趴在大厅的窗上，从窗外瞪着我们！"

"那个田姐也住在这幢楼吗？"

"对，以前我们都在烹饪班上课，只不过她上完体验课就退出了。"许茹宣答道，"她是一所中学的数学教师，人很优秀，不到三十岁就成了中学奥数班名气最响的金牌教师之一。"

"原来如此。"莫楠微微颔首，"郭小姐，冒昧请问，您的工作是……"

"我在出版社工作。"

"图书编辑？"

"是的。"

"主要负责哪类书？"

"一些类型小说，有推理类的，也有科幻类的……因为资历还比较浅，还没经手社里的重点图书。"

"经常加班吗？"

"正常情况下，只有年底才会加班。"

"下班后会经常参加聚会吗？"

"社里没有这个习惯。"

"和朋友呢？"

"抱歉，我没什么朋友。"

郭雪婧将左手握成拳状，移到胸口处，莫楠知道，这是典型的防御姿态。

"您误会我的意思了，其实我想问的是……是否有人对您的作息时间了如指掌，尤其是案发当天？"

"你的意思是……"

"那天晚上，'蛞蝓男'很反常地提早了犯案时间，接着更反常地上演了追逐战，最后一命呜呼，不管怎么看都不像是个经验丰富的惯犯。"

"其实……关于住户的作息时间，只要是邻里都会有意无意地掌握一些。"

"也对。"莫楠沉默了一会儿,将目光转向许茹宣,"你还认识哪些被'蛞蝓男'骚扰的单身女性?"

"二〇三的毛姐,三〇二的冯姐,四〇四的小徐,三〇五的欧阳……她们都曾经抱怨被'蛞蝓男'骚扰过呢!"

"你知道她们从事什么工作吗?"

"我只知道冯姐是会计,欧阳则在网络电商平台卖些手工艺品……"

这时,一阵稳重的脚步声从楼下传来。莫楠回头一看,来者一头乌黑长发,戴着黑色宽边眼镜,穿着暗红色大衣,体态优雅,她灵慧的目光捕捉到许茹宣和郭雪婧时,脸上扬起了微笑。

"请问,您就是田老师?"

"我是田晓宁,请问您是……"

"许小姐的朋友,敝姓莫,是一位心理医师。此番前来,是为了开导被'蛞蝓男'困扰的她。"

"公寓里的单身女性都对'蛞蝓男'深恶痛绝。"田晓宁轻抚镜框,"好在恶人终有恶报……盐果然是蛞蝓的天敌啊。"

"听说田老师也被'蛞蝓男'骚扰过?"

"是的,'蛞蝓男'的躯干上还长着一张猥琐男人的脸,真是太可怕了!"

"田老师,我有个不情之请。"莫楠诚恳地请求道,"是否方便打扰?老实说,我对'蛞蝓男'事件一直很感兴趣,可以详细告诉我当日目击'蛞蝓男'的经过吗?"

田晓宁倒显得干脆许多,一路带着莫楠和许茹宣上了七楼。

"原来……七楼就是公寓的顶层……"莫楠喘着粗气趴在栏杆扶手上,一脸狼狈相。

"是的，再往上就是屋顶，但上面长满了枯草，只有天气晴朗时会上去晒晒被单。"

"这幢公寓不考虑加装电梯吗？"

"呵呵，这里的住户都是年轻的上班族，即使没有电梯也不会有体力上的问题。"

田晓宁一边说着，一边打开房门。虽然只是一室一厅，但看起来这是一个舒适的小房间，屋里有一张窄窄的单人床，一张剥脱了漆皮的书桌，一个用三角铁焊的十分粗陋的高大货架充当衣橱、书橱和杂物橱。

"这房间实在说不上高档。"莫楠环视一周后不禁发出感慨。

"对于职场女性来说，有个安静休息、不被外人打扰的空间就够了。这幢公寓就像是时间的牢笼。"

"时间的牢笼？"

"你不觉得吗？"田晓宁侃侃而谈，"要在城市中心买套像样的房子，对单身女性来说实在很艰难。在踏踏实实工作的前提下，至少得花上十年时间才有可能。也就是说，芸晴公寓是我们步入社会后的第一所学校，待我们顺利毕业后，青春早就悄悄地溜走了。"

"你的说法的确有趣。"莫楠深邃的目光再次扫视着这狭窄的房间，"郭小姐说的就是正对大门的这扇窗吧？"

"是的。"田晓宁拉开窗帘，外头的雪花正随风飘着，"那天晚上，我们刚一进门，就看见'蛞蝓男'趴在窗角。"

"具体是哪个位置？"

"就是窗户的右上角。"

"被你们发现后，'蛞蝓男'逃跑了？"

"嗯……我们沉默地对峙了大约一分钟，接着他就'咻'的一声瞬间消失了。"

"瞬间消失?"

田晓宁不住地点头说道:"真的是一瞬间的事,前一秒还盯着我们的'蛞蝓男',下一秒就像空气般消失无踪。"

"越说越邪乎了……"莫楠感到不可思议,"其他被骚扰的住户也这么说?"

"对。'蛞蝓男'出现时总是贴着窗子,一旦被我们发现,他就立即钻进墙缝里,谁也捉不住。"

"这样啊……"

莫楠打开窗子,四处张望。公寓虽然老旧,但外墙只有少数破败,上头零星地爬着绿色的藤蔓。往下望去,还能看到保安亭,小刘正好从亭内走出,开始履行执勤义务。

"那天晚上'蛞蝓男'的声音想必惊动了整幢楼吧?"

"大家听到惊叫声后,都聚集到楼下,有人拿着手机拍照,也有人配合报警。"许茹宣也凑到窗前,"当时我也给吓坏了,好长时间不敢拉开窗帘,后来才知道那个大坏蛋就这么跌落楼梯死了,身上还覆了厚厚的盐堆,这样的死法真是可气又可笑。"

"确实,一路冒着风雪躲进那间仓库,最后,居然还真是应了蛞蝓的死法。"田晓宁端来盛着茶杯的托盘,"其实我早就提议要在外墙上撒些食盐,这样'蛞蝓男'就不会来骚扰了,但物业就是不肯采纳。"

"没准儿这是个好方法。"莫楠不置可否地笑了笑,"那时田小姐也躲在家里吗?"

"是的……毕竟之前被'蛞蝓男'那张令人作呕的脸吓坏了,只能从窗外看看热闹。"

"住在顶层的你是否有发现什么不对劲的地方?"

田晓宁摇摇头，答道："'蛞蝓男'被保安追着跑，那时候整幢公寓像炸开了锅一样，到处都是尖叫声和欢呼声，即使有些许动静，也都被嘈杂的声音给盖住了。"

"原来如此……"

就在莫楠思忖之际，他口袋里的手机响了起来，来电的是靳璐。

"璐璐，你应该已经回'星光之岬'了吧？"

"我回来了，只是刚才一位姓于的警官和我联系，他说在小顾家找到一本栗色的笔记本，他叫我通知你。"

"栗色的笔记本？"

"对，于警官说待会儿就把影印件送来。"

莫楠顿了几秒钟，忽然惊慌失措，他顾不上向田晓宁告别，当即夺门而出。"听着，你千万别看那本日记！即使那个笨家伙交给你，也别打开，明白吗？"

第六章　刘颀伟的手记

2018年6月1日

"星光之岬"的莫楠医师解决了我多年的疑惑，原来父亲撰写的《光荣的荆棘王国》童话竟隐藏这样的秘密。但十五年前，分明是一伙人的罪行，有些人偏偏能够逃脱法律的制裁，不可原谅！

他们一定在这世间苟延残喘着，指不定还在继续为非作歹。

2018年6月3日

今天也去了"星光之岬"，莫楠依旧一副吊儿郎当的样子。要拜托他继续调查那伙人吗？不，我想他一定会拒绝的。

2018年6月6日

为了赶年中出版指标，两天都没合眼了。好困……
但只要一闭上眼，都是她的身影，我想我是爱上她了。

2018年6月11日

那句话始终憋在心里说不出口，这种感觉真难受……

2018年6月18日

继续无休止地加班。

继续漫无目的地约会。

2018年7月20日

今天的约会地点在街心公园,但她似乎只把我当作朋友。到了咖啡一条街,我们开始聊起一些往事,好奇怪,她竟不记得自己儿时的事情,就连其他记忆也十分模糊。

2018年7月22日

光明二小……她不可能读过光明二小,因为早在二十年前,光明二小就废校了。

横川中学的历届毕业生名册上根本没有她的名字!

但看她那副天真无邪的模样,也不像是在说谎,难道……

2018年8月2日

今天接到一通诡异的电话,仿佛是在警告我。

我有危险!

对方在跟踪我,是那伙人干的?

2018年8月15日

周末的大清早,快递就摁响家里的门铃,我还纳闷,最近也没网购,怎么会收到快递呢?在签收后打开一看……

一沓冥币!

他们居然寄给我一沓冥币!

2018年8月17日

今天收到的是一尊牌位和裹尸袋，上头还刻着我的名字。

2018年8月30日

她真的很可疑，自从和她交往后，怪事接踵而至。现在只能肯定她说的往事都是瞎编的。时间、地点、事件没有一件相符，她究竟是何方神圣？

2018年9月15日

皇天不负有心人。居然在父亲于二〇〇二年发表过文章的《文学纪实》里翻出一张被反复折叠的纸片。准确地说，那是像米尺一般的细长纸条。起初，我并不以为意，因为我完全不明白排列在纸条边缘的符号。后来，我无意间回想起近期责编的《解密斯巴达人》一书，这才恍然大悟——原来是"换位密码"，两千五百年前斯巴达人就是用这种方法对文字加密的。

这时，我脑海中浮现出儿时发生的一件事，父亲在我生日那天送给我几支画笔，但他叮嘱我千万不能使用，也不能丢弃。一旁的母亲还嗔怪道"不能用的笔有什么意义"，而父亲只是神秘地笑了笑。思及此，我连忙翻箱倒柜，终于在抽屉的一角找到了这几支画笔。当我将长长的纸条一圈圈地缠在画笔上后，那些不知所云的符号逐渐变得明晰……原来，纸条里隐藏着大约三十个名字。虽然纸已经泛黄，上面的墨迹也褪了色彩，但可以分辨出那是父亲的笔迹。直觉告诉我，这些名字和父亲的死有着莫大关联。

顺着画笔，我嘴里也开始念念有词，重复着上头的名字。有一瞬间我怀疑自己是否认错了——那个人的名字竟也出现在纸条上。

是重名吗？

这张纸条的意义又是什么？

2018年10月11日

上官亮……应该是那位退隐的话剧演员。

她身上有什么秘密？

我鼓起勇气登上"恋樱岛"，原来在退隐之后，上官亮在孤岛上开了观光休闲中心。岛上有个名叫"落樱庄"的小旅馆，当我报上自己来访的目的是参观时，服务人员的表情似乎不太自然，只说上官亮出国游玩，并不在岛内，入住必须和她本人预约。

快快离开后，我不禁心生疑惑：一个与世隔绝的孤岛，在没太多收益的情况下，为何如此排斥游客？或是我不太像话剧的爱好者，因此才被拒之门外？行到渡口，刚好有一位年轻女性搭着快艇上岛，只见她眉头紧锁，脸上似乎因为某种恨意而扭曲。

她为何一个人进岛？从她的神情来看，不像是单纯的观光客。

2018年11月30日

今天收到了很别致的"礼物"……

这是蛞蝓吗？

毛茸茸的外套，手感甚至还有蛞蝓的黏腻。

它的外形本就恶心，但最让人不寒而栗的是，这件蛞蝓造型的套装……完全是按照我的尺码定制的。

2018 年 12 月 3 日

抽屉有被人翻动过的痕迹。

好累……

经过这些天的调查，我大致明白了她的身世，真是个危险的家伙。

是否有必要告诉莫楠医师？

不，搞不好他们是一伙的，事到如今能相信的只有……

2018 年 12 月 12 日

我真是个蠢货！

早就知道那家伙不是什么好人，居然还一不小心把纸条的线索说了出去。

2018 年 12 月 14 日

浏览网页时，无意间看到一幢公寓接连发生偷窥狂事件。起初我还嗤之以鼻，细看报道后，我不禁寒毛直竖，住户都称偷窥狂为"蛞蝓男"。

2018 年 12 月 15 日

事到如今，谁也无法相信，我只能暗自祈祷。

如果我遭到陷害，请您打开这本日记。我敢以性命做担保，这里记载的一切都是千真万确的。

2018 年 12 月 20 日

（以下内容被撕毁）

第七章　暗鸦 II

"怎么办？那个臭小子的日记已经被警方发现了！"

黑暗中，"蛞蝓"焦急地摇晃"暗鸦"的双肩，仿佛在嗔怪对方一般。

"别着急，日记我看过了，里面并没提到关键的信息。"

"他说的纸片呢？搞不好记录的是……"

"呵呵，还能等到被警方发现？""暗鸦"深深地吸了一口香烟，向空中喷出烟雾，"另外，请你注意一点，我的职阶比你高，别总摆出一副颐指气使的模样。"

"我只是心急罢了，抱歉。"

"刘颀伟这件事你处理得不错，我会向老大汇报你的功绩。"

"蛞蝓"虔诚地在胸口比画着，嘴里念念有词。

"至于下一步的计划，就是赶紧回收'旧账'。"

"旧账？"

"你还不知道吗？警方马上就要成立专案组，组长人选据说已经定了，他曾经在FBI研修过，还是那一届最优秀的学员。这时候被他找出一丝线索都是相当危险的，明白吗？"

两人所处的地点位于S市一幢旧校舍的废墟。

此时月亮又圆又大，月色似水，为整个残破的校园染上一层银白，披上一层虚幻的色彩，但突如其来的一阵阵雷厉风行的脚脚步声打乱了这样的意境。

"不好，被发现了！"

"蛞蝓"先是一怔，紧接着开始惊慌失措。

"怎么可能？我明明……"

"看样子是我暴露了，你赶紧先逃出这里！"

"暗鸦"探出窗外，校舍已经被十几名刑警团团包围。一副陌生的脸孔正坐镇指挥，那是一张宽厚的长方脸，一双大眼十分威严，"暗鸦"也跟着紧张起来，感到大事不妙。然而，下一秒钟，"暗鸦"发现，站在那名警官身旁的是梳着大背头的中年男子，他的目光从容淡定，俨然成了辅佐将军的参谋。

"是莫楠！"

"暗鸦"大吃一惊。

"难不成……我们被他摆了一道？"

"不，我想也许是你暴露了身份。"

"不可能！我的回答明明天衣无缝！"

"现在不是争执的时候。""暗鸦"深知气恼也无济于事，只得暂且安抚对方，"听着，如果我判断无误，他们的目标应该是你。你得冷静下来，仔细考虑如何应答。如果还是不能自保……"

"蛞蝓"轻轻点了点头，目光中透着视死如归的坚毅。

"祝你好运。"

"暗鸦"一边说着，一边敏捷地翻过二楼的教职员办公室。正如"蛞蝓"所说，办公室外便是一株百年大榕树，撑开荫翳，"暗鸦"就像轻巧掠过水面的海鸟一般，沿着大榕树的枝干翻越过去，来到围墙外的小巷子里。内心的惊惧加上体力透支，"暗鸦"无力地扶着古旧的墙壁，但下一秒钟，一束强光袭来。

"暗鸦"心里直呼大事不妙，外表却尽量故作平静。

"姑娘，身体不舒服吗？要不要上医院看看？"举着手电的原来是一名上了年纪的巡逻保安。

"我没事，只是突然犯头晕。"

孱弱的语气令老巡警感到心疼，他想到自己在外打拼的女儿也差不多这个年纪。

"一个人倒在这儿怪可怜的，不如让我搀着你回去吧。"

"暗鸦"还是摇了摇头。

在昏暗的路灯下，老巡警才发现他面前的女孩竟拥有如此美貌。虽然女孩别过脸，但几缕发丝覆在汗涔涔的脸上，使她的脸颊更增添几分媚姿。老巡警不自觉地被吸引，他心里明白，自己绝非鬼迷心窍，而仅仅是惊叹于女孩的花容，连手电的亮光也不听使唤地徘徊在她娇嫩的脸颊上。终于，女孩不再羞怯地别过脸，而是对老巡警绽放出微笑，只是这微笑中带着一股慑人的邪气。

老巡警没发现，女孩右手握着的匕首正在黑暗中饥饿地窥伺着……

终　章　"蛞蝓男"为何为盐所覆

"不许动!"

旧校舍废墟二楼,九名刑警围成一圈,个个目光如鹰隼般,此时猎物已被团团困住,无法挣脱。一个身影从容地穿过包围圈,向猎物发出最后通牒。

"我是符元华,从现在开始,涉及犯罪组织'萤'的案件将由我全权指挥。"

眼前的男子便是对抗组织的专家,符元华至今已侦破重大案件近百起,立过数次一等功,还是团队协调组织的一把好手。不管到哪里,他都能用最短的时间将团队凝聚成一个整体,部下无不对其管理能力心服口服。当队里准备成立专案组,讨论组长人选时,领导们的意见出奇一致,他们坚信符元华能够成为摧毁"萤"的利器。

符队短短一句话,让眼前的敌人明白自己的处境。毫无疑问,和他对峙的敌人大势已去,但对方看起来依旧无所畏惧,甚至装出一副无辜的表情。"'萤'?什么'萤'?我只是闲来无事到这儿散散步罢了。"

"来废校舍散步?你的品位真是清奇。"

"一帮刑警围着我这个弱女子算什么?难道连散步都不允许了吗?"

"别装傻，快把你同伙交出来！"

"什么同伙？"

"刚才明明看到你们两人上楼，那个人现在躲在哪儿？"无谓的拉锯战有害无益，符元华不想浪费时间，开门见山地告知对方这是第一次也是最后一次机会，这一向是他的处事风格。

"不、不，我现在根本不知道究竟怎么回事，谁能跟我解释一下？我来这旧校舍真的只是……"

"只是来怀旧，对吗，田晓宁老师？"

站在符元华身后的正是梳着大背头的莫楠，他得意地盯着眼前的猎物，仿佛一切尽在他的掌控之中。

"啊，是莫先生，你能解释一下这是怎么回事吗？"

"没问题。"莫楠和符元华相视一笑，"田老师，因为你才是真正的'蛞蝓男'……不对，应该叫你'蛞蝓女'！"

"少污蔑人，你说我是那个偷窥狂？我是受害者才对！"

"巧了，这正是我对你起疑的契机。公寓接连有单身女性被'蛞蝓男'窥视，正常情况下，都会因惧怕关上门窗，甚至拉紧窗帘。然而，根据你和郭雪婧的描述，一打开家门时，就发现了蛞蝓男的身影。这不是很奇怪吗？你故意把窗帘完全敞开，仿佛早就准备好让别人目击到这一幕似的。"

"那是我一时大意。"

"接着，让我断定'蛞蝓男'其实是'蛞蝓女'的是安保人员小刘的证词。他觉得蛞蝓男奔跑的速度不快，而且始终按着头箍。"

"难道你想说，'蛞蝓男'是为了吸引注意才上演追逐战的？"

"正是如此。"

田晓宁不屑地瞥了一眼符元华。"呵呵，警方居然相信一个外人的论断，甚至不惜出动大批警力，这就是你们所谓的断案能力？"

"别着急，我的话还没说完。"莫楠摆摆手，继续说道，"'蛞蝓男'为何始终按着头箍呢？我一直在思考他这么做的必要性。最后得出的结论只有一个——那是因为生怕自己的长发在大风的吹拂下露出来，如果被发现'蛞蝓男'是个披头散发的女人，就等于暴露了自己的身份！"

"另外，根据我们的调查，芸晴公寓里并没有死者刘顾伟的指纹。"符元华附和道。

"仅凭这两点就把我当作凶手，未免太草率了吧？"

"我先来梳理一遍你的犯罪经过。首先，你通过报名烹饪培训班结识了郭雪婧和许茹宣，和她们混熟后便开始物色目标。你最初的计划是制造一两起'蛞蝓男'骚扰公寓女性住户的事件，当然，你并不需要真正扮成'蛞蝓男'贴在对方的窗户上，只需要气球这个道具即可。"

"气球？"符元华也面露疑惑之色。

"是的。她将定制的蛞蝓男造型的气球贴在单身女性住户外墙的窗角，并用细线缠上，操纵'蛞蝓男'盘桓在外墙的假象。不论是谁，见此景象一定会被吓到，甚至留下心理阴影，一旦她们发出尖锐的叫声，她便立马收回气球，制造'蛞蝓男'来无影去无踪的骇人一幕。"

"我都说了多少遍，我也是'蛞蝓男'事件的受害者……"

"这对你来说就更容易了，只需事先在窗角外绑上画有'蛞蝓男'的气球，顺着风势，它的触角更加活灵活现。接着，你借口品尝烹饪蛋糕带着胆小的郭雪婧来到自己家中，没有比两人一起目击'蛞蝓男'出没更有说服力的景象了。再者，作为都市传说，'蛞蝓男'事件之所以传得神乎其神，是因为你抓住了单身女性的心理。"

"是虚荣心吧。"办案经验丰富的符元华知道，涉及都市传说的案件总是和人的心理脱不开干系。

"不错。对于攀比心强的女生，田晓宁就对她们说'蛞蝓男'只会偷窥容貌俏丽的单身女性，这样一来，她们即使没有被偷窥，也会谎称她们见到了'蛞蝓男'。不需要多长时间，一个频繁出没单身女性住宅的偷窥狂——'蛞蝓男'的形象就塑造完毕，甚至还有单身女性以被'蛞蝓男'盯上为荣，四处炫耀。"

"可笑，我为什么又要费尽心力制造'蛞蝓男'呢？"

"因为你是'萤'的成员，你必须为组织铲除危险人物。"莫楠这句话正中对方要害，田晓宁开始面露难色，"刘顾伟的父亲在十六年前被你们所害，从他的日记来看，你们似乎又开始蠢蠢欲动。刘顾伟的调查和上官亮被捕两件事使你们感到前所未有的危机，所以你们决定以不暴露真正动机为前提将刘顾伟杀害，制造'蛞蝓男'的都市传说，不仅成功达成目的，还让刘顾伟成了万人唾弃的对象，真是一举两得的妙计。你先找个借口将刘顾伟引入仓库，假意和他谈条件，实则用钝器击中他的后脑勺。至于为什么我怀疑你有另一个同伴协助呢？正是因为头部的两处伤口以及刘顾伟身上的盐堆。"

"你的意思是，把刘顾伟推落楼梯的另有其人？"

"正是如此，为的是制造意外假象。不过这样一来，你们面临一个大问题——田晓宁得趁刘顾伟的伤口开始凝固前伪装成'蛞蝓男'，将警方引进这间仓库。我想，这是那位同伴提出的建议吧？"

田晓宁依旧不作声,她不停地望着窗外,似乎在为"暗鸦"争取更多的逃跑时间。

"那么,当晚在众人面前出现的'蛞蝓男'就是田晓宁?"符元华问道。

"对,成功引导小刘发现尸体后,她便大大方方地返回芸晴公寓,伪装成围观群众。当然在此之前,田晓宁的同伴十分聪明地把一袋盐倒在了刘顾伟身上。"

"这不就是为了迎合蛞蝓之死的低劣手段吗?"

"那位同伴的狡黠程度远远超过了您的想象。"莫楠指着窗外的雪景,"真正原因是这个。"

"雪?"符元华愣了一会儿,恍然大悟,"对了,是将雪融化!"

"不错,就和道路上撒盐化雪,改变雪的凝固点的原理一样。"

"我懂了,她的同伴发现有雪停的迹象,如果田晓宁假扮'蛞蝓男'吸引安保人员进入的过程中雪已经停了,那么刘顾伟身上的积雪就显得很不自然,因此才在他身上撒了这么多盐,还正巧迎合了蛞蝓的致命弱点!真是个狡猾的家伙!"

"遗憾的是,我们这位'蛞蝓女'的才智却不及同伴的千分之一。"莫楠戏谑般地转向气急败坏的田晓宁,"不知你是否还记得,当我们谈论案情时,你脱口而出'风雪交加',实际上正如你的同伴所料,你和安保人员上演追逐战时雪已经停了,而你却沉浸在雪夜亲手杀死刘顾伟的兴奋记忆中,所以我便更加确定你就是'蛞蝓男'本尊。"

愤怒在田晓宁的血管中奔腾翻滚着,她发出"呜呜"的刺耳叫声,两颗又大又圆的眼睛似乎就快爆得掉出来了,这和初次见面时带着知性美的优秀教师形象截然不同。接着,田晓宁一阵剧烈的抽搐，整个人如同断了线的木偶般瘫在地上。

"糟糕，她咬断了自己的舌头！"符元华愤怒地将拳头朝混杂着细碎玻璃的地面捶去，全然不顾涌出的鲜血。

这时，教室外传来一阵仓促的脚步声，两位刑警上气不接下气地敬了个礼。

"报告符队，我们把整个废校舍搜了个遍，都没发现那女人的同伴！"

"什么？再去仔细搜！那家伙不可能插上翅膀逃走！"

投入大批警力却完全扑了空，令符元华怒不可遏。本想放长线钓大鱼，却不料只抓到了组织里一个小小的成员，而且还让她成了一具尸体，无法缉拿归案。刚刚走马上任的专案组组长初次出征便惨遭滑铁卢，这样的消息传到局里恐怕将成为他人的笑柄。

"莫先生，你认为呢？"

"什么？"

"你认为她的同伴去哪儿了！"符元华就像一头暴躁的狮子，"不可能有人凭空消失！绝对不可能！"

"符队少安毋躁，一般而言无非有两种方法——其一，他装扮成在场的刑警，其二，他掌握了逃生的路径。可以肯定的是，田晓宁的同伴绝对是位犯罪天才，不容小觑。"

"哼！依你看，如果真被他溜走，我们还有机会追到吗？"

"照理说那家伙应该不会跑远。如果是我的话，与其冒着被追捕的危险，还不如……"

此时，教室门外又闪出一名刑警。

"报、报告符队！"

"又什么事？"

"外头来了一名年轻女子,说要见莫先生。"

"见我?"莫楠诧异道。

"是的,一位年轻貌美的女孩。"刑警向符元华请示,"是否把她带进来?"

符元华不作声地点点头。随后,一位胸前垂着辫子的美丽女子缓步走进来,只见她额上沁着几颗汗珠,大口喘着气,一副匆匆赶来的模样。对莫楠来说,那是再熟悉不过的身影。

"璐璐,你怎么……会在这儿……"

莫楠只觉得一阵天旋地转。

第五话　社交恐惧症

序　章

　　森林中的日子永远单调没有新意。斑纹蛇每天都在各种树木之间穿梭，鳄鱼日复一日地泡在水池里，长颈鹿永远高昂着头在林边漫步，不同的动物之间没有任何交流。有一日，猴子提议在森林中举办一场盛大的聚会，让所有动物都来参加。每天躲在树荫下的鼬鼠不禁苦恼起来，它既没有一双会飞的羽翼，也不像鱼儿们能在水里自由嬉戏，它觉得自己是整个森林中最没用的动物。

　　猴子的邀请一经传出，整个森林的动物们纷纷响应。聚会被安排在一座湖边，会场的气氛十分欢畅。然而，鼬鼠却在大门旁踌躇起来，它觉得自己是个一事无成的小家伙，与这热闹的会场格格不入。

　　"你觉得自己是个没用的废物，对吧？"

　　一个声音从它耳畔传来，鼬鼠觉得四下无人，可刚才的话分明是对自己说的。

　　"在这儿呢，小家伙。"

　　原来，会场附近的稻田上，有一个稻草人高挂在竹竿上，它的头是一口小布袋，里面塞满了稻草，上面画着眼睛、鼻子和嘴，装成了一张脸。

　　"你的眼神告诉我，你并不愿意参加这场聚会。"

小鼬鼠为难地点点头。

"呵呵，这有何难？"

只见稻草人露出邪恶的笑容，眯着的双眼顿时睁得斗大，鼬鼠感到自己的身体开始有些异样，脑袋疼得厉害。

"放心吧，小家伙，这病不会要你命，只需要三天就可以康复。"

鼬鼠谢过稻草人，转而告知猴子自己生病了，对方虽然感到有些遗憾，但还是嘱咐鼬鼠安心养病。

鼬鼠心里直感庆幸，欣喜自己逃过了一劫。怎料，这次的动物大聚会引起巨大的反响，狮子、老虎们提议每周举办一次，这又让鼬鼠大伤脑筋，于是，它又找到那个稻草人。

"这有何难？"稻草人依旧从容地回答。

"这次不能再说生病啦，老这样会让猴子起疑的。"

"不、不，请相信我，放心待在屋里就是了。"

鼬鼠心里泛起嘀咕，自己的身体也未见异样。

就这样过了一周，森林里传来一则噩耗，猴子在采野果时不慎跌到狐狸布下的陷阱中，一命呜呼。这场风波不仅使猴子丢了性命，也让猴子与狐狸一族结下不共戴天之仇。每周例行的聚会自然因这件事而被取消。虽然鼬鼠欣喜自己又逃过一劫，但它隐约觉得猴子的死和自己有着莫大的关联。

很快，两周又过去了。猴子的死逐渐被淡忘，狮子便开始组织新一轮的聚会。鼬鼠又紧张起来了，稻草人告诉它只管安心便是。就在聚会当天，森林发生罕见的大地震，不少动物都在这场地震中丧命，其余的只顾拼命奔逃，鼬鼠也不例外。在逃亡路途中，它居然看到那个稻草人依然伫立在稻田上，不躲也不逃。

"这都是你的杰作？"它来到稻草人面前质问道。

稻草人发出邪恶的笑声。"小家伙。我，其实是你内心的影子，现在发生的一切不正是你盼望的？"

"我真不该相信你，猴子……它那么好，却因我而死。如今连整座森林都要毁于一旦！我知道以我的力量伤不了你，但今后我再也不会求你做任何事！"

三个月过去了，森林重建工程已完成十之八九，于是，又有小动物提议搞个大聚会。这次鼬鼠再也不选择逃避，叫上小兔子与自己同行，即使迈着颤抖的步伐，它也提醒自己鼓起勇气融入森林大家庭。

当它绕过通往会场的最后一个弯时，竟在小溪边看到稻草人的尸体，它的头颅被人切下，仿佛被抽干灵魂似的，原本扎起的稻草散落一地。

"你怎么了？"小兔子问道。

"快看，稻草人被杀死了！"

"哪有什么稻草人……"

"就在这儿，兔子先生你看不见？"

"那儿一直是个稻草堆呀！"

鼬鼠明白，自己的世界里再也不会有稻草人的存在了。

第一章　鼬鼠 App

　　社交恐惧症又名社交焦虑障碍，简称"社恐"，往往发生在十七岁至三十岁。严重的"社恐"不仅对患者工作、学习、社会功能等方面造成干扰，还会损害其自信心，让人一步步丧失社交能力，给个人造成精神上的痛苦和焦虑。

　　"你是说……你的性命正被一款手机 App 要挟？"
　　莫楠的声调抑扬顿挫，他以一种不可思议的目光审视着坐在正对面的男子。
　　"我、我没有骗您！"男人高举着自己的手机，"它真的想要我的命！"
　　"那款 App 的名字是……唉，拿稳些，你的手晃得我看不清屏幕了。"
　　"对不起，我有点紧张。"男子改由两手扶着手机屏幕，"就是这个……鼬鼠。"
　　"鼬鼠？"
　　"对。莫医师，您听说过鼬鼠的故事吗？"
　　"关于社恐的？"
　　"嗯……老实说我正被社交恐惧症所困扰。"
　　"能简单谈谈吗？"

"我叫何广平,是个业余画家。"

"如果我没猜错,你画的是国画?"

"您、您怎么会知道?"何广平第一次扬起头,难以置信地嘀咕着,"我应该还没做过自我介绍吧?不,前提是我的记忆没出现错乱的话。"

"何先生,你并没有做过自我介绍。不过,你手上的茧子已经透露了你的身份。"

"茧子?"

"长期作画的人,手上都会长茧子。如果是素描类的画师,那么他们的茧子会留在小指外侧,而国画画师的茧子则在右手拇指、食指、中指指尖内侧和无名指指尖外侧,只要对方不是左撇子。何先生,你进门之后一系列动作都是用右手完成,所以当你对我说自己的职业是画家后,我便自然而然地做出推断了。"

"莫医师,您真是太厉害了!我这回总算没找错人!"

"可我还不知道你究竟遇上了什么难题?"

"是这样的……一年前我还在一家证券交易所上班,作画也只是业余爱好。工作本身倒没什么,最令我头疼的是下班后的活动,我讨厌聚餐、讨厌野营、讨厌任何团队活动!"

"冷静点,何先生。"莫楠轻抚对方的双肩,"都说工作之余的聚会是人生的润滑剂,何乐而不为嘛。"

"但是两三个人还好,一旦超过五人的场合,我就开始脸红出汗,一开口更是心跳加速。"

"其实,别人并不如你想象中的那样在意你的表现。"

"后来这种情况慢慢演变成只要在正规的社交场合,我的手就开始不听使唤地哆嗦,一见到签名簿、登记表,我更避之唯恐不及。有一次,前台察觉到我写字的右手抖个不停,就开始打趣，惹得旁人一阵嘲笑。隔天，我就把工作给辞了，在家中潜心作画。我的画并不出名，偶尔能卖给出版社或公众号的运营商，以为这样凭借着微薄的收入，便可以在舒适的状态下养活自己……"

"出现什么新问题了？"

"《朝阳出云海》你听说过吗？"

"这么一说，好像在新闻里……啊，难道那幅国画出自你手？"莫楠记得之前读过关于它的新闻，听说那幅作品在国际艺术拍卖公司举办的拍卖会上拍出近百万元的高价。

"对，就是我创作的。"

"那不是大喜事吗？终于可以扬眉吐气不受人嘲笑了。"

"恰恰相反……"何广平愉悦的神情一闪而过，眉头又皱了起来，"他们竟半强迫地邀请我做各类演讲，参加美术家协会举办的聚会！"

"何先生，我们这样想，参加这些聚会，你是以胜利者的姿态出现的，而且这样一来，你会越来越出名，售出的国画价格也会水涨船高……"

"不！光是在几个人面前说话我就磕磕绊绊了，更别提上百号人。参加协会举办的聚会？我想拿着酒杯的手一定会抖个不停，会被人嘲笑的。每次我鼓起勇气踏出家门之前，都会先做一次 EPQ 测验和 ATQ 测验[①]，结果全都是重度社恐焦虑……不行，一想到演讲时像关在笼子里的动物那样被数百号人盯着，我肯定会当场晕过去！"

"呵呵，每位成功的画家背后都有一百个作品卖不出去的画

[①] EPQ 测验即艾森克人格问卷，ATQ 测验则是自动思维问卷，用以对社交恐惧症患者的心理特征测试，测试得分在指定区间内，则被视为患有社交恐惧症的心理特征。

家，每个作品卖不出去的画家背后又有一百个抽屉里沉睡着废稿的失意者，每个失意者背后又有一百个刚动笔的绘画爱好者。一位画家成功的概率非常小，我想，他们渴望听到你的故事。"

"可我并没勇气参加这些社交活动。"

"你收到了几次邀约？"

"大概十五次吧。"

"全都拒绝了？"

何广平既没确认也没否认，只是低垂着头。

"都是以什么样的理由推辞的呢？"

"第一次，我以工作繁忙推掉市美术协会的采访邀请，想不到没几天一位记者居然凭着不知从哪儿得到的住址亲自登门拜访，无奈之下我只好硬着头皮应对。经过那次专访，世人都知道我其实是位邋遢的无业青年，有时走在街上都会被人认出，这样一来，就更没自信出门了。这半年来，我成天把自己关在小房间里作画，但成品的质量都不如《朝阳出云海》，甚至从某种程度上说，根本就不像是由同一个人创作出来的。在此期间，我又不断收到邀请，或是采访或是聚会，直到有一天，一张宣传单拯救了我。"

"宣传单？"

"对，一款名叫'鼬鼠'的App。"

"何先生，你刚才说过这款App会危及性命，它主要的功能是什么呢？"

"它可以有效地帮我逃离社交场合。"

"如何帮你？"

"它总能编造适当的理由，让对方不得不放弃邀约。"

"何先生，如果你还想根治社恐，那么请你立即删除这样的软件。社恐是一种心理疾病，它的治疗就在于患者本人是否有勇气克服羞怯心理，如果没有，就只能一步步地被它操控。有人把社恐比作潜伏在内心里的'黑狼'，若你没有战胜它的信念，双方实力就越发悬殊，久而久之，你只能选择逃避。"莫楠曾为不少社恐患者做过心理治疗，以他的经验来说，只要患者鼓起勇气向心理医生说出自己的病症，最终，十有八九能够痊愈，回归社会。"能简单地跟我说说这款 App 如何威胁到你的性命吗？"

"第一次使用'鼬鼠'是接到广播电视节目的访谈邀请，我害怕极了，以至于根本想不出拒绝的理由。当时我才下载'鼬鼠'没几天，怀着好奇的心情打开了它，把我内心的忧虑发送出去。原本我真的不抱什么希望，但没想到过了十分钟，'鼬鼠'回复了——'这有何难？大病一场即可。'"

"它让你谎称生病推托？"

"是的。收到回复后，我心里还嘀咕着这种理由已经用烂了，再说我也没自信能够扮演一位病人。"

"之后你如何处理的？"

这时，何广平突然哆嗦起来，他紧紧捂着头。"你相信吗？我整整发了五天的高烧，在医院一躺就是一个星期！"

"专访的邀约也就理所当然地推辞了？"

何广平微微颔首。"一个月后，又有一场艺术沙龙活动在小区举行，这次，我也理所当然地接到了主办方的电话，他们要我务必参加并且担任嘉宾。"

"于是你又向 App 求救？"莫楠摩挲着下巴问道。

"对，它这次的回复是'这有何难？称家中有贼即可'。"

"后来真遭小偷了？"

"岂止是这样！我辛辛苦苦绘制三个月的《春》真的不见

了！而且，我感觉自己正在被人监视着。"

"有人监视你？"

"我家对面是座小公园，两个月前的傍晚，我在阳台作画，突然有道亮光从我眼前闪过，原来对面有人用望远镜盯着这里！我给吓坏了，马上躲到阳台的遮板后，眯缝着双眼细看，才知道那是一个扮成小丑模样的男人，他一边给身旁围成一圈的孩子们发放卡通气球，一边用左手拿着望远镜朝这个方向观望。没过几天，我下楼取一个快件，回到家后，《春》就真的不翼而飞了。"

"这么说来……你恐怕被人盯上啦。后来可还使用过这款App？"

"也不怕莫医师笑话，当时的我打心里认为'鼬鼠'帮了我不少忙，尽管过程是煎熬的，但最后它真的能够让我摆脱困难。只是……"

"只是后来的代价让你承受不起？"

"要付上万元的会员费不说，它为我编造的借口简直成了人身攻击。有一次，它给我这样的回复——'去吧，反正你会被袭击'。在做了好几天的思想斗争后，我前去赴约，刚和主办方见面，自己就被场馆二楼掉下的盆栽砸到头，演讲只能作罢。要命的是，前几天我接到父亲的电话，他打算在山庄里宣布自己的遗嘱，还邀请了我的两位哥哥。因为性格原因，我们三人从小就合不来，所以感情非常淡薄……"

"于是，你这回也向'鼬鼠'求救了？"

"是的……"

"这次它的回复是什么？"

何广平畏惧地用手遮住额头，声音不由自主地颤抖起来。"去吧，反正老爷子会在那里死去。"

第二章 暗 鸦

五月二十一日晚，市刑侦支队的会议室里灯火通明，主席台上符元华用如鹰隼般犀利的眼神一一扫过在座的刑警，他身后的投影幕布上显示着几个大字——"关于犯罪团伙'萤'第一次案情分析会"。

在简要的介绍后，符元华示意叶勇德开始汇报关于"萤"的一系列案情。

"目前，经我们查证，犯罪团伙'萤'是个规模较大的组织，专为心怀恨意的人提供犯罪计划，且行事周密，通常组织成员不会亲自参与行凶。据已被逮捕的组织成员提供的口供，以及我们的调查，目前，已确定和'萤'有关的事件有：十八年前的'迷宫庭院事件'、十五年前的'K村雄风宾馆纵火案'、十二年前的'傀儡小屋事件'、六年前的'OL连续无差别杀人案'、去年的'金枫园小区命案''落樱庄命案'，以及前不久发生的'芸晴公寓蛞蝓男事件'。在'蛞蝓男事件'中，'萤'的成员'蛞蝓'犯下了杀人罪行，经查证，她的动机和死者刘顾伟对'萤'的调查有关。"

"最早的案子得追溯到十八年前，而近几年'萤'的行动又开始逐渐活跃了？"

符元华转过头，盯着投影幕布上的犯罪现场，扑杀、毒害、枪杀、勒毙……被害人的死法不一而足。这种行为简直是对警方的公然挑衅！

"不错。"叶勇德切换到十八年前'迷宫庭院事件'的旧照片，这次的汇报材料之所以翔实，还得感谢前几年公安系统从上到下花了大把精力，把所有执法旧档案悉数电子化，"现已逮捕的'萤'成员中职阶最高的是上官亮，这家伙是组织的三号人物。根据她的口供，'迷宫庭院事件'确是'萤'涉及的第一起案件，那是由组织的头目亲自参与的犯罪案件。"

"有没有问出关于他们头目的线索？"

"很遗憾，目前还未从已逮捕的成员中问出有用的信息，他们非常狡猾，从他们口中打探到的只是浮于表面的东西。只知道他们的头目代号正是'萤'，性别不详，这个组织是由他一手创立的。"

"这方面恐怕得再增加人手。这样吧，小于也加入侦查队伍，主要任务是调查过往的几起和'萤'有关的案件，有些线索在你们新人的视角下更容易暴露出来。我会吩咐人把最初几起旧案的资料交给你。切记，如果有新的想法，一定要立即汇报。"

"是！"于敏忠的回答坚定有力。

听闻于敏忠是公安大学犯罪心理学的高才生，当年各项成绩都极为出色，也是那届的优秀毕业生，符元华对他寄予厚望。他认为，那些旧案的资料在别人眼里可能只是一些文字、图片的堆砌，流水账般记载着的一些事情，只有小部分人的慧眼能够挖掘出隐藏在背后的新线索，而于敏忠很有可能就是这类人。

"另外，上次的'蛞蝓男'事件，在逮捕罪犯的同时，在废旧校舍周边还发生了一起命案，经你们调查，与'萤'有关吗？"

叶勇德脸色又阴沉下来,将投影切换到下一帧。

"被刺杀的巡警名叫罗琦海,男,五十九岁。经检查,确认是被利刃刺中胸口导致死亡,死亡时间是凌晨两点二十分左右,也就是符队组织攻坚的时刻。另外,从现场勘验的情况看来,凶手并未留下指纹、足迹一类的线索,具备一定反侦查意识。"

"确定没有移动尸体的痕迹吗?"符元华看着坐在侧向的法医问道。

"没有,S校舍旁的那条小巷就是第一案发现场。"年轻的法医侯洛勇翻开影印成册的勘验报告,简短地回了一句,"凶手只需一次正面攻击,就能让对方毙命,且案发现场周边完全没有留下什么线索,可以说这是个经验丰富的犯罪者。"

"老叶,假设当晚攻坚时,'蛞蝓'有同伙在场,并见状逃跑。那么,他选择哪条路线最为隐蔽?"

"根据现场调查,校舍外有一株百年大榕树,如果沿着它的枝干翻越过去,就会来到围墙外的小巷子,即本次命案现场附近。"

"这么说来,行凶者极有可能是'萤'的成员?"

"确实如此,罗琦海平日里属于老实巴交的那种人,不会有人对他心怀杀意。"

"案发现场周边是否有监控摄影?"

"很遗憾,小巷还没有加装监控设备。"

"也就是说,行凶者逃过所有在场警员的眼睛,躲进巷子里,不料被老巡警撞见,最后痛下杀手……对了,在逮捕'蛞蝓'后,有个年轻女子进入了旧校舍对吧?说是莫楠医师的……表妹?"

"嗯……这个嘛……其实……"

即使符队没有提起这事,叶勇德也打算和盘托出,但不是现在这个时间,也不是现在这个场合,符队突如其来的发问让他有些不知所措。

"叶勇德,你打算瞒着我到什么时候?"符队的脸上挂着若有似无的笑容。

第三章 铁 笼

何宴在远离尘嚣的山庄待了不下二十个月了。起初,他的长子何广泉向他提出这个荒诞的请求时,他还面红耳赤地斥责那个不孝儿,但冷静下来后,何宴倒认为这是个好主意。两年前,何宴的老伴被癌症夺去生命,这让他不禁开始思索:他的三个儿子里,有谁真正能挤出时间照顾他?何广泉自不必说,投身于人工智能领域后,金钱对他来说只是数字而已,相对地,也很难挤出和家人见面的时间,在何宴的印象中,一年到头除了过年那天,其余时间根本别想见到他;次子何广涛是个普普通通的上班族,按理说他应是三个儿子中最有条件赡养老人的人,并且他也尽力尝试了几个月,无奈父子俩的性格实在南辕北辙,儿媳妇又是锱铢必较的个性,加上生活习惯本就不同,三个人在一起成天大吵小闹的,最后只好作罢;至于三子何广平,是他们之中最没出息的一个,从小见到生人就怯场,本以为这糟糕的性格会随着年龄和阅历的增长而改善,却不料病症越发严重,一年到头何广平几乎将自己锁在屋里不出门,这让何宴在恼怒之余也常常思忖三子的个性究竟是遗传谁的基因。

逐渐适应了远离尘嚣的山庄生活后,何宴反而开始习惯这种乏味的日常。原本何广泉打算给他雇几位用人,但遭到何宴的反对,他认为自己还有能力自理,并且他还有足以支撑精神世界的爱好。在何宴七十五岁那年，他结识了野生动物保护协会的成员，对方向他介绍了丹顶鹤，何宴立刻被这仪态优雅的鸟类吸引。不仅如此，丹顶鹤还象征中国文化的吉祥、长寿、忠贞，有仙鹤、白鹤之称。何宴一旦喜欢上一类事物，便会将这种热爱发挥到极致，为此，他加入了野生动物保护协会，定期捐赠款项，还以荣誉会员的身份走访肇庆星湖湿地公园，四十多只丹顶鹤在落霞中编队飞翔恐怕是他这辈子见过最美丽的场景了。

不过，从肇庆回来之后，何宴才意识到在这座山庄生活并不如他想象的那般自由。彼时，长子何广泉正在研发一个新型人工智能项目，主要服务对象便是空巢老人。几年来，养老的问题一直引发社会舆论的关注，年轻人生活节奏过快，无暇赡养老人，而一些丧失了生活自理能力的老人又不愿住进养老院，国内外接连发生空巢老人在家中去世一个多月才被邻居发现的案例。何广泉的项目旨在为肩负养老责任的年轻一代提供"物联网养老"，他在山庄内嵌入智能门禁、感应智能灯、360度无死角监控、远程医疗监控等电子设施。也就是说，何宴的一举一动都在何广泉的掌控之中，用何宴的话说，这座山庄已经成了囚禁他人身自由的"铁笼"。

纵使心里怒不可遏，何宴却无处发泄，而且从新闻报道来看，何广泉的这套智能化养老项目受到不少年轻人的支持，这更让何宴感到莫名的困惑。从那时开始，他便彻底中断了和三个孩子的联系。丹顶鹤保护协会的秘书吴婧娟成了他唯一无话不谈的好友，丹顶鹤成了他活下去的支柱，为了守护这逗人喜爱的仙鹤，何宴做出了一个疯狂的决定。

"爸！你宁可把钱花在丹顶鹤上也不愿意关心亲生儿子……你、你有资格做父亲吗？"

"住口。阿涛，你也太放肆了。"

听完何宴草拟的遗嘱后，何广涛几乎直接从沙发上弹了起来，朝着自己父亲咆哮着，幸亏哥哥何广泉将他一把拉住。

"再怎么着急也得等父亲宣读完吧。"

"我已经说完了。"何宴在三个儿子前方正襟危坐，面对何广涛近乎疯狂的抗议，依旧板着脸不为所动。

"爸……再怎么对我们有看法也不该把遗产全部捐给丹顶鹤保护协会吧？之前您和阿涛虽然有些不愉快，但好歹他也照顾您七八个月了，这样做会不会太刻薄了些？"

"刻薄？广泉，难道你就对我好吗？你出息了，赚了钱，却把我关进这铁笼里，我丝毫感觉不到家人的温暖，别看这座别墅富丽堂皇，可在我这老家伙眼里，这和监狱有什么区别？"

"爸，您这样说就不对啦……这里空气好，景色宜人，我还特地为您购置了一些健身器械，既然您不喜欢和我们生活在一起，这里您总该满意才是呀。"

"你试试一天到晚和监控探头生活在一起是什么感觉！"何宴愤怒地指着大厅的一角，那儿原先架着一台高清监控器，不止如此，整幢别墅最初每个房间都安置一台，这样，何广泉打开App就能看到自己父亲的一举一动。

"这也是为了您老人家好……再说，您提出反对后我不是当天就把它们都拆下来了嘛。"

"说得好听，别以为我不知道，你正在研发的叫什么'智能养老'的玩意儿，按我说，这就叫作大逆不道！正是你们这种人，把人情味儿都给玩没了。"

何宴不止一次对着电视机里的何广泉怒不可遏。他把自己当作'小白鼠',通过一系列人体感知设备,获取何宴的生命体征指标。如此一来,只要何宴不出这幢别墅,那么屋内所有一切,包括空气污染指数是否超标、老人的脉搏是否正常、冰箱里的水果是否过期……这些都逃脱不了何广泉所研发的App的掌控,一旦数据有异常,系统就立刻展开纠错工作。有一次,何宴偷偷打开一瓶陈年老酒款待前来造访的吴婧娟,这时App却立即将预警信息发送给何广泉,远在百里外的何广泉只需轻轻一摁,物联网技术就会将柜子自动上锁,无论何宴如何使劲,都无法打开。打从那天开始,何宴便给这幢别墅起了"铁笼"这个称号。

"您误会了,爸。我这么做只是为了提高您的生活质量。"何广泉略微放低了声音。

"如果你们还有异议,就找我雇来的律师说吧,我想他应该马上就到了。"这时,何宴才注意到始终坐在房间一角,仿佛置身事外的何广平,"你这家伙,木讷的个性能不能改改?要不是看在你有一技之长,我真搞不懂你在社会上要如何立足……对了,跟你一起过来的,听说是位心理学专家?"

"是的。"何广平心里念叨着要说的话都被两位兄长说了,自己实在不知道再说什么才好,他给外人的印象就像个害羞的姑娘,"是我请来的心理师。"

"……三个家伙一个个都不成器!也罢,等晚饭时再叫我吧,婧娟估计那时才会到。"

"您还请了外人?"何广泉问道。

"婧娟现在可是我的唯一知己。"

"爸,您该不会要和她……"

"我没你们想的那么龌龊。"何宴对长子的反应嗤之以鼻,

"人啊,可不能因为科技的进步,就忘了与他人之间的感情。我们都是血肉之躯,而不是机器人。"

第四章　不和谐的晚宴

晚餐的氛围并不轻松，这点莫楠感受最为深刻。在他的眼里，何宴与他的三个儿子一点儿也不像一家人。在拒绝三个儿子亲自下厨的提议后，何宴坚持让附近的餐馆将晚餐送到宅邸，恰巧此时接到律师米楚的来电，律师称因手里的案子尚未完结，得隔天一早才能赶到。

"莫先生，说来真有些不好意思，我可以提出一个不情之请吗？"

晚餐进行到一半，何宴像忽然想起什么似的向莫楠问道，后者连忙擦了擦嘴角。

"有什么可以为您效劳的？"

"关于遗嘱的事想必您也有所耳闻。米律师明天才来这里，关于遗嘱公证一事我打算明天办完。我想说的是……您今晚可以在我这幢别墅休息吗？"

"您是觉得有人会对您不利？"

"爸！您真的有点神经质了，我们怎么可能会害您呢？"何广涛插话道。

"昨天我做了一个噩梦……梦见自己被人监禁起来，可我看不清对方的脸，连对方说的话也几乎全忘了……"

"难不成您认为是我们三兄弟干的？"

"我没这么说，某些人可别不打自招。"

见气氛瞬间发生变化，何广泉将筷子放回筷枕上，好声好气地打了个圆场："爸，就算您不相信我们也要相信科学呀！我研发的这款App每隔两小时就发送一次您的生命体征给我们，不只如此，还有您所居住的房间的空气指数、污染指数……再说，这儿就我们几个人，怎么可能会有危险呢？"

"总之，我就是有一种预感，一种不能相信任何人的预感……"

"那个……何先生，刚才门铃已经响了两次了……"

莫楠指着挂在门口的智能化可视门铃。

"啊！是婧娟，一定是婧娟来了！"何宴像弹簧似的从靠背椅上蹦了起来，拄着拐杖一路疾走。

"大哥，你看吧，我就说那女的是个狐狸精。"何广涛在兄长耳畔促狭地说道。

"且看她的来意，如果是她在暗中干涉爸的遗嘱，我们再采取其他手段。"

不一会儿，何宴便迎来了一位女子，她比众人想象的都要年轻，看上去还不到三十岁，那近乎象牙色的双颊上，衬着两只漆黑得深不见底的大眼睛，直挺的鼻子下面，是淡水色的一抹嘴唇，瘦削的线条，像一件无懈可击的塑像。

"向大家介绍一下，这位女士就是刚和你们提到的婧娟。"

何宴一路搀搂着吴婧娟，兴致勃勃地聊着关于丹顶鹤的事，早已把在座的三个儿子和关于遗嘱的争议忘到九霄云外。

享用完气氛诡异的晚餐，莫楠缓慢踱步来到何宴所居住的别墅前。这里距三兄弟和吴婧娟留宿的双拼别墅约一百米，再往远便是入口，外人要想来这世外桃源，只有通过一座古旧的吊桥，方才众人的车就停在吊桥的彼端。虽说打从经营"星光之岬"以来,莫楠结识的名流富豪不在少数,但像何广泉这般服侍老人的方式,还是头一回见。

何宴的别墅门前有一个清澈的水池,一尾鲤鱼正喷洒着清泉。从一株白兰树下走入别墅大门,只见墙壁洁白,饰以花边,地面铺着棕红色的瓷砖。踏着整洁的地毯向里走去,依次是会客厅、餐厅、棋牌室、卫生间,门厅的入口处还伫立着两尊丹顶鹤雕像。

"莫先生,您对这里的环境意下如何?"

莫楠闻声抬头,何宴正缓缓沿着阶梯而下。

"老实说这么大的房子,我是头一次见。只是……"

"只是一个人住,难免有些寂寞,对吧?"

莫楠不作答,只是微微一笑。

"其实最初并不是这样,老大还会三天两头地跑来看望我,但也许是人老了,我的个性似乎总是很难和其他人合拍。老大、老二与我这老头相处不到一年就闹得不可开交了,哈哈……话说回来,莫先生这次是和老三一同来的,他该不会是害怕见到我吧?"

"您应该了解他的病情,他惧怕的并不是您,而是整个外界。"

"以莫先生的经验,他能顺利走出困境吗?"何老的语调变得温和了许多,莫楠心想,也许晚餐上的诡异态度只是向三兄弟宣泄自己的苦闷罢了,毕竟作为一位父亲,他的内心应该还是十分关心孩子们的。

"在我看来,有勇气向心理医生倾诉病情的社恐患者,基本上都可以得到治愈。更何况……"

"更何况什么?"

"哦,不。何先生,您还是早些休息吧。"

莫楠险些将"鼬鼠App"的事脱口而出,但他并未料到,这是最后一次见到何宴离去的背影。

第五章　暗鸦 II

"符队长，您可把我吓得一身冷汗哪！"

会后，单独被符元华叫到办公室的叶勇德尴尬地拧着眉头。

"为什么？"

符元华放下手中的资料，抬起头来。

"啊？"

"我问你，为什么要瞒我'暗鸦'的事？"

"符队请息怒，您可知道六年前那宗'OL连续无差别杀人案'吗？"

"虽然没有参与调查，但当年在队里有所耳闻，听说遇害的都是年轻的职场白领，凶手采取的是对社会治安影响最为恶劣的无差别杀人。"

"对，就是这个案件，让我们意识到'暗鸦'这名成员的存在。"

"所以你们既没有把她收押，也没有进行审问，而是把她关在诊所和心理师住在一块儿？"符元华越想越觉得不可理喻，脸色自然而然沉了下来。

"队长，您有听说过'记忆置换'吗？"

"记忆……置换？别告诉我那个叫莫楠的门外汉想通过扰乱'暗鸦'的记忆，私自调查'萤'的案子！我明白他曾经对警方提供颇多协助，也承认他确实头脑过人，但他总不能无视警方的规定胡作非为吧？"

"您言重了……其实，我也是最近才明白'暗鸦'计划的，'OL连续无差别杀人案'发生时，我还是一名不成熟的刑警，而莫楠医师则以犯罪心理学专家的身份协助警方调查，他的犯罪侧写可没少帮过我们呀。根据他的推理，'暗鸦'很可能就是那位叫靳璐的女孩，但仅仅是可能，始终没有证据。而且，您也知道，'萤'的成员对案件的影响仅限于提供犯罪计划，对于案件本身，他们是从不插手的。"

符元华没有回应，只是摩挲着下巴。

"老叶，当年你参与了那起案件？"

被符队突然一问，叶勇德立刻正色道："是的。"

"听说你的前辈在调查中殉职？"

"……因为太接近真相，被凶手视为眼中钉，却没能保护自己。"

"凶手招供了吗，关于'萤'和'暗鸦'？"

"我们只知道'暗鸦'确实参与了。但在押解途中因为那场大地震，全车人员无一生还……后来，我们只能通过凶手电脑上的日记了解到'暗鸦'的存在，别说这家伙的模样了，是男是女我们都不知道。"

"这么说来，莫楠又是如何分析出靳璐和'暗鸦'的关系呢？"

"符队的意思是……要彻查那起旧案？"

不知怎地，符元华嗅到了对方话语中极不情愿的意味。

第六章　凶器无形

"大家都别靠近！"长子何广泉一大清早便被自家公司研发的 App 报警声惊醒，当他看到何宴屋内的空气指数以及生命体征时，以为是侦测机器出了故障，但系统终端却显示一切正常。他立刻腾地跳了起来，叫醒了所有人，并喝令他们不准打开父亲的房间，"根据 App 反馈的信息，父亲在清晨五点零三分已经失去了生命体征，而房间内的空气指标严重异常，也就是说，屋内很可能已经充满了毒气。"

"毒气？大哥，你不会在开玩笑吧？有人用生化武器谋杀爸？"何广涛怎么想都觉得这事荒谬。

"请相信我的判断，现在我正通过 App 的物联网技术，开启房间内的净化功能，至于效果如何还不好说。眼下，我们应当先报警！"

"老兄，恕我直言，现在大家还未见到何老先生，就声称他被毒杀，是否太过武断？"在莫楠的记忆中，昨晚和何宴谈话结束直到今晨，一切都风平浪静。不过，也不排除旅途一路奔波导致身心疲倦，只要莫楠一没午睡，夜晚的困意便会提前到来，这种情况下很容易陷入深度睡眠。

"我对自己公司研发的 App 非常信任。"何广泉不容置疑地解释道，"大家看，屏幕上显示的正是父亲的生命体征，这是一款基于GPS的移动式生命体征远程监测系统，但现在的缺陷是每隔两小时才能汇总反馈一次体征情况，对于异常状况无法立即提示。我早上一起床就看到父亲已经没了体征信息，所以立刻把你们喊来。"

"……明白了，那就立即报警吧！"吴婧娟脸上写满了担忧。

"等等，我有个提议。在警察来之前，麻烦各位分成两组，一组守在门外，另一组在屋外监视。如果犯人躲在何老的房间内伺机逃脱，我们才能及时发现。"

"就这么办，我和这位莫先生守在屋外，你们留在这儿。"

莫楠跟着何广泉来到别墅外。清晨微亮的天空，淡淡的晨雾染成了鹅黄色，尽管远方朦胧的美景叫人心旷神怡，但莫楠丝毫没有心情欣赏。

究竟眼前这个男人的话是否靠得住？如果是骗人的，那么屋内为何没有何老的回应？如果是真的，那么"鼬鼠App"的预言成真，意味着这是一起预谋杀人案。莫楠一边思忖着，一边观察起整幢别墅，整座庄园依旧风平浪静，只是静得有点吓人。

"何先生，我记得您说过别墅内外的监控探头都被拆除了是吗？"

"对，这都是家父的意思。"何广泉点起了一支烟，开始吞云吐雾，"本来我想尽可能确保他的人身安全，但他死活不愿意，认为我在二十四小时监视他……呵呵，后来在我的坚持下，只能在他手腕处装上生命体征监控设备，并且在各个房间装上物联网检测系统，定期反馈信息。如今的缺陷在于间隔两小时回馈一次，升级后才可在突发情况下立即把信息转给接收者。毕竟家里没有人和爸合得来，如果放任他不管又不太妥当，于是，我只好把他接到这里住下，却没想到……"

"能告诉我 App 反馈的情况吗？毒气是在一瞬间布满何老的房间吗？"

"怎么，听你的口气，不太像普通的心理医生……"何广泉狐疑地打量着莫楠。

"呵呵，别看我这样，其实我曾经协助过警方办案，每当遇到案子都会忍不住多问几句，请别见怪。"

"从监测系统的报告推断，在五点零三分时，毒气瞬间充满家父的房内……不，严格地说，是卧室中浴室的位置。"

"只是浴室？"

"对，不知昨晚您是否有注意，家父的房间里有个独立的浴室，是个封闭的空间。从监测系统反馈的情况看，毒气全部集中在那儿。"

"庄园内部应该都安上了空气质量监测系统吧？"

"是的，主要监测对象是室内。"

"其他位置没有毒气的报告？"

"没有。整幢别墅只有那间浴室有异常报告。"

"你看！"二人走到了别墅外的草地，莫楠突然指着远方，朝入口处一路狂奔，"那座吊桥、吊桥被人破坏了！"

"什么？那可是通往山下唯一的通道！"

何广泉定睛细看，吊桥的确软塌塌地垂挂在另一头的峭壁下，潺潺河水将吊桥端部的绳索打湿。他心想，整座山现在一定就像画着半面妆的妖怪，以河流为界，一面是富丽堂皇的别墅山庄，另一面则是人迹罕至的蜿蜒山路。

莫楠抬头望着天空，一场暴风雨即将来临。"事到如今，能够确定两件事：第一，警察一时半会儿还不能通过直升机抵达山庄；第二，如果何老果真被害，那么破坏吊桥的凶手就在我们之中,而且打算继续作案!"

"既然如此,我看有必要逐一调查大家清晨的行踪,尤其是那个女的。"

"你说得很对,不过现在面临一个问题。你的App所反映的致死毒气,是在何老的房间浴室内一瞬间爆发的,假设App反映的数据真实准确,那么释放毒气的凶手必须携带毒气到何老的房间,但毒气又不是什么随身用品,稍有不慎就会伤及自身。依我的观察,我们一行人来到山庄后除了装着换洗衣物的提包和小型拉杆箱外,并没有人带其他可疑物品,就连吴婧娟也是,背着个单肩包,不太可能携带危险物品。"

"若是有人从车子里取出盛放毒气的容器呢?比方说毒气罐子什么的……"

"盛装致死毒气的容器肯定不小。通常情况下,凶手行凶之后,除了将它丢进河流中灭迹,似乎没有其他更稳妥的方法。不过,这个大庄园倒是一个十足的反例,凶手也有可能将容器大大咧咧地放在我们面前,或者藏进柜子里,两幢别墅如此之大,还怕没有藏身之所?"

"哈哈,说得也是。这恐怕得交由警方处理。"何广泉察觉眼前这位男子气宇不凡,不仅洞察力敏锐,还具有过人的智慧,不禁开始对他刮目相看。"莫先生,您此次前来恐怕不光是为了我那个画家弟弟吧?"

莫楠笑了笑,回答道:"我只是个心理医师。"

"从您到这儿来之后,我就发现您的精力并没有放在小平身上,反而极其注意家父的举动。"

"新兴企业的老板果然有着高人一等的观察力。"

不知不觉间,天色逐渐转暗,明明还没过八点,幽暗便已降临大地。浓密的云仿佛得到自由似的,突然浮动起来,飘过天空,雨点窸窸窣窣地落下来。

"您说对了,的确有人想要何老的性命。"

突然,一道巨大的闪电照亮了整个天际,它在对面的树丛黑影上蜿蜒疾驰。正是这道闪电,让二人看清在山的那头匆匆赶来的刑警们。

第七章　孤岛逻辑

"诸位，我只能说，我们现在的处境十分凶险，凶手利用储藏室里的斧子砍断了吊桥的绳索，如今我们得在警方抵达之前待在一块儿，谁也无法单独行动，因为我们无法确定十恶不赦的凶手究竟是我们之中的哪个人。唯一的好消息是，我已经通过电话向山庄对面的刑警交代了，一旦发现可疑人士出没，警方会立即通知我们，所以现阶段聚集在大厅相对安全些。接下来，就请各位告诉我昨天晚餐结束直到今天清晨的行踪。"

何广泉打开手机的录音程序，对包括自己在内的五人的回答进行了录音。

"大哥，你是在怀疑我们之中有人杀害父亲？"何广涛捶着桌子站了起来，涨红着脸，激动地说道，"就算他的决定再怎么蠢，但杀了他我也得不到什么好处啊！老头子不是说遗嘱已经拟好了吗？"

"目前还无法进入爹的卧室，但在屋子里的其他房间内找不到遗嘱或者保险箱，得等警方人员戴上防毒面具，进入房间驱散毒气后才能确定爹是否真的拟好了遗嘱。"

从转移别墅到现在，二十分钟过去了，何广平依然显得十分紧张，不敢开口说话，而吴婧娟似乎始终站在外人的立场，事不关己高高挂起，也是一语不发。莫楠见状，只好由自己来捅破这层窗户纸。

"其实，刚才我已告诉过何兄和警方人员，早有人预谋杀害何老。"

"你说什么？"何广涛指着吴婧娟吼道，"一定是这个女人，不仅抢占爹的遗产，还一不做二不休把他杀了！"

"何先生，请你注意自己的言辞。"吴婧娟小巧精致的脸上没有任何情绪的波动，让人看不透她的皮里春秋，"何老先生与我有交情是因为濒危动物保护协会的事，而他决意将遗产悉数奉献给保护濒危动物这份伟大的事业，完全是他个人的想法。"

"呵，你别得意！如果被我发现任何蛛丝马迹，一定会撕开你那张假面具！"

"大家安静下来，这份录音是要原封不动传给警方的。"何广泉清了清嗓子，"要不，就由我先说吧……昨天吃完饭后，我就回房休息了。因为平日里总是加班到大半夜，反而不太适应正常的作息，所以夜里醒来两次，最后一次是在两点五十分，我还绕着山庄走了一圈，并没发现有什么异状，而且我记得那座吊桥当时还没被破坏。"

"何兄，你确定是将近三点？"莫楠问道。

"我醒来时看了看手表，两点五十分无误。"

"然后在七点时接收到 App 的报警？"

"是的。看到父亲已无生命体征，我急坏了，于是就把你们都叫醒，直奔父亲的房间。"

"有个问题想请教你……如果何老把贴在自己手腕上的感应器取出，你的 App 上是否也会显示无生命体征？"

"如果是这样，屏幕上会显示'已断开连接'。"

"所以说，现在感应器还接在何老身上？"

"这点我十分确定。"

"接下来轮到我了吧?"短暂的沉默后,何广涛开口道,"昨夜晚餐过后,我回到房内和妻子在微信上大吵了一架。"

"哦?因为遗产的事?"

何广涛点点头:"她说……如果一分钱都分不到,回来立刻和我离婚。"

"呵呵,想必是一时气话。"

"不!那拜金女真做得出来!"

"于是,你去找过爸?"

"找了。"

"大概几点?"

"十一点左右。"

"当时他还健在吗?"

"精神还好着呢……老头鄙夷地对我说了句'那是你的家事,不关我的事'……天下哪有这种父亲!"

"你们有没发生争执?"

"没有。他马上把门关上了,我连吵架的机会都没有,只是在门外吼了一句'你给我走着瞧'。"

"莫先生可有听到动静?"何广泉转而问道。

"别墅的隔音效果非常好,不过也可能是我睡得沉,并没有察觉声响。"

"至于小平,我想你一定窝在自己的房内?"

"是的……关、关于那个 App 的事,相信莫医师都和你谈过了吧?"

"没错,这点到时警方也会找你问话。"何广泉最后将目光转向吴婧娟,屋内的气氛一下子安静下来,"请问吴女士,您昨夜也好好地待在自己的房间里吗？"

"你这么问，好像早就断定我是凶手？"

"吴女士多心了，这个问题是对面那些警察要求我问的，只是例行问话而已。"

"呵呵，当然一直在屋里了。你们三兄弟都在，我连多说一句话都不敢，何况是犯下杀人案？"

"凶手一定就是你这狐狸精！"

何广涛的再三挑衅似乎激怒了吴婧娟，她那双大眼睛直勾勾地盯着对方。

"事到如今，我也没必要再隐瞒了。"

"哦？难道您承认……"

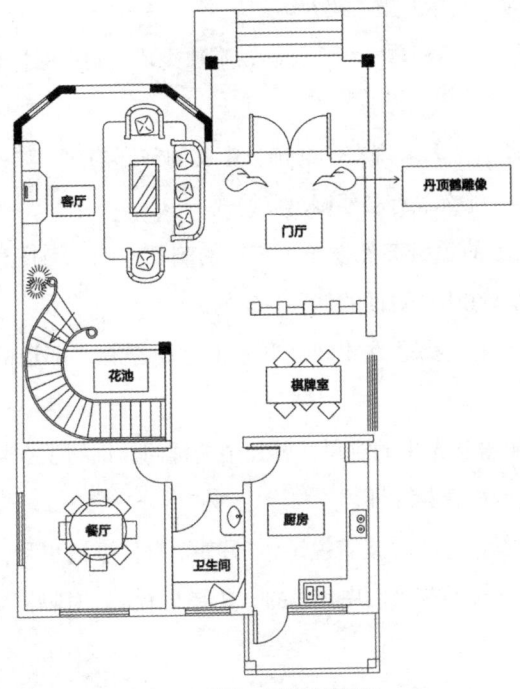

图七　别墅一层平面布置图

"你别误会。我要说的是，何老居住的那幢别墅其实有个秘密。"

"秘密？"

"还记得那两尊丹顶鹤雕像吗？"

在莫楠的印象里，门口的两尊雕像一看就是屋主斥重金打造的，两只丹顶鹤栩栩如生。

"其实，那两只丹顶鹤的眼睛……"

"眼睛怎么了，少故弄玄虚！"何广涛依旧不依不饶。

"我想说的是……何老为了防止不速之客入室盗窃，偷偷瞒着你们三兄弟，在丹顶鹤的双眼中安装了监控摄影。"

"谁、谁信你的鬼话！"

"呵呵，开始心虚了吗？"

三兄弟面面相觑，满腹疑惑，唯独吴婧娟始终保持着从容的微笑。

"这样吧，大家现在一同前去家父的宅邸确认，如果吴女士所言非虚，那么很有必要调出监控视……"

桌面上的手机突然发出丁零零的刺耳声响，何广泉凑近一看，那是守在山庄对面的刑警打来的。

"何先生，我是方才和您联系的刑警小林，那边的情况如何？"

"遵照警察先生的意思，就几个关键问题询问了在场的所有人，也录制好音频存证。"

"非常好。"小林接着说道，"另外，有件事情想和你们确认一下，这次你们前来山庄拜访的一共有五个人，对吗？"

"是的。"

"一共三辆车？"

何广泉在电话另一头微微颔首道:"莫医师和三弟何广平一辆,我和二弟何广涛一辆,另外吴婧娟女士自己开一辆。"

"有个情况务必得让你们知晓——这三辆车的车胎以及备胎均被人戳破了。"

"车胎被戳破?"

莫楠听到何广泉转述的话语,不禁一下站了起来,他并非心疼自己的爱车,而是这种情况十分异常:按照暴风雪山庄的孤岛逻辑来看,既然凶手切断了吊桥,那便是做好连续犯案的准备,如今目的已经达到,为何又要多此一举破坏众人的车辆?还是说,切断吊桥是凶手出于某种原因不得已而为之的举动?

第八章　凶器现形

"原来、原来你趁爹不在，暗地里都在做这些偷鸡摸狗的事！"

众人进入何宴宅邸的大厅，门口两尊丹顶鹤的雕像现在看来的确有些诡异，丹顶鹤的双眼闪亮得就像水晶球一般。何广泉寻思着自己平日里只是小心翼翼生怕破坏父亲最爱的丹顶鹤，因此一直没敢触碰，都不屑瞧上一眼。如今，他终于发现，原来两只丹顶鹤的双眼正是父亲安装的监控设备，丹顶鹤的体内也是镂空的，里面存有一块存储硬盘。何广泉接好设备后，没多久就被视频里的画面震惊不已——那是二弟何广涛趁天色已晚偷偷潜入客厅的画面，右下角显示的时间是两点零八分。

"身为外人的我本不想揭穿，都是你们逼人太甚！"吴婧娟指着脸上血色渐渐消失的何广涛斥责道，"何老曾告诉我，从去年开始，你已经不止十次偷取他藏在书柜的现金，还把珍贵的珠宝首饰用赝品给调包。"

"她说的是真的？"何广泉气急败坏地走上前，将自己的弟弟推倒在地，片刻后，他若有所思地回过头，见何广涛低垂着双眼不敢与自己对视。"警方很快就会将你的罪行查个水落石出，我劝你直接打电话给林警官。还有……我没你这个弟弟。"

"大哥！我承认偷爹的钱，但人真的不是我杀的！"

何广涛双手环抱着何广泉的大腿，涕泪纵横，却被对方一脚踢开。

"冷静点,何兄。"莫楠见情势不妙,连忙打个圆场,"现在还未确定何老是否真的被害……我这么说并非不信任贵公司的App,只是在警方到来前,我们还不能轻易断言。"

"警察!警察!等他们直升机飞来,我爹早凉透了!"

何广泉从没发过这么大脾气,连莫楠也不由得吓了一跳。在场的众人之中,只有吴婧娟托着下巴一副隔岸观火的模样,她似乎打出了自己的王牌。监控画面还在继续,何广涛潜入宅邸后,过了半小时再度出现在画面中。此刻他手上提着两个小工艺品,看上去价值不菲,只是大门关上后,他又返回来了。

"你在倒腾什么?"莫楠问道。

"门没法关上,应该是被我撬坏了。"

"我只知道你这家伙成事不足败事有余,可没想到你居然当起了小偷!"

何广泉刚欲发作,莫楠注意到他口袋里的手机发出亮光。"何、何兄,你的电话又响了。"

在莫楠的提醒下,何广泉才察觉自己口袋里的电话正一边振动,一边发出响声,他拿起一看,又是方才的电话号码。

"林警官,又有什么事?"何广泉沉默了数秒,又换回不耐烦的语气,"律师来了?现在我没空理他!"

"等等,何兄!"

莫楠从何广泉手里将电话抢来。

"您好,请问能把电话交给那位律师吗?"

"您是……"电话那头的林警官对突如其来的声音感到疑惑。

"哦,忘了自我介绍。我是昨晚暂住在何家别墅的心理医师,林警官可否通融一下,小弟有几个问题想咨询一下那位律师。如果您对我不放心,可以开免提让他接听。"

"……这、这没问题。"

林警官的声音渐渐变得缥缈,取而代之的是一个粗壮的男音,听上去律师约莫三四十岁,说起话来中气十足。

"律师先生您好,我是何先生的朋友。冒昧请教一个问题,您与何老原本是计划在昨天见面的吗?"

"昨天?"对方似乎感到错愕,语气停顿了一下,"何老明明和我约的是今天上午……"

"你确定不是昨晚,而是今天上午?"

"千真万确。"

莫楠听到电话那头传来翻阅记事本的声音。

"我的日程表上明明白白写着'八点整抵达何宴宅邸,公证遗嘱事宜',不会错的。"

"谢谢您!另外还有一个问题……关于何老的遗嘱……他是不是藏在一个很隐蔽的地方……比方说,只有他自己才知道?"

"您问这个干什么?"

"律师先生放心,我不会向您打听那份遗嘱的,我对它一丁点儿兴趣都没有。"

"……关于遗嘱藏在何处,老先生只告诉过我一个人。"

"原来如此。"

莫楠挂断电话,一瞬间他明白了为何命案发生前夜,何老要让他留在那幢宅邸里。

终章　陈年旧案

"哟，咱们的大侦探凯旋了！"

S市刑侦大队。叶勇德远远地见到莫楠的身影，高声揶揄道。

"幸亏有兄弟罩着，我才能拿着投名状去见符队长，多谢多谢！"莫楠表现得越是诚恳，叶勇德心里越是窝火。

"为何最近你总像灾星下凡似的，去哪儿都会碰上案件，还都和'萤'有关。"

"呵呵，也许是我们有缘分？"

"少嬉皮笑脸。"叶勇德将莫楠邀请进自己的办公室，"这回又捉到哪位成员啦？"

"一无所获……凶手只承认受人教唆。"

"确定是'萤'的成员？"

"嗯，据凶手透露，拟定计划的是一位代号'夜蛾'的年轻女性。我已经将掌握的线索告诉林警官了。"

"莫老弟，你还是先跟我讲讲前天遇到的案子吧，听说这回又是在孤岛？"

"这么快就掌握消息啦？"

"我是听林警官的同事说的。"叶勇德语气一缓，好声好气地对莫楠说道，"那个姓何的老头真的死了？"

"何广泉的App现在已经推广全国，他家的监控系统真不是盖的。当天警方乘直升机抵达现场，何老果真被人关在浴室的小房间内毒杀，所用的毒气居然是臭名昭著的沙林毒气！不过，毒气只散布在浴室内，范围很小，真是不幸中的万幸……我们一行人离开现场时还戴着警方分发的防毒面罩，现在还是心有余悸啊！"

"闲话少说。凶手究竟是谁？"

"先听我说完嘛。警方闯入凶案现场，发现何老是被凶手捆在浴缸里，吸入毒气，一命呜呼。而何老的房内一片狼藉，就像是被强盗光顾过一样。"

"凶手是为了偷钱？……不，他感兴趣的应该是遗嘱！"

"正是。"

"遗嘱在何老的房间吗？"

"不，遗嘱出现在了何广涛的行李箱里。"

"照我说，直接把那家伙抓了不就结案了？"

"警方也是这么认为的。"

"然后呢？"

"什么然后？"

"这就说完了？"

"对呀。说完了。"

"少诓我，这没头没尾的，我怎么知道凶手是谁……"

"线索我已经统统告诉你了。实在解不开我也没辙。"

"本案的关键是律师的证词。"

此时，二人才发现于敏忠已悄然站在办公室门口。原本带着书生气的俊秀脸庞被那道显眼的疤痕坏了氛围，尽管如此，他那得意的笑容看上去仍童心未泯。

"不得了，徒弟都比师傅高明啦！"

"喂，你们可别打哑谜！小于，快坐，告诉我你是怎么想的。"

"事先声明，刚才我可没在偷听你们谈话，是你们没控制好音量。"于敏忠将扛着的档案盒叠在桌上，回答，"莫楠先生说了，何老的房间被弄得一团糟，对吧？"

"是呀，那又如何？"

"如果你是何老，发现自己的屋子被人弄乱，第一反应是什么？"

"……赶紧看看钱有没被偷走！"叶勇德恍然大悟，"对了！凶手的目的是钓出何老的遗嘱！"

"正确。那么，知道遗嘱藏在哪儿的律师首先被排除。再者，他人并不在案发现场，犯案的可能性本就微乎其微。"

"那排除莫楠，现场还有四个嫌疑人呢。"

"原本我一直纳闷为什么何老刻意要求我住在他的别墅，通过与律师的对谈，我终于知道原因了……何老故意在最后一晚试探一下何广涛，可惜他并没有经受住考验，反而上门激怒何老，让他大失所望。在听闻在下心理医师的身份后，何老有意让我目击他与儿子的争执，进而开导开导他。但怎料我睡得太死，压根儿就没被吵醒……"

"你的意思是，何老故意告诉三个儿子要把遗产悉数捐赠给丹顶鹤保护协会？"

"正是如此。不过……何老一开始的确不愿给他们一毛钱，直到一件事情的发生。"

"哎呀，你就别卖关子了！快说下去！"

"哈哈，这就牵涉我提出的'孤岛逻辑'了。"

"孤岛逻辑？"

"推理小说里经常有一群人被困孤岛的情节，凶手破坏了身在孤岛的一行人与外界的联系，于是开始施行自己的连续杀人计划。一般而言，凶手之所以斩断吊桥绳索，是为了便于自己的后续计划，而在本案中，凶手虽然有此类举动，但又扎坏了众人的车胎，岂非多此一举？"

"难道凶手认为那样做还不够保险？"

"给你个提示……藏木于林。"

"啊！我知道了！"于敏忠打了个响指，"是车胎！"

"对，就是车胎！"

"等等，你们在说什么，我怎么一句都听不懂？"

"从何老的角度思考，为什么肯给屡次行窃的儿子一次机会呢？我想，他八成知道吴婧娟以公益事业为幌子，背后在做一些见不得人的勾当，她原本的意图就是骗取何老的财产。"

"也是……最近发生过不少空巢老人受骗上当的案例，他们把自己的棺材本双手奉送给骗子，而骗子往往是颇有姿色的中年女性。缺少关爱的老人一旦经由骗子引导，对某件事物产生了兴趣，便会在不经意间被要求投入资金，待老人分文不剩之后，子女们才察觉事件的严重性，此时，骗子早已逃之夭夭了。"

"这件案子的动机正在于此。为什么凶手急于在律师到来之前拿到遗嘱？就是为了确定何老最后做出怎样的决定。得知何老不愿将财产捐赠给所谓'丹顶鹤保护协会'后，立马采取狠辣手段杀害何老。"

"叶哥，其实从另一个角度也可以推断出吴婧娟的犯案可能。因为她是唯一知道丹顶鹤雕像里藏有监控的人，既然凶手在何老的房间那么小的区域内施行毒杀，那么必须要先进入他的别墅。既然如此，为何监控探头只拍到何广涛进出宅邸的画面？再者，那扇大门被何广涛撬坏,只是虚掩着的,为何在那之后连开启大门的动作都不曾有?如此思考,答案也就呼之欲出了——凶手打一开始就知道何老秘密安装了监控设备,便从窗户潜入。"

"你们说的车胎又是怎么回事?"

"很简单,凶手事先将毒气打入车胎内,将它作为备胎挂在车上。这样一来,即使凶手是个女生,也能轻易地移动毒气,她将车胎滚到何老的别墅内,偷偷撬开何老的房门,弄乱他的房间,然后把他叫醒。惊慌失措的何老下意识地认为一定是何广涛那个不孝子偷取他的遗嘱,所以赶忙查看遗嘱是否还在老地方。此时,躲在暗处的吴婧娟知道了遗嘱的位置,用麻药迷晕了何老。当她得知何老并没有将财产捐赠给协会后,立刻将他绑在浴室里,接着关上浴室房门。她先用布抵住门缝,然后将橡皮导管塞入间隙内,一头连着装有剧毒毒气的轮胎,另一头固定在何老的口鼻处。"

"好残忍的手法……"叶勇德不禁感慨道。

"布置好一切,吴婧娟开始行凶,她之前在何老那儿得知何广泉研发的 App 每隔两小时反馈一次生命体征情况。于是,五点一过,她就戴上防毒面具,将轮胎的气门开启,毒气慢慢地通过橡胶管被何老吸入,没多久他就一命呜呼了。最后,吴婧娟放空轮胎气体,关闭气门,收回橡胶管,将干瘪的轮胎挂回车上,并扎破其他车子的轮胎和备胎。如此藏木于林的诡计宣告成功,做出一副凶手断众人后路的假象。"

"我明白了……处理好一切之后,她就把橡胶管和防毒面具等行凶道具丢入河里,警方要在湍急的河流中寻找这两样物品简直难上加难!"

"不错。这样的手法虽说高明,可一旦被识破,证据也就昭然若揭了，吴婧娟挂在车尾的备胎一定残留剧毒物质。"

"我不理解的是，为何她又砍断吊桥？"

"那是为了争取时间。"

"争取时间？"

"试想一下，如果警方立即赶到命案现场，第一件事就是隔离众人，然后对嫌疑人一一展开调查，那么她就没机会把自己伪造的假遗嘱塞进何广涛的行李箱里了。"

"原来如此！所以她提出丹顶鹤双眼的监控探头，将众人的注意力转移，制造机会嫁祸给何广涛……真是机关算尽！"

"不过，这样残忍的计划却并非出自她手，而是'萤'。"

"那款引诱何广平的App是吴婧娟做的？"

"在侦讯过程中，警方也问了这个问题，她回答是'夜蛾'干的。"

"这回'萤'倒是一反常态亲自参与犯罪……"

"也不算，'夜蛾'只是制作了这款App。另外，何广平事后对我说，他在苦闷之余遇到了一位美貌的年轻女子，正是她指引何广平来到'星光之岬'。"

"也就是说，一切都是为了把你引出来？"

"现在我也不知道他们葫芦里到底卖的什么药。不过，既然'夜蛾'把何广平送来，那么我就有义务倾力为他诊疗。其实，就像那则鼬鼠的童话里所说的，如果把稻草人比作内心的梦魇，消灭它的唯一办法就是接受它，与它共存，不要被自己胆小一面发出的呢喃所蛊惑。"

"对了，你和符队长谈得怎么样了……"

莫楠造访刑侦大队正是为此事。昨天一早，符元华便带着手下造访"星光之岬"，直接以罗琦海一案重要参考人的名义带走靳璐。据知情的警官透露，靳璐在被带走时仿佛还被蒙在鼓里似的，一点儿也不像涉案人员。

"莫老弟，你相信她恢复记忆了吗？"叶勇德促狭地问道。

"据说侦讯遇到了瓶颈，靳璐她提供了不在场证明……"

"不在场证明？"

"嗯。具体的情况我也不太清楚，等侦讯结束后才能问个仔细。"

——靳璐？

于敏忠思忖着这个名字，莫非她就是前辈口中的"暗鸦"？

他盯着摆在面前的卷宗，目光似乎比外头的风雨更加凌厉……

"OL连续无差别杀人案"，那是传说中"暗鸦"策划的犯罪，但始作俑者只在背后操纵，并未露面。他们又是如何得知靳璐和"暗鸦"的关系？

于敏忠依旧对六年前的事耿耿于怀。他望着档案柜上厚厚的玻璃反射出的那道伤疤。

六年前，"OL连续无差别杀人案"。

凶手的魔爪伸向返家途中的职场女性，一连串无差别杀人事件的被害者，其中之一正是他的母亲……

第六话　创伤后应激障碍

序 章

2013年9月19日

"此时此刻,让我们对坚守在岗位上的一线人员表示由衷的敬意!这首《常回家看看》,献给那些最可爱的人……"

王守国开着车,心里五味杂陈,都说每位基层民警身后,都有一个孤独的家庭。广播里的时钟敲响了十一下,中秋晚会即将落下帷幕,但王守国的执勤任务并没有结束。工作的第七个年头,他深感疲惫,一方面是身体机能明显不如刚参加工作那会儿,另一方面是对于生活……儿时的同学一个个成家立业,王守国却依然打着光棍儿,在人生的十字路口徘徊。

"再过一小时,你小子也光荣加入奔四的队伍啦!"副驾驶的同事小林故意把音量调节器顺时针旋了九十度,不怀好意地对着王守国傻笑。

近几个月来,S市区加大了城区巡警的执勤力度,每天早、中、晚,市民们都会看到大街上有巡警小跑而过。都说基层民警很累,很辛苦,巡逻任务枯燥无味,但王守国认为,城市的路况复杂,若不亲自走走,追捕犯罪分子时心里便会没底。不知不觉,他的足迹已经踏遍S市七年,城区的每个角落都印在他的心里。

今天是中秋佳节,再过一个小时,又是王守国三十周岁的生日。此时的他却和同事在大学城附近巡逻,周围虽称不上荒山野岭，但路面也是起伏不平，杂草丛生。

"喂，你看那儿！"小林的目光凝聚在远处的一点，整个人忽然紧张起来。

"怎么了？大惊小怪的。"

"斜四十五度方向，有道红光！"

王守国定睛一看，那里确实有一道红光。"该不会有人纵火吧？那里可是有高压电线杆，附近遍地枯草啊！"

"没准儿又是附近的清洁工在焚烧垃圾。"

王守国踩下油门，第一时间和小林提着灭火器抵达现场。幸好现场火势不大，紧急联络附近的另一组民警后，险情算是完全被排除。王守国叫来远处的两个衣衫褴褛的瘦弱男子，两人看上去约莫五十岁，从衣着上看，像是附近的清洁工。一整天下来，王守国感到喉咙有些干涸，批评教育的事便交给小林，他气喘吁吁地接过另一组民警同事递来的矿泉水。不知怎的，总感觉身体很沉，于是，他向前走了一百米，找了一块平坦的地方坐下。

今天的月亮特别圆，也特别明亮，只不过风大了些。稍远处有座梯形的高压电塔，引出的一根根细线遮挡了一部分月色，显得有些不解风情。王守国顺势将目光移向高压电塔，下一个瞬间，他眯缝起双眼，察觉到某些异样。

"你们快看，那座电塔下面！"

同事们纷纷循着王守国指的方向望去，立刻传来几声惊呼。就连那两名清洁工此刻也都瘫坐在地，哆哆嗦嗦地抱在一起。

在一轮明月映衬之下，众人看到高压电塔下垂挂着的两个人影。颀长的身材，乌黑的头发像瀑布一般……那是两名年轻的女子！月光下的美人……一切就像画中的场景，只不过二人临终前狰狞的面容某种程度上破坏了这样的艺术感。

"赶紧呼叫总部！大学城附近发现两具女性尸体！快！"

今夜的风势特别强，呼啸而过，近处的枯草漫天飞舞。王守国捂住差点儿被吹飞的帽子，兀自杵在山坡的最高处，这是他第一次如此近距离地凝视真正的尸体。

又一阵风掠过，远处那两团乱扭着的长发向天冲起，就如同两团黑色的火焰。

第一章　家猫处刑人

　　创伤后应激障碍（PTSD），是指个体经历、目睹或遭遇一个或多个涉及自身或他人的实际死亡，或受到死亡威胁，或严重受伤，或躯体完整性受到威胁后，所导致的个体延迟出现和持续存在的精神障碍。

2019 年 9 月 16 日
于敏忠打着哈欠走出了地铁站。
　　因为居住的小区离上班地点不远，平时他根本不需要早起。然而，今天造访的对象离他家却有五十多公里的距离，这迫使他不得不乘坐最早一班的地铁三号线，在宾忠站转乘二十九路公交。
　　公交车站的站牌上挂着电子时钟，于敏忠抬头看了看，差三分钟九点，时间拿捏得恰到好处。他将右手伸入口袋，展开原本折叠起来的字条：

　　案发时间：2013 年 9 月 2 日。
　　被害人：吴婧凡，25 岁，袁宝投资公司开发部科员。
　　案件简述：2013 年 9 月 3 日清晨，有群众报警称，在 S 市九尾坡区绿苑大道金峰寺附近发现一具尸体。经勘验，死者系居住在距离案发现场五百米远的联康小区的住户吴婧凡。死亡推定时间为9月2日晚11时10分至50分之间，现场未发现凶器。据研判，吴婧凡后脑勺偏右侧位置有三处打击伤，凶器应为扳手、锤子之类的钝器。因S市正在筹备金峰寺景区的修缮工作，该起命案影响十分恶劣，九尾坡区公安分局接到报警后，立即向市公安局做了汇报。市局着手将此案列为督办案件并决定由刑警总队和区分局联合侦办，成立"9·3"联合专案组。不料，数日后，在大学城附近的高压电塔下，发生另一起命案，两位死者均为大企业OL，且在她们身上发现的物证直指连续无差别杀人，遂将吴婧凡案定性为系列杀人案的开端。

被害人家庭成员现居住地址：光明路389号1幢203室。

在查阅六年前的无差别杀人案的大堆卷宗后，于敏忠便将一些要点列在字条上随身携带。据他了解，吴婧凡被人杀害没多久，她的母亲也因悲伤过度罹患重度抑郁症，在家中上吊自杀，目前在光明路三百八十九号居住的只剩下吴婧凡的父亲吴轩。身为刑警，如何同被害者的家属打交道也是一门学问，更别提从他们身上套取有用的信息。之所以率先对六年前的一连串事件进行调查，一方面，是于敏忠本人同这一系列案件有某种微妙的羁绊，另一方面，最后虽然通过证据指证了凶手，但在押运途中发生意外，全车的警员连同那名凶手无一生还。

那次罕见的大地震……

于敏忠思及此，微微闭上眼，嘴里语无伦次地念叨着什么，但由于坐在公交车的末席，没有人察觉出他脸上痛苦的神情。

"光明路站到了！"

听到到站播报后，于敏忠好长时间才反应过来，在车门即将关闭的一刹那匆忙奔了出去,他气喘吁吁地眺望着眼前的景象。光明路在很早以前便被称作"愈疗之街",每到秋天,路上便会点缀着层层叠叠的红黄枫叶,于敏忠不由得放慢脚步,枫树的角形叶子已经红透了,而梧桐开始落叶,落叶覆盖在潮湿的地面上,或被风卷起或紧贴地面静静地腐烂。

——六年的时间,吴轩究竟会变成怎样的人?

按着导航App,当前位置与目标地点重合的时候,展现在于敏忠眼前的是一座破落的公寓。楼房因为陈旧而变得灰暗,窗上挂着的衣物,让人觉得十分杂乱。他小心翼翼地推开门走了进去,一位全身散发酒气的中年男子叫住了他,如果不是他身上那套肮脏的制服,于敏忠还以为是哪个酒鬼醉倒在保安室前的长椅上。

"你、你是什么人啊?"门卫眯着惺忪的双眼,声音含混不清。

"不好意思。我是……"

于敏忠走近后,门卫才察觉他书生气的面庞上那道惹眼的伤疤,再看看对方亮出的证件,门卫立刻"嗖"的一声站直了,端正地朝对方敬了个礼。

"警、警察同志……虽然这里看起来有点乱,但我、我保证,住在这儿的都是守法公民,几年来并没有发生过任何案件!"

"您不必紧张,我想请教这名男子是否居住在公寓里?"

于敏忠从手册里抽出一张彩色照片,那是六年前的吴轩。对方定睛细看,思忖了好一会儿,才问道:"您要找的……该不会是203号房的那个男人吧?"

于敏忠压抑着内心的兴奋,试探地问道:"他叫什么名字?"

"我记得他是姓吴,口天吴……至于叫什么嘛,一时半会儿真的想不起来了。"

"你说的吴先生和照片上这位在容貌上有什么区别？"

"您手里拿着的应该是他年轻时的照片，现在他的头发全白了，皱纹也多了不少，总之……没那么精神。"

"请问我可以登门拜访这位吴先生吗？"

"当然没问题，警察同志。因为是二楼，直接走楼梯就可以了……"门卫下意识地朝楼梯的方向指了指，指尖所示之处竟出现一名中年男子，三人都愣了神，门卫率先反应过来。"啊，他就是您要找的吴先生！"

吴轩察觉情况不对，立马朝反方向奔了上去。于敏忠见机不可失，亦三步并作两步地赶到二○三室，但此时房门已经被紧锁。

"吴先生您好，我是刑侦支队的小于，有些事想请教，可以把门打开吗？"

在于敏忠尝试重复第三遍时，房门才发出吱的一声，从门缝中露出半张疑惧而沧桑的脸，对比那张六年前的照片，岁月在他的脸颊上刻上了深深的烙印，那干瘪的脸庞，已是老态尽显。

"吴先生，感谢您的理解。例行调查，不会占用您太多时间的。"

"有什么问题可以在这里说吗？"吴轩发出的声音低沉而薄弱，没有什么中气，也许是身体虚弱的原因。

"还是进屋说吧，在这里让邻居们听到也不太好。"

吴轩低下头，慢慢地将防盗链条解开。见来者只有一人，而且还是年轻人，心想并不是什么大事，便朝于敏忠礼貌地点了点头。

"吴先生，感谢您的配合。事实上，这次来是想请教您六年前的那件案子……"

"我没什么好说的。"吴轩别过身,吃着碗里剩下的一点粥。

"如果说事件的状况发生了某种变化呢?"

"变化?别打哑谜了。我女儿就是被那个杀人魔害死的!死于天灾真是便宜他了!"

"如果说案件的发展不像我们想象的那样呢?"

"想象?明明是你们警方公布的调查结果,你应该刚毕业不久吧?小毛孩想装模作样推翻旧案?电视剧看太多了!"吴轩盯着餐桌斜对面那台十九寸电视,见电视里正播放着目前大热的刑侦剧,他随即切换到其他频道。

"所有家具都是旧款式,卧室里还挂着一家三口的照片,站在中间的小女孩应该就是吴婧凡,书架上虽然摆着教育子女以及家庭生活方面的书籍,但出版时间都在近几年。沙发的夹缝里塞有一张蛋糕店的名片,看上去是崭新的,今天是您女儿的生日,如果我猜得没错,吴先生,您方才下楼是因为接到了蛋糕店领取生日蛋糕的通知。"

"别、别自说自话!"吴轩的面容瞬间发生巨大变化,他不断地敲击着那张木质餐桌,"都是你们!如果当年的治安能有现在一半好,我女儿她就不会死!我的妻子也不会得抑郁症自杀!六年前的事件后,整个城市的治安是好转了,但为什么我的家人要当警方亡羊补牢的牺牲品?小伙子,你能懂身为被害者家属的心情吗?"

因为正对着阳台的落地窗,所以吴轩无法察觉对方表情的变化。于敏忠清了清嗓子,说道:"对不起,是我年少轻狂激怒了您。不过,身为被害者家属的心情,我想我能懂……"

吴轩抬起头来,第一次正对着于敏忠。

"六年前的一系列无差别杀人案……我的家人也被那名凶

手……"

"啊？"

吴轩心想，这位刑警当时应该还是个学生。

"从那时起，我便立志成为一名刑警，将这些穷凶极恶的罪犯绳之以法。"

"……既然你也是被害者家属，为什么还要再揭伤疤重新调查这起案件？"

"因为机缘巧合，我在任务中再次接触到案件的相关人士。老实说，我这几周都在认真搜查案件资料，我个人认为，案件的证据不充分。还有，当年被逮捕的凶手以及刑警，整整一车人因为大地震全数遇难，唯一留下的认罪信息仅仅是一段录音。"

"所以……你要重新调查？"

"并非大张旗鼓地重启搜证，而是想了解更多的信息。"于敏忠见吴轩情绪逐渐稳定，便拾起塞在沙发缝隙里的那张卡片，卡片的一端是扭曲的，他判断应该是吴轩情急之下不想让他发现，才慌忙藏起来的。

"吴婧凡，十四岁……"

"啊，那是……"

"如果档案所记载的资料不错，您女儿遇害时已经是二十几岁的OL了。"于敏忠翻了翻木板搭起的简易书架，里面都是中学生看的书，另外还有一些教育青春期子女的书籍，"但您给我的感觉却是一直在回避，回避成年后的吴婧凡。难道说……"

吴轩放下碗筷，深深地叹了一口气，此时窗外风云突变，天色一下子暗沉下来。

"小伙子，你说得对，阿婧小时候一直是非常乖巧的女孩。可是，因为中考发挥不佳，差点儿没书读，到了高中跟着一群品行不良的同学混在一起。青春期的孩子嘛，总是比较固执，家里人一管教，她就真的收拾行李离家出走，有时候一去就是个把天，我和妻子几乎天天过着担惊受怕的生活。直到有一天，我们最担心的事发生了——阿婧她……她居然说自己怀孕了！"

"难道是她的……同学？"

"当时我们严厉地逼问过阿婧，可怕的是，她告诉我们连自己都不知道孩子他爹是谁……我还记得，她说话时那迷茫空洞的眼神……"

"怎么会……"

"就是这样，阿婧的人生才会走偏。最后去医院打掉了孩子，毕业后找到了一份工作，她看起来也成熟了许多，她收到第一份工资时还给我和妻子各买了一台新手机。看上去一切又恢复正常，原以为我们往后的日子会很幸福。"

"可是她却被无差别杀人犯盯上了……"

"不，真正让我妻子患上重度抑郁症的并不是阿婧的死。"

"不是她的死，那又是什么？"

吴轩双手支撑着桌面，吃力地站起来。

"不瞒你说，如果警方也不再提及这件事，我心里的疙瘩就随着我的老骨头长埋地下了……"

"看起来您的身体并不是很好，不考虑雇个保姆？"

"太迟了……去年年底，我突然感到胃部绞痛难忍，甚至连走路都吃力。去医院检查后，医生得知我没有家属，便直截了当地告诉我，我已经患上胃癌，而且是晚期，如果不接受治疗，恐怕只剩下不到半年……"

窗外忽而雷声大作，吴轩朝外头看了一眼，街道上的枫叶正在凋零，街道清洁人员眼看大雨将至，赶忙躲到雨篷之下，没过几秒,原先淅淅沥沥的雨势逐渐猛烈起来。

"那么您说的秘密究竟是……"

"阿婧被杀害后,妻子一边哭着一边整理她的遗物,当她拉开阿婧的衣橱时,整个人跪坐在地,那凄厉的叫声根本不像是从她嘴里发出的。"

"究竟发现了什么?"

"事后我搜集了这一两年城市的新闻报道。"吴轩将藏在书柜深处那本薄薄的笔记本递给于敏忠,那是一本拼贴的剪报集。翻开扉页,标题赫然写着"'家猫处刑人'再度犯案,S市区接连惊现被分尸的家猫"。

于敏忠一阵战栗,慌乱地来回翻看,笔记本内的剪报全部都是关于"家猫处刑人"的。

"当时陆续有很多户有钱人家的爱猫被人分尸,垃圾桶和路边接连发现家猫的尸首,模样十分吓人。"吴轩领着于敏忠来到自己的卧室,推开角落里那个沾满尘埃的柜子,里边的隔仓空间着实不小,依稀能瞧见暗处藏着一个瓦楞纸箱。

"就是那个纸箱,请帮我拖出来,谢谢!"

于敏忠的内心怦怦直跳,如果纸箱内是那个东西,那么六年前的案子将发生翻天覆地的变化!

"妻子就是看到这些东西,才得了抑郁症。为了她,也为了阿婧,这六年来,我守口如瓶,坚决不把这件事告诉警方。如今看到同样身为被害者家属的你,已经穿上警服,勇敢地追查旧案,真是羞愧……"吴轩一边翻开瓦楞纸箱,一边念叨着,"看吧,这就是我女儿吴婧凡的遗物。"

幽暗降临大地,突然间一道闪电亮起一道红光,雷声沉重地、愤怒地滚滚而来。伴随着这道亮光,展现在于敏忠面前的是一个个透明精致的玻璃瓶，瓶身上均贴了标签，看上去像是浸在福尔马林溶液里的标本，不过，这不是普通的标本，而是……

一只只猫爪。

六年前轰动S市的"家猫处刑人"，正是"OL无差别连续杀人案"的第一位被害人吴婧凡。

第二章　第四阵列

2013 年 9 月 27 日

"你是说……这个小女孩？"

驾驶座上的叶勇德瞟了一眼"胡老大"的记录本，左上角还用回形针夹着一张照片。

"对，就是这女孩，你对她有没有印象？"

叶勇德摇摇头说："虽然看上去不到二十岁，不过真是一位美人坯子啊！"

"我给你看的可不是相亲照……"

"老大，我真的没见过这美人。"

胡瑞是"九·三专案组"的主力成员，比叶勇德大八岁，在警校时获过不少荣誉，虽然长相普普通通，眼神也并不锐利，但他总能在细微处洞察许多人察觉不到的线索。对叶勇德来说，他是个靠得住的前辈。

"还记得第一起案子吗？死者头部被钝器击中三次，依我看，如果凶手是个孔武有力的男人，没必要击打那么多下，况且还是从身后攻击。"

"所以，您认为凶手是个女性？"

"只能说存在不小的可能。"胡瑞从兜里掏出一支软中华，打开车窗，开始吞云吐雾，"这两天，我在局里观看了几天来两宗事件案发现场的录像。我认为，如果从第一起案件加害者为女性的角度分析，那么凶手很可能存在不安定的因子，她极有可能会重返案发现场，近距离地查看警方办案的过程，你觉得呢？"

"呵呵，挺像前几天研习的FBI课程里的纵火犯。"

"第二起事件，凶手杀害两人，现在有了三名被害者，她们都是年轻的OL。短短十几天时间，凶手的犯罪手法明显老辣许多，大胆许多。将死者挂在高压电塔下，她显然已经开始追求某种程度上的'犯罪艺术'，在这个阶段，难保她不会因为喜悦感而重返犯罪现场。因此，我才花了两天时间耐心查阅现场的监控录像。"

胡瑞嘴里说得轻巧，叶勇德却完全知悉背后的工作量。第一起案件发生在金峰寺——人流量自不必说，不消多少时间就成了整座城市的热门话题；第二起案件发生地点虽然偏远，但附近是大学城，案发后不少大学生驾车来到现场，叽叽喳喳地在警戒线外乱作一团，还有的直接和那座高压电塔合影，晒在社交平台，以此为乐。

"结果您发现了这位女孩？"

"不错，她在两起事件中都出现在案发现场！"胡瑞吐出一个烟圈，"早上我已经向马队汇报了，他们已经开始着手调查这名女性，我怀疑她和案件有着莫大关联。"

"可这封挑战书……怎么看都不像出自一名女生之手，她再猖狂也不至于主动挑衅警方吧？"

叶勇德瞧了一眼胡瑞，他正端详着寄到局里的那封信，喃喃自语。

在下已轻松地赢下两局，为了避免差距过大，造成赛况乏味无趣，现在本人将第三局的线索告知予您：第三阵列将有三位牺牲者，目前她们被我囚禁在仑婴山，确切地说是仑婴山上的那三个防空洞里，每个洞穴各囚禁一位，但仅允许一位刑警进入洞穴营救，这是游戏规则！如果您违反了这一规则，那么不好意思，Game Over！这三位将无人生还。"

"这是在蔑视我们警方！依我看，直接组织警力冲进去跟他拼个你死我活！"

"笨蛋。比惩戒凶手更重要的是救人，如果人都死了，惩戒凶手又有什么意义？"

"可只有我们进去实在太危险了！"

"放心，比这更危险的案子我都办过，我胡老大这辈子怕过谁？你也别给我怂！"胡瑞笑了笑，打开垂挂在胸前的录音机，"今天是二〇一三年九月二十七日，目前已经抵达仑婴山，这是本人胡瑞接手的第四百四十四起案件，加油！"

"这数字真不吉利。"叶勇德朝他笑了笑。

"别整这些有的没的。这里的地形你清楚吗？"

"不就三座防空洞嘛，进去救人就是了。"

虽然目前处在一个相对和平的时代，但城市周边还是建设了不少防空洞。从某种意义上来说，一、二线城市的地铁，地下商场都可以算作防空洞，尤其是近来修的地铁隧道，预设的防御等级高达五级，而且这些隧道都在地下十几米甚至二十米的深度，完全可以应对导弹的轰炸。仑婴山狭长的防空洞看上去像是早年设计的，十几年前叶勇德游玩时来过一次，但那会儿他还是个怕黑的小鬼，加上同行的玩伴们再三劝阻，最后谁也没进去。

"千万别掉以轻心！"胡瑞正色道，"看，前面山腰上三座防空洞，里面黑漆漆的，万一对手设埋伏，我们的处境将会非常危险。"

"知道了，老大！"

"待会儿我先到左侧的山洞，你去右侧的。如果真的像凶手所说，里面各囚禁着一个人，那么等救出人后我们在中间的洞口处汇合。"

二人将车停在山腰一块空地上，慢慢地往防空洞方向靠近。一旦执行任务，叶勇德丝毫不敢怠慢，每挪动一步都十分谨慎。防空洞里阴森吓人，仅有叶勇德的探照灯投出的光束照亮前方，连他自己都不知道过了多长时间、到达了洞穴的什么位置。

突然，灯光投射的位置出现了一名年轻女子。这一场虚惊，把他吓得额上冷汗涔涔。走近些，叶勇德才探得这名女子还有生命迹象，于是便将她搀扶起来。他一边喘着粗气，一边兴奋地打开对讲机说："胡队，这边成功营救出被困的受害者。"

洞内的信号本就弱，叶勇德只听见那一头传来隐约的回应。

"这……太暗……深……不见底……"

"喂喂！我在出口等你。"

约莫二十分钟后，叶勇德不耐烦地看了看手表，已接近中午十二点。胡瑞那边还是没有任何回应。山脚下待命的队长已经和他联络了三次。最后，叶勇德决定将救出的那名人质先安置在洞穴外，独自冲进胡瑞所在的防空洞。

初入时，叶勇德没有察觉丝毫异样，黑不见底的洞穴只有他呼叫胡瑞的声响以及数秒后的回音。这让他隐隐泛起一丝不祥的预感。根据刚才的营救经验，叶勇德预感这条路即将走到尽头，可没多久，探照灯的前方竟出现了一块石壁，上面还盘着一只八爪蜈蚣，叶勇德吓了一跳，差点儿叫出声。定睛细看，满是尘埃的石壁上刻着向左的箭头。他循着指示方向望去，果不其然，这座防空洞和方才那个构造不太一样，并不是笔直通到底。他正要朝左边迈出第一步时，脚底似乎踩到了什么坚硬的物体，差点儿滑了一跤。

"什么嘛，原来是镜子的碎片，还到处都是。"叶勇德蹲下，地上的确散落着晶状碎片，在灯光的照射下闪亮得有些刺眼。在亮光中，一个黑色的物体引起了他的注意。

"这是……胡老大的迷你录音机！"

叶勇德眉宇间笼起一丝阴云，为什么胡老大随身携带的东西会在这里？他颤抖着握住手电筒，随后出现在眼前的一幕是他职业生涯中挥之不去的梦魇。

"老大！你怎么了！快醒醒啊！"

两把利刃同时刺入胡瑞和被囚禁在山洞里的年轻女子的腹部，二人已没有生命迹象。刚才还和自己开玩笑的胡老大此时已经脸色惨白、怒目圆睁，死前似乎看到了什么难以置信的情景。

"不！这不是真的！"

凄厉的怒吼声响彻山洞，叶勇德憋足了劲儿背着胡瑞和女子的尸体往外头狂奔。谁知，此时防空洞外营救出的那名女子，腹部也已经被凶手无情地插进利刃。一张雪白的纸夹在利刃与身体之间，上头猩红的血渍缓缓散开，字体仿佛是凶手为了让警方看清才特意加粗加黑的：

尊敬的警察同志，
我想说声抱歉，

因为我犯了一个小小的错误,
其实,
这是第四阵列。
所以,
牺牲者必须有四名。

▲
▲▲
▲▲▲
△△△△

第三章　真凶存疑

2019 年 9 月 17 日

于敏忠拿着汇报材料走进符队长办公室时，莫楠正坐在他的对面，两人似乎正在商量着什么。

"报告符队长！"

"什么事？"

莫楠闻声回过头，看到于敏忠朝符队递去一沓文件。

"这是……六年前那起案件？"

"是的。我昨天找到了系列杀人案的第一名被害者吴婧凡的父亲。"

"六年前的案子？"

莫楠狐疑地打量起于敏忠，那是他内心深处唯一放不下的案件，为何于敏忠会先调查它？

"在和她父亲吴轩沟通的过程中，发现了一个明显的矛盾。"

"矛盾？"符队问道。

"六年前，警方逮捕罪犯的过程中遭遇了罕见的大地震，当时警车恰好向震源中央行驶，因此，所有人员无一生还。现场只遗留下有罪犯声明的录音，声称所有案件都是他犯下的。"

"不错。"符队瞅了莫楠一眼，"我记得当时是莫先生利用犯罪侧写推理出凶手的身份的。"

"我没有冒犯的意思。只是,吴婧凡案极有可能不是那名罪犯所为。"

"哦?为何如此肯定?"

"昨晚我看了罪犯柯枢梁的档案,他是猫毛过敏症患者[①]。"

"那又怎样?"

"在昨天的走访过程中,吴婧凡的父亲告诉我一个秘密。此前他一直为自己的女儿隐瞒……"于敏忠看了莫楠一眼,"你们还记得六年前S市发生过一系列虐待家猫事件吗?"

"你指的是将家猫屠杀并分尸的恶性事件吧?"

"不错。"

"我记得后来并没有抓住真凶,这一系列事件莫名其妙地又销声匿迹了。"莫楠摩挲着下巴说道。

"其实,真正的原因是屠杀家猫的凶手已经被人杀害。"

"啊!难道那名凶手……"

"是吴婧凡,我有直接证据。"于敏忠把搁在自己办公桌旁的牛皮纸袋拿了过来,"这是在吴轩家搜到的,原本属于吴婧凡,其父母在她遇害后整理遗物时发现这些浸在福尔马林溶液里的猫爪,但他们顾及女儿的名声,并没有向警方透露这条线索。"

一瓶瓶"犯罪收藏品"摆在符队长和莫楠面前,二人错愕地四目相对。莫楠依稀回忆起,六年前陆续在报纸上看到居民称自己养的猫失踪,一连串案件归结起来,似乎存在着一名专对家猫下手的凶手。只是他没料到,原来那人早已遇害,而且她的动机只是要收集那些猫爪,为了这个癖好,竟用斧头将一只只家猫的

[①] 对猫毛过敏一般会出现打喷嚏、眼睛发痒、呼吸困难等症状或者皮肤出现红斑红疹,有发痒的感觉等。但其实猫毛并不能引起过敏,猫毛过敏准确来讲是讲对猫毛皮屑中的致敏蛋白过敏。

爪子劈断，怪不得吴婧凡的父母难以启齿。

"据统计，这样的猫爪一共有四十八瓶，其余的都已经交给鉴识人员。"

"原来如此。既然吴婧凡是那个残害家猫的人，患有猫毛过敏症的柯枢梁又怎么可能会盯上她？"

于敏忠点了点头。"一般患有猫毛过敏症的人，与猫接触时都会打喷嚏、流鼻涕甚至皮肤瘙痒，照理说，他应当对猫避之唯恐不及。既然是无差别事件，又为何偏对吴婧凡这样的人下手？实在太不合常理了。"

"你的意思是，凶手另有其人？"

"照现有的情形来看，柯枢梁不可能是吴婧凡案的凶手。"

符元华揉揉眼睛，说："六年前这起针对OL的连续杀人事件我也有所耳闻，这是有关'萤'的一系列案件中唯一一次凶手在正式录口供前身亡，当时仅仅凭借着因大地震殉职的同车刑警手里握着的录音笔来判定柯枢梁的罪行。在长达一分钟的录音里，包含了同车刑警和柯枢梁的对话，不过他那句'所有案件都是我柯枢梁一个人干的'清晰可辨。只是没人料到，他刚说完这句话，五十年一遇的大地震就毫无征兆地发生了，那次地震是整个S市的大浩劫……"

"凶手在准备完成第五阵列时，被我们逮捕了？"于敏忠问道。

"是的，莫先生当时以犯罪心理专家的身份向我们提供了专业的犯罪侧写，我们便循着侧写的特征着手调查，三天内便锁定了柯枢梁。"

"莫先生是何时参与侧写的呢？"

"大概是第四阵列完成后那会儿。"莫楠双眉紧锁，像是想起什么似的,"狡猾的凶手设计陷害胡瑞,其实在他们上山营救受困的三位女性之前,S市已经发生了OL被毒害的事件。写字楼里的三位女性上班族点了外卖,送餐骑手送达之后,一名男子伪装成食品推销员,声称自己是那家餐饮公司的合作商,请他们免费品尝新推出的例汤。谁知,在那名男子离开后十分钟,那三位女性便中毒身亡。凶手……也就是那名推销员,堂而皇之地在写字楼内行凶,案件的恶劣程度可想而知。"

"监控应该拍到了那名男子的容貌吧?"

"对,正是柯枢梁。"

"是否存在'搭便车'的可能性?如果柯枢梁下毒杀害了那三位OL,还有时间赶到仑婴山去杀害那么多人吗?"

"仑婴山后方有一条隐蔽的小道,如果离开写字楼后从那条路上山,只需要十五分钟即可抵达案发地点,完全可以比胡瑞他们早一步埋伏在防空洞中。"

"那么他又是如何在老叶未察觉的情况下,逃离防空洞,杀害其他被害者呢?"

"当时情况很混乱,山洞里完全漆黑一片,凶手悄无声息地避开探照灯,逃出去先杀了那名女子,再进入中间的洞穴杀害最后一人。因为叶勇德进入山洞时小心翼翼,所以脚程大大慢于凶手,再者叶勇德在胡瑞被害后丧失理智,待出了洞穴才和山下埋伏的同事们联络……"

"原来如此。"

符元华补充道:"当年因为胡瑞同志殉职,所有同事们情绪都非常激愤,发誓逮捕凶手为他报仇。所以,他们逮捕到柯枢梁时,免不了对他严加审问。在地震发生后,手持录音笔的刑警为了保护证据,将它死死握在手心,生怕被掉落的石块砸碎。OL

被毒杀事件的影像资料中，凶手把自己遮盖得严严实实，但在事后调查中，从身形和走路动作来推断，确系柯枢梁本人无疑，再加上他的那句口供，足以证明凶手就是他。案件审理完成后，我们也对死者家属进行慰问，但没能从他们身上获得足以推翻调查结果的线索。"

"于是，柯枢梁便被认定为OL无差别连续杀人事件的凶手……"

"是的。事后我们对柯枢梁展开调查，他是大型刀具工厂的普通工人，平日里从不与人交流，没事就喜欢窝在宿舍里写些类似诗词的作品，只不过实在缺乏这方面的才能，投出去的稿件都毫无回音，常常因为这点被人取笑。当然，因为这样闷葫芦的性格他也没少被同事们欺负，尤其是厂里的五个女员工……"

"他被女人欺负？"于敏忠感到不可思议。

"那五个女员工本就品行不端，她们仗着自己的资历，四处排挤打压厂里的年轻人，连班组长都拿她们没办法。柯枢梁木讷寡言，五人组便更加肆无忌惮地欺辱他，有一次玩得过火了，碾压机的螺丝被拧松，差点儿压断了他的一只手！"

"这也成为他犯案的动机？"

"是的。"

"可他之前杀害的都是OL呀。"

"这点我们只能从他最后遗留的挑衅宣言里推断，他计划把第五阵列，也就是厂里那五人组杀害，并伪造成连续无差别犯罪的延伸。"

"延伸……吗？"

"有不少无差别杀人案，犯人最后抑制不住享受杀戮的心理，打破之前划定的界限，开始任意对普通人下手。"

"原来如此。柯枢梁是为了让警方误以为第五阵列是为了过把犯罪瘾，从而隐藏真正的动机……"

"不错。"

"但是，一名工厂里的普通工人，'萤'是怎么联系他去制订如此庞大而精密的犯罪计划的？"

"调查过程中，我们发现他的电脑里存有被捕前一个月的日记，根据他的说法，在他背后始终有一位名为'暗鸦'的可疑人士，为他提供犯罪计划。"

"暗鸦？"

"那是'萤'的核心成员，只是后来不知所踪。"符元华看了看莫楠，后者却仍旧板着脸。

"小兄弟，容我多一句嘴，你似乎非常执着于调查这起事件，有什么特别的原因吗？"莫楠好奇地问道。

"应该说是PTSD吧！"于敏忠摸着脑袋，感到几分惭愧。

"创伤后应激障碍？"

"案件发生那年，我才刚满十八岁。我的母亲就是连续OL事件的被害者，也就是胡瑞前辈的事件中和他同时遇害的那名OL。"

第四章　犯罪心理学家的推理

2013年10月1日

今天是中华人民共和国成立六十四周年的纪念日，从电视上可以看到首都北京细雨霏霏，长安街两侧花团锦簇，天安门广场上五星红旗依旧高高飘扬。但对"九·三"联合专案组的成员来说，这一天却比以往更为忙碌，专案组办公室内弥漫着一股剑拔弩张的氛围。胡瑞遇害后，专案组的刑警们发誓一定要在短时间内把凶手逮捕归案，甚至有一位刑警把"替胡老大报仇"的标语挂在了墙上。

"向各位介绍一下，这是我们专门聘请的资深犯罪心理学家莫楠先生，他擅长根据犯罪现场的分析描绘出罪犯的画像。未来的日子里，大家务必通力合作，尽早逮捕凶手，为胡瑞同志报仇雪恨！"

专案组马组长将一位梳着大背头的中年男子介绍给各位警员。他们只是起身点点头，并未对来者产生兴趣。

"大家好，我是莫楠。"大背头男子从容不迫地应道，"恕我直言，大家与其埋头大海捞针，还不如听听我的犯罪分析，哈哈。"

"你是哪里冒出来的，竟敢口出狂言！"

"太目中无人了。"

莫楠狂妄的言语一下子点燃了众位刑警的情绪,一些人直接对着他破口大骂。

"大家冷静点,别看莫先生其貌不扬,他可是美国马里兰大学犯罪心理学专业的优秀毕业生,你们不妨听听他的看法。一会儿会议室集合!"

"不就是喝了几斤洋墨水嘛,有什么了不起。"

"就是个美国来的神棍。"

刑警们你一言我一语,快快地来到会议室,眼神中充满对莫楠的鄙夷。

"啊,大家都到了是吧?那我们就不说废话,直奔主题。"

莫楠端坐在马组长旁,一副气定神闲的模样。

"就我了解的情况,这期针对OL的连续杀人事件一共分为四个阶段。第一阶段,九月二日,第一名受害者吴婧凡在金峰寺附近被害;第二阶段,九月十三日,阙飞、肖春静在大学城附近被害,尸首被垂挂在高压电塔下;第三阶段,九月二十七日,凶手变得猖狂起来,对警方下了挑战书,短时间内接连犯下七起罪行,甚至杀害了你们的同事。"

"你说的这些大家都知道!"一位老刑警不屑地打断莫楠的演说。

"老兄,请息怒。您领结打得又小又紧,怕是平时就喜欢怀疑别人,而且易怒,和同事的关系很糟吧?"

"你!"老刑警顿时冒起青筋,准备冲上去教训莫楠。

"老邢,冷静点儿,先听他怎么说。"坐在一旁的叶勇德起身制止。

莫楠见玩笑似乎开得太过火,轻轻咳了咳,说:"刚才只是不愉快的小插曲,大家不要见怪,哈哈!让我们回归正题——以下，是我对这起案件犯人绘制的画像。"

"第一，罪犯是男性。从九月二十七日的事件中可以得知，凶手有着极其敏捷的身手，以及一流的行动力。第二，凶手的年龄在二十五到三十五岁之间……"

"胡说八道，你有什么依据？"老邢不怀好意地质问。

"根据毒杀事件目击者的证词，凶手虽然戴着口罩，但从他说话的语气及身形来看，显然不超过四十岁。另外，男子在第一起事件中敲击被害者那么多次，从中可以判断行凶时非常紧张。在此一提，你们的胡瑞同志推断的年轻女子在第三、第四阵列的案件中均有不在场证明，也就是说，他的推断打一开始便是错误的，犯人不会是女性。再者，凶手犯下第二、第四阵列的案件时，都选择偏远的地点，且体现出熟悉地形的特征，极有可能在仑嫠山附近居住过，但从犯罪心理来看，凶手不可能选择在家附近的地点犯案，意即他目前已经搬离了仑嫠山附近。"

"这能推断出凶手的年龄？"

"还没说完。不管是仑嫠山还是大学城后的空地，都属于孩提时代和玩伴一起冒险的场所，也很可能是凶手童年的活动范围。我想你们并不了解，关于仑嫠山有一则传说……"

"传说？关传说什么事？"

"案发时间二〇一三年九月二十七日，农历八月二十三，这天是'神诞'，也是刑天王爷的诞辰。仑嫠山早时流传着关于刑天王爷的传说，农历八月二十三那天，手持巨斧的刑天会从仑嫠山的大道上经过，专门砍杀途经山上的路人，这天切忌上山。如果非要上山不可，只能从仑嫠山后山的小道上悄悄经过，到防空洞内，方可躲避刑天王爷的砍杀。根据我的判断，凶手知晓这则传说，仑嫠山附近的居民多是自小在那里长大的，都知道刑天王爷的传说，不敢在那天上山，因此凶手专挑仑婴山人烟稀少的时候犯案。根据犯罪心理分析，凶手应是已经步入社会、独居，且尚未成家的年轻人。综上判断，他的年龄极有可能不超过三十五岁。"

"这点倒是我们侦查的盲区。"马组长微微颔首。

"第三，凶手受过良好的教育。这从他给警方的信件，以及出入写字楼时的对话可以看出。第四，凶手也许遭受过OL的伤害，可能是女友，也可能来自工作。第五，凶手是个工作认真负责的模范员工，从第四阵列事件中沾血纸张上特意加粗加大的文字可以看出，凶手计划一丝不苟，不容得任何马虎，平日里工作质量很高，工作态度想必也十分认真。当然，他是个沉默寡言，有烦恼也默默承受的人，恐怕还常受到同事排挤。"

"能推测出他的工作吗？"

"凶手对犯罪阵列有着强烈偏执，还有，根据凶手往警局寄信等行为可以看出，他极有可能对自己的藏身之所有着某种自信，我推测，应是群居的集体宿舍，而且管理相对混乱，例如，大工厂的员工。"

"一个沉默寡言、工作认真负责、曾经在仑婴山附近生活但前些年已经搬离的土生土长的S市人，且年龄在二十五岁到三十五岁之间的大工厂员工。"马组长一边在笔记本上唰唰地记录，一边总结道。

"正是如此。"

莫楠对自己的心理分析法十分自信，他坚信凶手一定逃不出自己构筑的包围圈。

第五章　龟兔重赛

2019 年 9 月 19 日

于敏忠还记得从同事那里听到的"龟兔重赛"的故事。

兔子和乌龟赛跑输了之后，闭门反思三年，总结经验教训，并提出与乌龟重赛一次。赛跑开始后，乌龟按照既定的路线拼命往前爬，心想：这次我输定了。然而，等它到了终点，却见不着兔子的踪影。它正纳闷时，兔子气喘吁吁地跑了过来。乌龟问及缘由："老哥，难道你又睡觉了？"兔子哀叹道："睡觉倒没有，但我跑错了路！"原来兔子求胜心切，一上路就埋头狂奔，恨不得三步两蹿就到终点。等估摸着快抵达终点了，抬头一看，才发现自己跑到了另一条道上，所以不得不返回岔道口重新上路，因此还是落在乌龟后面。

于敏忠的前辈时常以这则寓言告诫他欲速则不达，不可因为急于快速反应而从一开始便偏离了目标。六年前的 OL 连续杀人事件也是一样，不能在完全排除所有可能性之前，本着为同僚报仇雪恨的心理快速结案。虽然看似握有决定性的证据，但于敏忠认为柯枢梁至少不会是第一起案件的凶手。

另外，案件背后始终徘徊着"萤"的成员"暗鸦"，这个人究竟是何方神圣？于敏忠继续翻阅案卷，一页页下来，当他看到名为"蔡晓晴"的女孩照片后，顿时吓了一跳。

"这女孩不就是……靳璐吗?"

不管从任何角度看,她都是靳璐。尽管容貌发生了些许变化,但她们精巧的五官别无二致,于敏忠可以断定,这个人就是靳璐。

——但案卷上分明写着"蔡晓晴",而且还是胡瑞推断的嫌疑人之一,然后又被排除……

于敏忠思忖着,他们所说的"暗鸦"该不会真是靳璐吧?

他难以想象,这么一个可爱善良的女孩会是专供犯罪计划的组织成员,况且当时她应该才二十岁上下。

这时,于敏忠办公桌上的座机突然响了起来,那是刑事鉴识科的法医打来的。

"老弟,你提交的那堆浸泡在福尔马林里的猫爪,这里有新的发现。"

电话那头传来老法医程东明开朗的声音,平日二人颇为熟稔,一方面是业务上经常打交道,另一方面,二人都是拜仁慕尼黑队[①]的死忠粉。

"发现什么了?"

"其中一只猫爪,上面沾有血迹,而且还是人类的血迹。"

"存放六年还能做出精确的检测吗?"

于敏忠似乎想到了什么,赶忙从堆叠的档案盒里取出六年前"吴婧凡案"的现场示意图(图八)。

"当然,因为福尔马林不会破坏DNA和表面抗原,以现在的科技手段是完全可以实现的。不过……"

"不过什么?"程东明那拖得很长的尾音,似乎就是为了吊

[①]德国足球甲级联赛传统豪门球队,也是全球球迷人数最多的球队之一。

图八

于敏忠的胃口。

"老弟听过'DNA 劣化'一说吗？"

"别跟我这门外汉兜圈子了，究竟出现了啥状况？"

"简单说就是样本存放多年，中间也许经历了DNA结构毁损，导致片段化，这种情形越严重，进行精准鉴定的难度就越大。猫爪上的人类血迹就发生了片段化破坏，倘若你此时已经发现了疑似血迹的主人，那么我们无法通过核对猫爪血迹的DNA股上特定基因座的序列重复数目来拼回去计算。"

"大概意思我明白，但如果只是部分劣化，而且保存下来的片段还很长呢?"

"呵呵,不愧是局里的希望之星,悟性就是不一样。"电话那头传来程东明爽朗的笑声,"就拿阿加莎·克里斯蒂的《ABC谋杀案》和《尼罗河上的惨案》两本书来说吧,当它们完整地摆在读者面前,无论是谁都可以精准地进行区分。但如果书本被墨汁污染,每页只能看出几个字,那么几乎没人可以分辨得出来。而现在的情况是,这两本书仅仅是被一章一章地撕开……"

"啊!那也就是说,血迹样本是可以鉴定的?"

"很幸运,它们保存的环境不算太糟。"

于敏忠不禁喜出望外,继续问道:"那是几号瓶?"

"四十八号,瓶身上的时间是二〇一三年九月一日。"

——意即吴婧凡割下猫爪后,隔天就被人杀害?

"谢谢老兄!你提供的信息或许相当重要!"

第六章　暗　鸦

2013 年 10 月 5 日

"如何？你很享受这种快乐吧？名为犯罪的快乐……"

此时，在蓝岛咖啡屋，"暗鸦"和柯枢梁二人正坐在阴暗的一角。

"嘘，小声、小声！万一被别人听到怎么办？"

"放宽心吧。有了前次的经验，接下来你便可以放开手脚完成你真正想做的事。"

"原来，你一直在利用我？"

"暗鸦"用吸管搅了搅刚调制好的鸡尾酒。"呵呵，不如说是互惠互利。让你在真正实施犯罪前先练练手，到时才不容易出错。"

柯枢梁打量着面前这个人，仿佛正打量着十恶不赦的魔鬼。

"想不到您……您这么年轻。"

"呵呵，年龄只是毫无意义的数字罢了。"

"反正这世道我是越来越看不明白喽。"柯枢梁刻意放低声音问道，"下一步我该怎么做？"

"现在警方那里或许掌握了对你不利的线索，但是咱们没必要恐慌。只要按我说的做就行……"

"暗鸦"沾了沾冰镇鸡尾酒杯外壁结出的水雾，在杯垫上写了一个字：

  火

第七章　猫爪上的血迹

2019年9月20日

九尾坡区的万象五金店已有将近二十年的历史。如今传统的五金小店虽然生存困难，但还不至于无法养活一家人。王岩是这家五金店的店主，也许是年纪大的关系，他一直认为保持古朴的经营风格才是正宗的五金店。过道上杂乱无章地堆放着五金制品，使原本狭窄的空间显得更加拥挤，展示板上胡乱挂着各式各样的钳子、扳手、剪刀、金属管以及塑料管，不仅缺乏条理性，也影响美观，但这些问题在王岩看来反而有一股"古早味"，他把销售不佳归结于近年来钢材价格涨跌频繁，这些年来，钢材便宜的时候比白菜还便宜，一旦价格飞涨，又叫人措手不及。无奈，他腾出半间店用来堆放附近小区居民的快件，做起快递驿站的副业。

从今早开始，王岩右眼皮就跳个不停，幸好直到太阳快落山时都没有什么不好的事发生，他拉下卷帘门，准备提早收工。忽然，他一回头，发现一个挺拔的身影站在面前。

"啊，取快件？"王岩不耐烦地问。

"王师傅您好，其实我是一名警察。"

男子亮出了证件，把王岩吓了一跳。

"警察？警察来找我做什么？"

"可以借一步说话？"

"好，到店里坐吧。"

王岩若有所思地掀起卷帘门，怪不得自己的右眼皮跳个不停，他思忖着这个不速之客究竟葫芦里卖的什么药。此时，王岩的脸色已经十分难看，而他并未察觉自己的那张脸已然映在店铺的镜子上，被身后的年轻男子看得一清二楚。

"我姓于，于敏忠，叫我小于就行。其实……没什么重要的事，只是附近的居民接连丢失几只名贵的家猫。我记得……王师傅您以前有养过布偶猫吧？"

"布偶猫？"王岩一愣。

"对，这么看来，猫是您夫人养的？"

"她是养过猫，可我只觉得它烦……原来它叫布偶猫啊。"

于敏忠绕着五金小店转了一圈，堆在过道上的小配件险些将他绊倒。

"这张照片里的女士就是您的……"

"对。六年前失踪了。"

"失踪？"

"没准儿跟哪个男人跑了吧。"

"您有线索？"

"哦，只是瞎猜。"

"您的孩子呢？"

"我们没有孩子。"王岩觉察出一丝不对劲，"警察同志，您问的会不会太多了点儿？"

于敏忠似乎没听到对方的抱怨，他端详着照片，指了指夫人俯身摸着的那只猫咪说："这就是布偶猫，很多中上层收入的人家都喜欢。"

王岩只是快快地瞥了一眼旧照，没有说话。

"六年前，这附近发生过连续虐待家猫事件，您听说过吧？"

"我不知道你在说什么。"

"但是，就在最近，我们查出了当年'家猫处刑人'的真实身份，您一定猜不到，她居然是一名都市白领！更绝的是，她还把猫爪用福尔马林浸在玻璃瓶里，其中有一只猫爪和照片上这只猫的猫爪一模一样。"

"你到底想说什么！"王岩发出一声怒吼，他那古铜色的脸开始扭曲。

"我刚才所说的'家猫处刑人'，事实上在六年前已经被害，那名女孩叫吴婧凡，二十五岁，是个都市白领。"于敏忠将女孩的照片展示给王岩，对方看了一眼，下意识地低下头，"近日来由于其他原因，我对六年前那起案件产生了兴趣，特别是吴婧凡的收藏品里，标注着'2013年9月1日'浸在福尔马林里的沾血猫爪。于是，我在想，她的死会不会和那只猫爪有关？或者说那只猫，甚至猫的主人？

"那天，在金峰寺附近是否发生了其他案件，而这只猫身上沾着的血会成为重要的证物？如果猫身上沾着的血是发生命案的标志，那么凶手是在什么场所行凶，又为何会选择有家猫在场的情况下犯案？这不符合常理，就算凶手是爱猫人士，如果是有计划的犯罪，也绝对不会把猫带到现场添乱的。那就只有一个可能，这只猫不是凶手的，而且在犯案时，凶手看不见猫的存在，并且当他意识到家猫出现在犯罪现场时，不能及时抓住它。那么，这里就出现一个问题——凶手为何看不见猫的存在？我想，最有可能的解释是犯罪现场当时一片漆黑，凶手看不见那只猫，直到它叫出了声。"

"叫出了声？那又怎样？"

王岩默默地坐在椅子上，虽然内心汹涌，但尽力不形于色，不过，他的手已经开始不住颤抖。不经意间，王岩的手传来一丝凉意，他似乎触碰到一件硬物，仔细一看，那是一只扳手。他悄悄将扳手藏在身后，眼神中透出一股坚毅和凶狠。

"凶手这才意识到犯罪现场还有一个目击者，但现场一片漆黑，他只能循着声音试图抓到它，不过太难了……那是一个杂乱无章的房间，连过道上都铺满了障碍物。我猜测，凶手很可能被地上的障碍物绊了一跤，眼睁睁地看着那只布偶猫从卷帘门的缝隙逃走。思考到这里，我才翻阅起六年前这附近的地图，因为上述条件，我首先排除居民区，其次，周边的服装店、招待所、牙科诊所……这些都属于必须日常清理保持整洁的场所。有没有可能是书店呢？毕竟堆叠成山的书有可能成为犯罪现场的障碍物。但仔细一想，犯罪现场如果喷出血迹，那么摆放在书架上的书势必会受到污染，且无法擦洗，那么凶手需要大批量地销毁这些书籍，不但惹人注意，而且隔天营业人员一定会察觉不对劲。综上所述，最有可能的地方就是万象五金店，这家连过道都杂乱无章地堆着零配件的小店。对您起疑后，我查阅了关于您和夫人的资料，在二〇一三年九月四日，您曾经报警声称妻子已经三天未归，后来由于警方的重点都放在'吴婧凡案'以及后续的无差别杀人案上，对夫人失踪事件的调查也毫无进展。但是，当我注意到那只布偶猫……"

"你想说那只猫正巧落入那个名叫吴婧凡的女孩手里，被她分尸？"

"正是。"

"小伙子，不得不承认你的想法很新奇。但是事情毕竟过去六年了，你有证据吗？"

"就像你想不到六年之后会有人追究你的罪行，我也没料到那个女孩会把自己搜集来的一只只猫爪用福尔马林浸泡在玻璃瓶里，而且上面还留存着DNA，鉴识人员已经从上面检测出两个人的血液，这就是你一定要找到那只猫的原因。犯罪现场的布偶猫当时也许就守在夫人身边，不仅目击到了犯案过程，还带走了如此重要的证物。"

关于现场一片漆黑这个问题于敏忠思索了很久，如果是王岩有预谋地在店内行凶，那么他有必要把店里的灯关上吗？或许情况截然相反，店内的灯是王岩的妻子关上的，是她准备袭击王岩，却不幸被对方反击，于敏忠猜想，犯罪现场在自己的五金店，王岩完全具备在一片漆黑的情况下随手抄起一只扳手往他妻子头上挥去，并致其死亡的可能性。

"也罢。"王岩叹了口气，"当年如果我比那女孩早发现那只布偶猫，她就不会死。那天，我处理完妻子的尸体，开车到后山把她埋了。回来的路上，我竟从后视镜看到那个女孩，她手里抱着的正是那只沾了鲜血的布偶猫，当时我真想冲下车把猫抢过来，但前方恰好有拦酒驾的交警，不便行动。隔天一早，我在那条路上埋伏，观察女孩的上班路线，于是便决定当晚下手。就像这样……"

王岩见于敏忠慢慢靠近自己，表情逐渐狰狞，他趁其不备，像当年一样将扳手向于敏忠脑袋上挥去。两者撞击的那一刻，鲜血就像喷泉一样喷涌而出，后者立刻倒在地上。即使如此，王岩还依旧神经质地念叨个不停。

"警察同志，要怪只能怪你没事调查什么旧案！真要追究，就去追究恐吓我的那个人啊！叫我伪装成清洁员，把两具尸体运到那座高压电塔上吊着,那个人才是十恶不赦的恶魔!不过最坏的还是你呀……"王岩兴奋地喘着粗气,他看了看摆在桌上的那张和妻子的合照,"在外面偷男人,回头还为了和他私奔,想把我杀了?哈哈哈哈哈!"

嘶、嘶、嘶……

"谁!是谁!谁在那儿?"

角落里忽然传出令人窒息的声响。王岩的狞笑顿时凝固,他打开手电筒,屏息凝神地走了过去。

嘶、嘶、嘶……

"谁!到底是谁?"

第八章　暗鸦 II

2013 年 10 月 12 日

冯明珍以工作十五年来所培养的节奏感操作着眼前的机器。她将挑选好的钢板滑进压制成型机下方，然后用大拇指按下下降的按钮，让机器下降到薄钢板上方。不消一分钟，几十把刀刃便被压制成型。冯明珍再从压制好的刀刃里遴选出待修整和研磨的刀刃，将它们倒进另一边的漏斗里。她擦了擦脖颈上的汗珠，今天的工作就这么告一段落。按照往常的惯例，她会直奔宿舍，澡也不洗闷头就睡。在这个工厂里，不存在性别差异，每个人都得在指定的时间内完成自己的任务。但是，今天有些特别，柯枢梁那小子居然邀请她们五姐妹吃消夜。

"小家伙早那么识相就不会挨揍了。"

冯明珍朝地上啐了一口，机械运作的嗡嗡声盖住了她的这声嘀咕。穿过办公大楼，她来到了组装间，上空的金属步道是平日里班组长为了检查他们的作业情况设置的。

"请客就请客，还特意叫我们去组装部的茶水间集合……"

尽管有些不耐烦，但冯明珍远远望去，茶水间里已经集合了四个人，自己似乎是最后一个到的。

"阿珍，动作这么慢！"

"啊，不好意思、不好意思。"

"待会儿可要多吃点呀!"

在刀具工厂工作的员工走了一拨又一拨,如今剩下的元老就只有在座的五位女性。她们已经成了一个小团体,平日里只要遇到看不顺眼的人和事,就极尽打压之能事,许多年轻的新员工敢怒不敢言,背地里称她们为五个女流氓,工厂的班组长们也拿她们没办法,毕竟是女性,又是在职时间最长的五人,所以只能开导那些被她们欺负的员工,让他们多多忍耐。

在受害者群体之中,柯枢梁是受她们欺负次数最多的,他看上去老实巴交的模样,早已被五人组锁定为重点关照的目标。因为工厂离柯枢梁的家远,所以他和五人组一样,都住在工厂的宿舍楼里。五人组有时会散播一些关于柯枢梁带年轻女生回宿舍的不实消息,开他玩笑,这还算小事,她们甚至把柯枢梁的工作服和内裤偷走,夜里悄悄焚毁,隔天一早便守在员工食堂看他的笑话。上周,老大做得有些过火,她在柯枢梁操作的切割机的螺丝上动了手脚,机器启动时一失控,差点儿就断了柯枢梁的手指。这件事就连其他同事们都看不下去了,原本顾忌五人组都是女性员工而且是这儿的元老,但这次同一生产线的年轻人纷纷为柯枢梁说话,公开斥责五人组欺压柯枢梁的行为,不过,她们早已将厂内那一时段的监控录像销毁,因此,年轻人拿不出证据,最后不了了之。在这之后,厂里的年轻人背后都称五人组为"刀厂五女鬼",避之唯恐不及。出乎五人组意料的是,事后没过几天,柯枢梁竟一反常态,有意向五人组示好,邀请她们下班之后一起吃顿消夜。

"不过,那家伙怎么这么慢?"

老大等得有些不耐烦,抬头看了看时钟,已是晚上十点半。

"再等下去,小店都要打烊了。"

"喂，你给他电话了吗？"老二向冯明珍问道。

"打过了，没人接。"

"妈的。要是他敢耍我们，明天老娘就给他点颜色看看！"

"五分钟，再等五分钟。如果还看不到那小子的身影，有他好受的。"

尽管五个人闹成一团，但若她们之中有人发现茶水间外的窗框下那个犹如壁虎一般趴在墙上的身影，那么事情还不会太糟。此时，柯枢梁那双燃烧着怒火的眼狠狠地盯着这五个人，突然，他兜里的手机震了起来。

"柯先生，我是暗鸦。"

"什么事？我正准备行动呢！"

"情况有点不妙，警方似乎已经查到工厂了，他们的人正朝你的方向过去，我奉劝你赶紧收手。"

"你不是说万无一失的？"

"下次还有机会，不必急于……"

柯枢梁挂断了电话。箭在弦上不得不发，他咬破嘴唇，发出一声怒吼，接着手里挥舞着一柄长长的马刀出现在五人组面前。他那被冷汗浸湿的头发贴在额上，脸上透着阴冷的杀气，五官的形状都变了。对方虽然有五人，却都被柯枢梁的气势吓了一大跳。

"啊啊啊啊啊！"

"冷静、冷静点儿，小柯！"

"我们不是故意的，有话咱好好说嘛。"

冯明珍正欲夺门而出，却发现门早已被柯枢梁从外部用重物堵上了，目前唯一逃脱的出口只有他把守的那扇窗子。正当她们感到绝望的刹那，几束亮光突然从窗外照了进来。

"我们是警察，柯先生，放下你的武器！"

柯枢梁察觉大势已去，又发出一声咆哮，朝冯明珍挥出一刀，鲜血就在这短短的一秒喷洒在地。

"啊！我的手，我的手！"

前一秒还和身体相连的手掌，如今已经蜷缩在地上，失去了生机。突如其来的剧痛让冯明珍只顾在地上打滚，柯枢梁看着眼前的一切，歇斯底里地笑着。

"你们这群人渣，臭不要脸的女人！老子忍你们很久啦！今天不砍死你们，老子就不姓柯！"

守在外围的刑警们见柯枢梁已经失去理智，便计划分为A、B两拨小队，分别从正门和侧后方包抄进屋。跟在A小队队长身后的是刚调任来的民警王守国，他紧紧握着那柄手枪，时刻准备攻坚。

"啊啊啊啊！"

屋内突然爆发出女性的尖叫，原来准备从后方包抄的B小队被柯枢梁发现，他猛地蹿出，手里挥舞着他的马刀，朝B小队的民警小陈捅去，躲闪不及的小陈被对方刺中，鲜血淋漓。

"杀人了、杀人了！"

"老子要杀的只有这五个人渣，关你们屁事！"柯枢梁朝刑警吼道。

危急时刻，王守国身前的小队长冲了上去，朝柯枢梁的方向怒斥道："把刀放下，听见没有！"

注意力被突然而至的喊声转移，失去理智的柯枢梁又扭头挥舞着长长的马刀朝小队长捅来，与此同时，B小队的刑警见时机已到，便从背后突袭，将柯枢梁制服在地。但趴在地上的柯枢梁手脚依旧在空中漫无目的地挣扎着，眼睛里全是红光，嘴巴一张一合似乎在重复念叨着什么咒语，过了半分钟，竟自已晕了过去。

　　从组装间的金属步道正好能看清这几分钟惊心动魄的场面，此时，"暗鸦"就在那儿举着望远镜，平静地监视着这一切。

第九章　旧案留声

2013 年 10 月 13 日

"老实点儿，别乱动。"

逼仄的空间里，加上司机一共四名刑警负责押解柯枢梁。专案组根据莫楠提供的犯罪心理侧写，对可疑的工厂展开排查，小组成员分头行动，很快便锁定了各方面都符合罪犯特征的柯枢梁。昨晚的现场逮捕行动是王守国调任刑警队伍后的首次表现，毕竟是第一次目睹犯罪现场，心里的触动还是很大的。柯枢梁被捕后，由于兴奋过度变得歇斯底里，竟然当场昏了过去，无奈只好先将他送往附近的医院，夜里不间断地看护，待他隔天清醒后再进行押解。

"戴着头套还能不安分到哪儿去？"柯枢梁瓮声瓮气地抱怨。

"小王，千万别相信这个人渣。像他那样罪大恶极的家伙，每分钟都在盘算着怎么挣脱我们。"坐在前座的老杨侧过身对王守国叮咛道，"去年啊，就是有个同事麻痹大意，居然顺了罪犯的抱怨，把背铐变成前铐，一下子就让对方有了活动空间，罪犯趁他不注意，从后排跃起，用头猛撞负责驾驶的小朱，还好最后被我们制服，不过负责押解的同事也因此挨了批评。你才刚调到这儿，千万别出岔子，知道吗？"

"我一定注意，请前辈放心！"

"很好,我听过你的事迹,现在踏实肯干的小伙子不多了。"

"老杨,前面怎么走?"

面前有两条岔路,老杨看了看实时路况,指示道:"上高架"。

行驶约莫半小时,一行人来到环山路。山谷里传来北风的呼啸声,阴云密布的天空中出现一只飞鹰,高亢的声音在空中回荡。

"怎么这山路颠簸得这么厉害?"

"是不是……地震了?"

王守国察觉情况似乎有些不对,但下一秒钟,远方的天空忽然闪过一道惨白的光,接着几声巨响传来,越来越近,越来越响。众人才发现,山上的石块居然从四面八方滚落下来!

"不好!地震来了!"

"哈哈哈哈哈哈哈!这就是我们的宿命!我们命该如此啊!哈哈哈!"

后座上,戴着头套的柯枢梁放声大笑。车内咆哮声、惊叫声以及歇斯底里的笑声汇在一起,就在此时,一声巨响震撼大地,那一刻,远处的两座山居然因为地震合为一体!车里的四名刑警和柯枢梁还未反应过来,警车已经被压在了巨石之下。

"前……辈!老杨!"

"醒醒啊!你们醒醒!"

坐在王守国旁边的柯枢梁和他的同事小徐已经血流不止,显然失去了生命迹象,就连王守国本人也使出最后一丝气力,呼唤着前辈的名字,却没有得到任何回应。这一切来得太快,就像一场噩梦。然而,大地震没有结束,余震带来的灾难还在继续,山峰怒吼,巨大的石块一个接一个地滚落下来,王守国仿佛能听到山下救护车和人们的悲鸣声,他耗尽自己最后一丝气力打碎车窗,爬到车外,但面前仍是一片人间炼狱的景象。

——我果然是个倒霉的家伙……第一次出警就……

疼痛伴随着困意向王守国袭来,他的双眼看不清前方,在模模糊糊的意识中,耳畔似乎传来了脚步声。

——是谁?是来救我们的吗?

发不出声音。

只能辨别出那脚步声沉稳而有力,王守国吃力地睁开眼,朝走向自己的人影笑了笑,人影也回以微笑。但是,下一个瞬间,王守国的头部传来一阵剧痛。

——你!

——你在做什么?

人影发出狡黠的笑声,放下用来敲击王守国的石块,并戴上手套,将一样东西插入王守国握紧的拳头里。

——那是……

——录音笔?!

——这家伙到底想干什么!

王守国吃力地抵抗,无奈他早已耗尽了最后一丝气力,只得任由对方摆布。那人蹲下身,似乎很享受残忍的快感。

"本来计划半路解决掉这家伙,却没想到天助我也……啊!多么感人的一幕!基层刑警为了握住犯罪者的口供,不惜用身体抵挡滚石,也要护住那支录满犯人罪状的录音笔!哈哈哈哈!"

——发不出声!

——就这么结束了吗?

"看你的表情,一定很惊讶,一定很想知道我是谁吧?"

——还是发不出声,就连意识也模糊……

"在下'暗鸦',特来回收失败的'艺术品'。"

——恐怕快要……死了。

王守国终于合上了双眼,倒在那个人面前,他至死都没想明白自己被袭击的原因。人影摁下了录音笔的播放键,里面传来的是柯枢梁沙哑的声音:

所有案件都是我柯枢梁一个人干的!

终　章

2019年9月20日

"您是说……早就躲在店铺里了？"

于敏忠好像被施了定身法似的，站在原地，目瞪口呆。

"哈哈，还是你小子厉害，从被害者身上发现了新的证据，我只是顺着现有的线索推测出可疑人士，先一步行动罢了，没什么了不起。"莫楠在于敏忠拜访王岩的五金店前，便一直躲在角落，等待时机，"如果当面和他对质，一来案件已经过了六年之久，不容易找出决定性的证据，充其量只能逞口舌之快；二来，这样做无疑是打草惊蛇。因此，我决定藏在角落那个大的瓦楞纸箱里，待他关门离开后，再寻找线索。"

"不愧是莫医师，心思缜密。"

"这次是你小子赢了，不去跟凶手拼一拼，谁又知道最后的结局会是如何呢？"

于敏忠笑了笑。"我查过莫医师六年前的犯罪侧写，也十分认可您从有限的线索中推测出犯人身份的方式，如果没有这次的新发现，恐怕这桩案件就失去调查的必要了。犯罪侧写……我以后得向您多多请教才是！"

"好说、好说。"

"六年前的案件，我认为是'萤'一手拼接的连续犯罪。"

"我也是这么想的。他们知道王岩杀害吴婧凡的事实，与此同时，接收了柯枢梁的犯罪计划，将二人的犯罪拼接成一个'连续无差别杀人'系列。"

"如果不在最短的时间内将组织一网打尽，后果不堪设想。"

"还有一点值得深思，'萤'的犯罪计划真的是'合二为一'吗？"

"什么意思？"

"我指的是第四阵列，也就是胡老大的案子。"

"您怀疑不是柯枢梁所为？"

"难说，毕竟现在死无对证，无法把柯枢梁叫到这里问话了。"莫楠说道，"不过，柯枢梁企图杀害那五位女性，'萤'给他制订的计划是作为连续杀人罪行的'延伸'，企图误导警方犯罪动机。那么，胡老大的案子是否也是同理？"

于敏忠的神情一下子严肃起来。

"你的意思是……"

"暂时保密，现在还没有证据。另外，有一件事我想请教你，令堂的案件，也就是第四阵列，从你的角度来判断，她是否真的是无差别杀人犯的牺牲品，你明白我的意思……不过，如果不方便回答的话……"

"家母自从大学毕业后就在一家出版社上班，从事的是基本不会和人打交道的校对工作，别说仇家了，就连朋友都很少，但她对待周围的人都非常友善。"

"所以，不可能会招惹什么人，对吧？"

于敏忠摇了摇头。"发生这种事也不能抱怨谁，只不过得知她被一个陌生人杀害的那一刻，我感觉天都要塌下来了。在这之后，我便立志当一名刑警，不过，由于儿时的创伤过于强烈，每当经手以女性为目标的无差别犯罪案件时，我都恨不得手刃凶手。这就是所谓的创伤后应激障碍引发的攻击性行为吧，老实说，我真的很担心自己有一天会干出这种事。"

"原来如此，难怪之前的'蛞蝓男事件'里，你的反应那么大……"

二人一边聊着，一边已慢慢走到警局门前。于敏忠还得处理六年前的卷宗，因此就在门口和莫楠作别，莫楠迟疑了一会儿，叫住正准备离去的于敏忠。

"对了。关于六年前的事，你……是不是还隐瞒了一些秘密？"

"为什么这么想？"于敏忠停下了脚步，但没有回头。

"也许是人老了，开始多疑了，我总觉得你打从一开始就知道六年前连续OL杀人事件的凶手不只是柯枢梁一人。"

"如果我说那是直觉呢？身为PTSD患者的直觉……"

"这个答案也不错。"莫楠微微颔首。

"我想我有必要去'星光之岬'拜访莫医师了，以患者的身份。"

"随时欢迎。"

"说到'星光之岬'，那个叫……靳璐的女孩，她现在怎样了，还在局里吗？"

"依照规定，符队的调查取证最多只能坚持二十四个小时，如果还问不出个所以然，无论如何都必须放人。所以她现在应该已经回……"

这时，莫楠的手机响了起来。

"喂，我是莫楠，现在只能预约后天的诊疗……"

"靳璐在我这儿。"电话那头传来变声器的声音。

"你说什么？"

"我说，靳、璐、在、我、这儿！"由于对方的恼怒，说话声变得更加阴阳怪气。

"喂，你想干什么！"

于敏忠察觉情况有异常，也凑到了莫楠身边。

"你们不是很想追查我们组织的秘密嘛？可以，仑婴山的那座防空洞……两个人，只允许两个人进去。"

"笑话，难道你们还想重蹈六年前的覆辙？"

"哈哈哈，警方好像认为这个女孩跟我们是一伙的，我们这么做只是为了证明警方的愚蠢罢了。莫医师，你猜他们愿不愿意救这个女孩？哈哈哈哈！"接着，电话那头的笑声戛然而止，取而代之的是冷酷无比的声音，"没时间考虑了，除非……你想眼睁睁地看着我在她漂亮的脸蛋上划上两刀。"

第七话　尸照收集癖

序　章

2019年9月20日　09：48PM

六年前的大地震，S市共有十八个乡镇受灾。其中死亡六十四人，受伤七千五百零二人，失踪十五人，受灾二十九万五千人，全市直接经济损失一百零二亿元。六年来，在政府的领导下，S市积极投入灾后重建工作，痛下决心搬离污染企业，开发旅游业，一度破碎的山河又焕然一新。其中，因为距离震中较远，几乎躲过一劫的仓婴山仍留有地震时留下的沙石，每当遭遇暴雨天气，沙石会随着雨水滑落，形成小范围泥石流，但六年前连续无差别杀人事件案发现场的那三座防空洞只是受了些微破坏。如今，沉睡了六年的犯罪现场再次露出狰狞的獠牙。

"还能再开快点儿吗？"莫楠焦急地看了看手表，晚上九点五十分，接到绑匪电话之后，于敏忠立刻奔向车库，以目前的车速看，排除途中可能出现的交通拥堵，要赶到仓婴山至少还需要半小时的车程。

"没办法，我这已经是超速行驶了。"

"我搞不懂，他们为什么要在这时候绑架靳璐……"

"难道和组织有关？"

"从绑匪的话推断，肯定是'萤'的人。"

"他交代你不能报警了吗？"

"没有，我刚才已经告诉符队了，他正安排人前往仑婴山。"

莫楠目光向下一瞥，正好瞅见手套箱外露出的纸片一角，看上去应该是城市的地图，于是，他打开手套箱，大叠地图从里面掉了出来，上头做了各式各样的标记。

"虽然如今是电子化时代了，但我还是喜欢纸质地图。"于敏忠解释道。

"真不简单，每年发生的事件你都做了记号。"

"围绕那座山的事件在我印象中只有六年前那一次，包括警方在内的五人里，只有叶勇德最后活了下来，但因为间接造成人质身亡而受了处分，这几年的仕途也不是很顺。你信不信，一会儿第一个冲上仑婴山的肯定是老叶？"

天空忽然飘起淅淅沥沥的小雨，于敏忠打开雨刷器。

"换作我，也会选择再次征服那块伤心地。"

"方才在警局门口，莫医师怀疑仑婴山防空洞的四起案件并非柯枢梁所为……我能听听您的想法吗？"

"嗯。理论上柯枢梁具备了连续犯罪的时机，可现在已经得知第一起案件并非出自柯枢梁之手，那么当年同车遇难的刑警握着的录音笔……我指的是柯枢梁说的'所有案件都是我柯枢梁一个人干的'这句话，到底是他精神不稳定的状态下的胡言乱语，还是说在他的认知里，根本没有第一起案件以及王岩被捕时他声称受到威胁而犯下的第二起案件，所谓的连续犯罪的起点是他所实施的第三阵列犯罪？"

"那封犯罪声明又如何解释？凶手对自己的罪行有很清晰的认知呀。"

"这也是我的一个疑惑，第三起案件到底是不是柯枢梁所为……"

"其实那段录音我也反复听了好几遍。毕竟是六年前柯枢梁犯罪的决定性证据,但除了他自己说出的那句话外,其他声音都比较含糊,周围的杂音也很多。"于敏忠瞥了一眼莫楠,问道,"您知道警方逮捕柯枢梁后,在刀具厂里还有其他发现吗?"

"发现了什么?"

"汽油。"

"也就是说,柯枢梁原本打算在杀了她们五个后纵火焚毁现场?"

"呵呵,只能这样想吧……莫医师,您当年得知柯枢梁遭到逮捕之后,就再也没关注过这起案件了?"

"基本上吧。"

"恕我冒昧……我在案件的档案资料里发现了'蔡晓晴'这个人。"

莫楠一怔,回应道:"她和案件并没有关系。"

"只是碰巧出现在现场?"

"完全是巧合。"

"碰巧长得和靳璐一模一样?"

见于敏忠的语气咄咄逼人,莫楠叹了一声,终于不再隐瞒:"其实……靳璐就是蔡晓晴,蔡晓晴就是靳璐。"

第一章　倒数计时

　　尸照收集癖，即热衷收藏尸体照片的行为，它是一种形式的强迫症。在心理学家看来，收集的爱好和童年的经历息息相关。当然，这样的爱好也可能发展成病态的占有欲。

2019年9月20日　10：22PM

"听着，待会儿进去时小心些。"莫楠赶到时，符队已在仓婆山脚下布置警力，他拍了拍叶勇德的肩膀，"尤其是你，不要冲动。"

叶勇德某铆起劲儿，朝符队回了一声"是"，看来一切正如于敏忠所料。

"符队，我也上去吧。"

"小于？来得正好。莫医师就不必上去了，虽说被绑架的是那个叫靳璐的女孩，但我们是不会让一般群众冒险的。"

"知道了，我等你们的消息。"

于敏忠朝莫楠点了点头，上了叶勇德的车。一路上两人没说一句话，于敏忠看着对方汗涔涔的脸颊，也不敢打破沉默。窗外山峦起伏，杂树丛生，还飘着霏霏细雨，一阵风吹来，山上的绿叶都在簌簌颤抖。黑郁郁的山坡上，只有车头的远光灯照出一抹光亮。

"一会儿我去 B 洞,你去 A 洞,如果两边都没找到人,就在洞口汇合,一起进入 C 洞。"

"是。"

"千万要小心,我不想重蹈覆辙。"

"放心吧。"

检查好装备后,二人跃下车,呈现在叶勇德眼前的还是那片伤心之地,只是因为大地震的影响而变得更加破旧。于敏忠望着叶勇德的身影缓缓被洞口吞噬,也打开探照灯,来到 A 洞口。洞内的场景一度让于敏忠产生一种幻觉,自己好像被卷入六年前档案里所描述的幻境中,自己就是六年前的叶勇德,入职没两年的新人,第一次执行救援人质的任务……他赶紧晃晃脑袋,提醒自己务必要保持专注和细心。眼前的洞口就像档案里所记载的,黑得吓人,一条笔直的路望不见头。

"你……那……怎样……"

对讲机传来叶勇德气喘吁吁的声音。

"还没走到底呢。"

"我……没人。"

声音太过模糊,于敏忠只能推断老叶的洞口没发现靳璐。他继续往里走,眼前果真出现档案所记载的那块石壁,石壁上刻着一个往左的标识,但和六年前不同,左侧的空间里并没有尸体。于敏忠缓缓走了过去,自己的母亲曾在这里被人杀害,就连前来救援的胡瑞警官也惨遭毒手……

"小……于……情……怎样?"

横卧的尸体。

流了一地的鲜血。

完全变了样的母亲。

胃里忽然一阵翻江倒海，于敏忠下意识地伸出右手往墙边靠去，但在黑漆漆的山洞里，他无法探测到墙壁的位置，整个人失去支撑，当场跌坐在地，胃里的东西也一下子全吐了出来。这是创伤后应激障碍（PTSD）所引发的心因性呕吐，每当看到被刺杀的女性尸体，于敏忠的脑海都会浮现出母亲遇害的画面，为了不让同事和领导察觉，常借故躲进厕所里一边排出污物，一边调节自己的情绪。

"小于，听到没？你……那……情况怎样？"

信号似乎好了些，也许叶勇德已经走到了洞口，于敏忠不敢怠慢，仔细清了清嗓子，回答"没有任何发现"，然后立刻朝出口飞奔。

"报告符队，A 洞、B 洞均未发现任何人。"

"收到，你们一起进入 C 洞。"

"是。"

C 洞虽也是漆黑一片，但有了方才的经验，于敏忠的步履逐渐稳了起来。

——会不会是绑匪的恶作剧，目的就是让警方再次受到侮辱？

他的内心泛起疑虑。

滴、滴、滴……

"老叶，前面是不是有什么声音？"

"好像是计时器……"汗珠划过了叶勇德的脖颈，他把手枪握得更紧了。

滴、滴、滴……

声音越来越响。

"快看！前面的石壁上刻着向右的箭头。"

叶勇德走在前面，率先向右转去。下个瞬间，出现在眼前的正是"星光之岬"的靳璐，她垂着脑袋，全身被紧紧捆缚在一把椅子上。

滴、滴、滴……

响声就是从她那边发出的。

"快看椅背！"叶勇德朝于敏忠命令道。

"这是……"

一块计时器牢牢贴在靳璐的后背，与此相连的还有用一根根引线缠着的黑色装置。

——定时炸弹！

于敏忠告诉自己务必保持冷静。他观察了引线的布置，又抬头确认一眼显示屏。不料，前一秒显示屏上还映着的"25:59"，在下一个瞬间立刻闪为"09:59"。

"这……怎么回事？"于敏忠愕然地看着叶勇德。

"糟糕，一定是被人遥控了。快！我们赶紧把人质扛到洞口！"

第二章　另一个证据

2019年9月20日　11:07PM

符队带着手下以及莫楠登上半山腰时,捆着靳璐的计时装置显示的时间已经是"00:05"。

距爆炸只剩五秒钟!

"叶勇德、于敏忠,你们赶紧给我回来!"

符队远远看到计时器上的时间,对他们咆哮道。

5——

4——

3——

2——

1——

除了叶勇德和于敏忠外,在场的所有人都捂住耳朵,立刻趴在地上。然而,仑婓山依然一片平静。符队和莫楠缓缓起身,木然地望着这一切,靳璐身上捆着的计时器分明显示"00:00",两人一阵错愕,但此时叶勇德已将装置拆下,交到符队面前。

"只是闹钟而已。"

"闹钟?"

"对,近来,陆续有喜欢搞恶作剧的年轻人从各种渠道购买到这类闹钟,闹钟的外形被设计成炸弹形状,就和电影里看到的一模一样。不少清洁工曾在小区内的垃圾桶里发现这玩意儿,当场吓到腿软,一般情况下,民警都会对丢弃这种垃圾的住户进行批评教育。"

"捆在那女孩身上的也是……"

叶勇德喘着粗气点了点头。"所以,这纯粹是一场闹剧。方才我们在山洞里发现这个装置时也吓了一跳,于是赶紧把人质扶出洞外,借着亮光才敢确定那只是一个闹钟。正准备向您汇报……"

"绑匪为何要这么做?"

"目的或许是给我们一个下马威……或者……洗清靳璐的嫌疑?"叶勇德说罢,又和符队交换了一个眼神,"警方现在已经对靳璐产生怀疑,'萤'也深知这一点,于是派人拐走了靳璐,告诉我们这个女孩和他们不是一伙的。"

"有道理,看来还得加强对她的监视。总之,先把这女孩送到医院,等她清醒后再录取口供。"符队命令道。

"是!"

"你当真怀疑她是'萤'的成员?"莫楠来到叶勇德身边,搭着他的肩促狭地问。

"这不是你自己说的嘛。她极可能就是传说中的'暗鸦'。"叶勇德看莫楠大惊小怪的样子,觉得十分可笑,"难道连你这小子也被'萤'给洗脑了?"

莫楠做了个鬼脸。如今,旧案中那个防空洞就展现在他的面前,他不自觉地被吸引过去,一步步地和正欲下山的刑警们拉开距离。

"喂,你疯了吗?"叶勇德在远处朝莫楠吼道。

后者似乎完全没听到,继续朝山洞的方向缓缓走去,叶勇德见劝不住莫楠，便快步追上他。

"你又没带手电筒，怎么看得清前面？"

莫楠这才回过神来。"啊，老兄，你怎么也来了？"

"少给我装神弄鬼！你想来看看犯罪现场，对吧？"

"随便走走，随便走走。"

二人所在的山洞就是被警方称为 A 洞的地方，即六年前胡瑞遇害的场所。莫楠忽然加快了速度，疾速冲到石壁前，他看了看手表，时间刚好过了一分五十秒。

"你、你到底想怎样……"跟在后头的是气喘吁吁的叶勇德。

"我记得……胡老大随身携带着迷你型录音机？"

"是啊，那又如何？"

"当年掉在哪里？"

叶勇德指了指石壁旁的地面。"大概就是这附近。"

"旁边还散落着碎片？"

"对。"

"什么碎片？"

"晶体碎片，像是小镜子之类的……"

"小镜子？"莫楠重复道。

"又怎么了？"

"这个情况，当年警方知道吗？"

"当然啦，你知道的东西，我们早就烂在肚子里了。"

"我记得，出了这座山洞，后方还有条小路？"

"你这家伙，真是上了年纪啊。六年前，你在警局给我们做犯罪侧写时不是都已经知道了？"

"哦，对、对。那条小路被茂密的树林遮盖，其实从那儿过去，十五分钟后就能抵达第三阵列事件中的那幢写字楼。"

"就是这么回事。"

"对了,小于去哪儿了?"

"他应该是跟着符队回局里做笔录了。"

"你不跟着一起?"

"他们是去做王岩的笔录。"

叶勇德看了看手表,跟莫楠拌嘴的这会儿,新的一天已经悄然拉开帷幕。

第三章　六年后的讯问

2019年9月21日　00：11AM

于敏忠深吸了一口气，方才在山洞里发生的事仍让他心有余悸。他推开审讯室的门，隔着铁栏坐在另一头的正是昨日袭击他的万象五金店老板王岩，他耷拉着脑袋，眼睛直勾勾地盯着于敏忠。

坐在电脑前的记录员小林朝于敏忠做了个手势，示意审讯正式开始。

"姓名？"

"王岩。"

"年龄？"

"四十七岁。"

"你的职业？"

"万象五金店老板。"

"六年前，你杀害了自己的妻子刘嫣然一事，是否属实？"

王岩迟疑了两秒，答道："属实。"

"隔天，你又杀害了吴婧凡女士，是否属实？"

"属实。"

"六年后，你袭击了前去调查的刑警于敏忠，是否属实？"

"……属实。"

"请详细说明六年前犯罪的经过。"

"我、我太太和人搞外遇,我知道那个男的是谁。有一天,她发现了我在背地里调查那个男人的事,就和他商量……商量要把我杀了,然后私奔。谁听了都会想宰了那对奸夫淫妇!刑警先生,你说对吧?"

"然后你就把她杀了?"

"是她先动手的!不是我!"王岩嘴唇发青,黝黑健壮的身躯开始颤抖个不停,"那天、那天打烊后,是她、是她把我叫到店里的!"

"请明确具体时间。"

"……二〇一三年九月一日,时间大概在十点过后。"

"是刘嫣然先袭击了你?"

"千、千真万确,当时的卷帘门并没有被全部关上,但店铺一片漆黑。我听到了那婊子的声音,她躲在角落里。我循着声音走了过去,心想那婊子应该没那么大的胆子,在自己丈夫开的店里杀人……没想到,她真的举起木棒,朝我脑袋砸来!幸好老天保佑,她是个女人!那婊子手里握着木棒,人又紧张,我头一偏,没有被击中要害,只是流了血。我正要后退,又被铺在地上的波纹管绊了一跤。对,那时候我才发现她的猫也在店里。"

"就是那只布偶猫?"

"是,那女人都叫它小黑,明明一点都不黑。"

"然后你开始反击?"

"我跌倒后又流了血,但是手刚好撞到了挂扳手的那面墙,扳手掉了下来,所以我就抄起它朝那女人头上挥过去,只一下,她就没命了。"

"那只猫这时候跑了出去?"

"我也不知道那女人怎么想的，居然把猫带进来。当时卷帘门没有被完全拉上，它受了惊吓往外跑。我隐约看见那只猫原本雪白的身躯沾上了红褐色，我心想不妙，赶紧追上去，可是它却不见了！"

"当时你有没有看到吴婧凡？"

"没有。"

"接着，你暂时没管那只布偶猫，开始毁尸灭迹？"

"当然把那女人处理了最要紧。我开着皮卡来到噩亘山，找到一个隐秘的角落，拿着铲子把她埋了。在开车的时候，我发现偷了那只猫的贼！"

"就是吴婧凡？"

"对，我不知道她叫什么名字，也没办法跳下车，因为前面还有交警。所以，我刻意绕了个弯，好知道她住在哪儿。第二天，我就找到她，她居然说已经把猫分尸了，态度十分恶劣。我一时恼火，就又用扳手朝她脑袋敲了几下。"

"是因为紧张？"

"紧张坏了，连着两天，两条人命哪！回家后，我真觉得自己不是东西。"

"那你为什么不投案自首，争取宽大处理？"

"我接到了电话。"

"电话，谁打来的？"

"一个自称'暗鸦'的人。"

于敏忠一怔，接着问道："他叫你做什么？"

"他更不是个好东西，告诉我大学城附近的垃圾处理厂旁有两个女性尸体，叫我运到高压电塔下挂上。"

"他知道你犯罪，以此要挟？"

"可不是！当时，我吓得话都说不清楚。"

"那个叫'暗鸦'的人，是男的还是女的？"

"不知道，他用变声器说话。"

"你也没见过他本人吗？"

"没有。"

"我知道了。然后他所说的地点真有两具尸体？"

"千真万确，两个女人倒在垃圾桶旁边，四下里一个人都没有。"

"你就这么听话把她们挂在高压电塔下面？"

"我、我都说了我吓坏了！"

"那你可知道，她们的直接死因是被吊死的？"

"看了新闻我才知道，原来我看到那两个女人的时候，她们还活着，只是被下了安眠药。妈的，那个叫'暗鸦'的真不是人！"

"你不确认她们是否有气息就下手吗？"

"我、我都说了……我紧张得要命！警察同志，这个你真得相信我！"

"也就是说，你在杀害刘嫣然和吴婧凡后，又被一个自称'暗鸦'的、性别不明的人威胁，杀害了两名陌生女子，是否属实？"

"属、属实。"

"请在这段记录上签字确认。"

于敏忠示意记录员，将刚才的对话打印出来递给王岩。对方颤抖着双手，在落款处签上自己的名字。

第四章 断层记忆的真相

2019年9月21日　04:10AM

"还不休息？打算在外面待多久？"

莫楠循声望去，一个高大的身影向他走来。

"啊！符队您好！"

"让你受苦了。"

"不敢，不敢……六年前那件事，其实我也有责任。"

"不，责任主要在我们。破案嘛，就是要穷尽一切可能性，如果那场大地震没发生，或许柯枢梁早就告诉我们全部真相了。"

符元华坐在莫楠身边，刚巧能看到靳璐病房的位置，门外有两名刑警把守，医院外也有人轮流监视，可以说是万无一失。

"在上山前，我和小于聊了一会儿。在那段录音里，柯枢梁说的'所有案件'，究竟是哪几起？最后一案很明确，就是工厂那起事故，但起点呢？我们只掌握了他犯下'第三阵列'案件的证据，彼时的他是否知道第一阵列和第二阵列的存在？难道，就这么甘心被其他人搭顺风车吗？"

"你有什么新发现？"

"其实，我一直在想，柯枢梁的那段音频，是否可以事先录制？"

符元华显然对莫楠提出的可能性感到骇然，他惊愕地问：

"你是说……那名负责押解的刑警,手里握着的录音笔……里面的声音是伪造的?"

"既然背后是'萤',那么这个可能性绝对不能排除。"

"假设你的理论没错,但'萤'又不是神,他们无法预测地震的存在。如果地震没发生,他们会怎么做?"

"或许,他们打算半路上把柯枢梁解决了……"

"这么说……当年的大地震还帮了他们一把?"

"既然柯枢梁的日记里详细记录了'暗鸦'为他特别定制的犯罪计划,那么'暗鸦'完全有可能提前采集柯枢梁那句'所有案件都是我柯枢梁一个人干的'的音频,并且混入嘈杂的警方问话,再加以合成。负责押解的刑警有四五个,如果'暗鸦'真的计划在途中解决他们,那么他一定会提前做好准备。"

"问题在于,为什么是靳璐呢?"

"你还是不相信我?"莫楠笑了笑。

"不、不,你现在怀疑的,也正是我所担心的。"符队习惯性地从兜里掏出一支烟,看了下四周的环境,又缩了回去,"你只告诉我,靳璐和案件无关,和'萤'也无关,那么她又为什么频繁出现在案发现场?你又为什么利用催眠术消除她的记忆,让她记不起自己是蔡晓晴呢?"

"……符队,您听说过收集癖吗?"

符队愣了愣,说:"像有人收集一千双鞋、三千只芭比娃娃之类的?"

"对。而靳璐,也就是蔡晓晴,她是我的患者,她的心理疾病在于收集尸体照片,她有强烈的抵达案发现场拍摄尸体照片的欲望。"

"我的天,世上真是无奇不有。她的家人知道吗?"

"她当时已经没有父母,全靠伯父一家抚养,而后他们发现了这个癖好,在一个下雪天将靳璐赶出家门。"莫楠思绪拉回到六年前,"在那次OL事件里,我在大学城附近,也就是第二阵列的现场注意到她,她望着尸体拍照的眼神里透出强烈的欲望,还有那担心被人察觉而羞红的脸。我发现她似乎独自一人,就向她了解了情况,她却当场哭了出来……"

"于是,你消除了她的记忆?"

"一般情况下,患有收集癖的人,因童年时期的阴影产生病态心理的居多。尸体照片的收集癖好对于靳璐,也是如此。在她四岁那年,靳璐的母亲发现她父亲有收集动物骸骨的癖好,当即离婚,并且抛弃了靳璐,这件事对她的打击尤为强烈。后来,靳璐跟着父亲生活,那个男人当时已经无法遏制对于尸体的迷恋,向年纪还小的靳璐灌输诸如'尸体是世界上最听话的人类,他们还没有死,只是不会反抗而已''我们是尸体的主宰者'这些病态的观念,成为靳璐成长道路上挥之不去的阴影。"

"所以,靳璐一面迷恋着尸体,一面为自己的这种行为而感到羞耻?"

"对。她主动要求我利用催眠术消去她的记忆。"

"原来如此。"

"但因为涉及患者的隐私,所以我一直没有全部透露给别人。"

"我明白了。那'冬眠侦探'的说法又是怎么回事?我明明听叶勇德说,你们提到过靳璐和'暗鸦'之间的关系!"

莫楠露出狡黠的笑容。"符队,这可是我们的'捕鼠器'哦……"

"捕鼠器?"

"正是。"

"虽然我不懂你葫芦里卖的什么药,但我得提醒你,你在'萤'这件事的立场始终是局外人。"

"了解、了解,听得我耳朵都长茧了。"

"好吧,这个给你,下不为例。"符队解锁了自己的手机,打开其中一个音频文件,那是六年前胡瑞殉职前的最后一段声音。

——今天是2013年9月27日,目前已经抵达仑婴山,这是本人胡瑞接手的第444起案件,加油!

"再往后,到他进入山洞。"

符队又向后拨了五分钟,中间都是杂音以及叶勇德些微的话语声。

——洞穴一片黑,看来今天的执行的任务不会轻松。

——喂,小叶,你听到了吗。你那是什么情况?我还没走到底,目前啥都没发现。

——看来这里连一点儿信号都没有了。

接下来整整两分钟都是胡瑞的脚步声,直到他撞见了那块石壁。

——哇,怎么还有蜈蚣!

——笔直的道路尽头有块斑驳的石壁……上面好像刻了什么字……原来只是个箭头,这么说我应该……向左走?

"走到这儿，凶手还没接近他……"莫楠呢喃道。

"最后三十秒，你仔细听好。"在此之前，符队已经听了不下十遍，仍没能发现什么有用的信息，他瞥了莫楠一眼，身边这个人似乎在思考着什么，令人捉摸不透。

——啊！发现被害者，是一名女性，看上去年纪大约三十五岁到四十岁，她还有气息，只是被人迷晕。现在展开营救。

几秒钟后，传来胡瑞一声惊叫。

——不可能！
——不可能有这种事！

音频的最后，是他的录音机以及另一件物品掉落在地的声响，听上去较为清脆，应该是镜子被摔碎的声音。

"听出什么了？"符元华摁下终止播放键，问道。

"正如我所想。"

莫楠掏出手机，像是早就准备和谁联系似的。符元华觉察到自己也许正被眼前这个人戏弄，不禁有些恼怒，他也凑到莫楠身边，原来他正在编辑一则短信。

"怎么竟是莫名其妙的内容……还有，你准备发给谁啊？"

莫楠将食指抵在唇口，接着望了一眼靳璐的病房。缉捕"暗鸦"的大网早已悄然撒下，或许，这一切能在今天宣告终结。

第五章　来自阴间的短信

2019 年 9 月 23 日　04:00PM
"喂，我来了。"
"暗鸦"朝洞穴低语了一声，然而传来的只有回音。
"你在里面吧？"
又将声音提高了些，但洞穴里丝毫没有回应。"暗鸦"从口袋里掏出手机，反复确认自己昨天收到的短信：

老朋友，我有点想你了。
明天下午四点整，在仑婴山的老地方见。
不见不散。

胡瑞

"老地方……只可能是这儿……"
"暗鸦"暗自嘀咕道。
"喂，你快出来！别吓我啊！"
"确实，不可能是其他地方。"
"暗鸦"浑身一颤，有人在洞穴的尽头！那是个沉稳的男音，而且是再熟悉不过的声音……

"你、你是谁？别给我装神弄鬼，快出来！"

"呵呵，看来你很喜欢在别人的车里安装窃听器……可惜，这点反倒成了你的致命软肋，因为你只听得到，却看不到。"

"暗鸦"朝发出声音的尽头疾速奔去。

"如果是这样的话，也就难怪，你会是如此反应了。"男子依旧不疾不徐地说着，"今天也去了'星光之岬'，莫楠依旧是一副吊儿郎当的样子。要拜托他继续调查那伙人吗？不，我想他一定会拒绝的。"

"暗鸦"忽然停止了脚步，这内容分明是……

"哟，看来你已经知道了，这就是刘顾伟的遗物，也就是他的日记……那家伙似乎从见到我开始就记载一些关于我的负面评价呢，真糟糕。"男子把日记往后翻了翻，"'光明二小……她不可能读过光明二小，因为早在20年前，光明二小就被废校了。横川中学的历届毕业生名册上根本没有她的名字！但看她那副天真无邪的模样，也不像是在说谎'……啊，这里说的应该是关于靳璐那断层的记忆，确实，她的记忆被重置了，所以答不出来也是正常。有意思的来了，在这之后，刘顾伟收到了冥币、牌位和裹尸袋，很明显地，有人意图对他不利，知道他利用二千五百年前斯巴达人的'换位密码'得出了一些信息——'顺着画笔，我嘴里也开始念念有词，重复着上头的名字。有一瞬间我怀疑自己是否认错了——那个人的名字竟也出现在纸条上。'因为后续提到了'萤'的成员上官亮，因此姑且称那个纸条是刘顾伟父亲握有的'萤'成员的线索。接着有趣的事发生了，他跑去了'恋樱岛'，和之后发生的那起案件的真凶撞个正着。感到事情越发蹊跷的他，几天后收到'蛞蝓装'，自家的抽屉又有被翻过的痕迹，直到去年的12月12日——'我真是个蠢货！早就知道那家伙不是什么好人，居然还一不小心把纸条的线索脱口而出。'那么，手记里的那个人究竟是谁呢？刘顾伟为何把小纸条的秘密告诉给那个人？既然告诉了又为什么后悔？"

"暗鸦"终于来到洞穴的尽头，坐在那儿的男人如他所料，正是莫楠。

"刘顾伟那家伙，虽然人老实巴交的，但由于患有'彼得·潘症候群'，因此，平日里根本就没有朋友，就连工作上也是两点一线。如果他发现了这些线索，为何不来找帮他破解童话之谜的我呢？为何也没有听靳璐提及此事呢？答案只有一个，那就是彼时的他已经不想触碰靳璐那断层的记忆，并因为自己的假想而对靳璐有了警惕。这下应该告诉谁呢？为何那个人最后都没将这条线索透露给警方呢？因为愚蠢透顶的刘顾伟正是把线索告诉了他唯一认识的、自以为万无一失的'警方人员'，他万万没想到，那个人其实就是'暗鸦'，也就是叶老弟，你呀！"

第六章　原形毕露

2019年9月23日　04:10PM

"你、你在胡说八道些什么?"

从黑暗中闪现的人影正是叶勇德,手电筒的亮光扫到了莫楠。他尽力让自己恢复平静,像是看一位恶作剧的孩童一般,看着悠闲坐在椅子上的"好兄弟"。

"为什么刘顾伟会在告诉你这条线索后感到后悔?那是因为他认为你我是朋友,到时候你肯定会把这条线索透露给我,进而靳璐也会知道此事。"

"这完全是你的臆想。"叶勇德板起面孔,装出一副嗔怒的模样,"大休息日,你特地把我叫来,就是为了这么整我不成?"

"好了,我们再聊聊你这家伙是啥时候露出狐狸尾巴的吧……"

叶勇德仔细一看,莫楠跷着二郎腿,面前还摆着一杯冰镇可乐,内心不由得冒起火。

"我就是叶勇德啊,哪有什么狐狸尾巴?"

"在'时刻表事件'中,当你第一次见到靳璐时,居然只是说了这么一句——'可我好像从来没见过啊'!老兄,这是你真正让我开始起疑的原点!真正的叶勇德是不会说出这样的话,他见过胡瑞递给他的'蔡晓晴'的照片。当年,胡瑞通过案发现场的监控录像怀疑蔡晓晴的作案可能之后，曾在赶往仑婴山的途中向当时专案组的负责人马队长汇报了情况。唯一的解释就是：六年前，在胡瑞和叶勇德的车子里有你放置的窃听器，你只听到他们讨论的声音，而没有见过她的照片。我说得没错吧？暗鸦先生……"

叶勇德的脸随即阴沉下来，那是他这几年来都没在他人面前露出过的表情。这六年里，他就是叶勇德，叶勇德就是他，从外形特征到生活习惯，自始至终，他都非常自信不会被人看穿。

"那你倒是告诉我，真正的叶勇德去哪儿了？"

"在第四阵列事件后，就已经被你杀害。你在犯罪现场留下了四具尸体，先把叶勇德迷昏，然后让'萤'的其他成员沿着后山上的小路悄然离开。无论变装成什么人，都必须先行研究透他的背景资料以及面部动态表情。你们挟持了叶勇德，为的就是套出他这些信息，让你的伪装工作万无一失。收集完上述信息后，你便将他杀害，埋藏在隐秘的地点。这六年来，你一直伪装成刑警叶勇德，难怪'萤'活动越来越频繁，甚至还有了'恋樱岛'这样的据点。"

"啊哈，我明白了……所以你才和那个'冬眠侦探'演了一出双簧？他知道我在破旧卧室里装了窃听器，故意告诉我关于靳璐的事，让我相信，当年胡瑞所说的女生就是靳璐。"

"不错、不错。这么说来，你也记得当我们刚抵达那幢公寓时，'冬眠侦探'借故让我们把房间通通打扫一遍的事喽？"

"原来如此，他是为了在我的监听下，还能让你知道窃听器存在这件事，好让你配合他演戏！"

"所以，暗鸦兄……你还是嫩了点儿。"

尽管莫楠的态度让他怒不可遏，"暗鸦"还是沉下气问道：

"这都是你设下的陷阱，为了让我在那之后嫁祸给那个女孩？"

"一切正如你所说。在'蛞蝓男'事件中，你伪装成靳璐的样子，和凶手碰面，不得不承认，你的变装功力实属一流。可惜，在逃脱废旧校园时差点儿被警方逮捕，走投无路时，还杀害了门卫先生。但心思细腻的你，又在逃脱之前，打电话把靳璐叫了过来，一点点地将靳璐推向与'萤'相关的案件舞台中央，让符队把目光转移到记忆断层的靳璐身上。只可惜，这是个大乌龙！一切都是我们设下的陷阱，你越是想方设法嫁祸给靳璐，越是证明你不是叶勇德本人，而是'暗鸦'！"

"真了不起。那你可否告诉我，你是如何确定杀害胡瑞的凶手是我呢？"

"因为那段录音。"

"胡瑞的录音机？"

"正是。从他的遗容以及那段录音的末尾处来看，他似乎目击了什么不得了的场面。然后传出录音机还有某样物品被摔在地上的声音，那个摔在地上的物品就是镜子。"

"镜子？"

"那是你为了确认叶勇德真实样貌而确保伪装效果的必备道具呀！"莫楠指了指叶勇德的八字胡和浓密的眉毛，"毕竟一出洞穴，你就再也不是'暗鸦'，而是新入职没两年的刑警叶勇德。先前，你根据照片进行变装，但这样做无疑有些冒险，你顶多在远处见过叶勇德，只有亲自确认后，才可得知变装成他时应该注意的细节。当年，你躲在女被害者身后窥伺着进入A洞的刑警，谁知，胡瑞发现了女人背后的那双眼睛。于是，你立刻冲上前去将他刺杀，顾不得那面镜子被摔碎。胡瑞所说的'不可能有这种事'，指的正是出现在他面前的你长得竟和叶勇德一模一样！最后,赶到A洞的叶勇德发现了胡瑞的尸体,你为了在光亮处掌握叶勇德的面部表情及变装后应注意的细节,有意让他多活一会儿。不得不承认,如果没有靳璐的存在,我便不会发现你的真实身份,也不会和'冬眠侦探'联手布下这个陷阱引你上钩。"

"不得了,真是超乎我的想象。""暗鸦"又惊又奇,不禁使劲儿鼓掌,"我们当了好几年的兄弟,没想到最后还是你把我给算计了……我绑架靳璐,你一定猜得到是什么原因吧?"

"因为于敏忠。"

"没错。"

"他天赋异禀,的确是个不可多得的人才,自然也是你的心腹大患。得知于敏忠开始追查六年前的旧案,并成功逮捕了前两起案件的真凶王岩后,你开始着急了,又把刚离开警局的靳璐推入火坑。但你要做到既不伤害她的性命、继续做你的替罪羊,又要让于敏忠无心继续追查,唯一的方法就是让他的PTSD发作,让他回到伤心地。你主动请缨营救人质,故意指挥于敏忠闯进A洞,他的脑海中就会重现他母亲遇害时的场景,变得精神失常,最后无心继续搜查。不过现在看来,你还是低估了这位年轻人。"

"呵呵,说到这里,我想你已经把我的底牌摸得一清二楚,再浪费时间也毫无意义了。""暗鸦"举起枪,对准莫楠,但对方还是一副优哉游哉的表情,"你知道吗?自从在'星光之岬'遇见你,我就讨厌你的这副嘴脸。"

"好说、好说,兄弟你把我杀了之后要如何脱身呢?我已经跟符队说了要来见你哦。"

"这很简单,出了这个山洞我就不是叶勇德,而是真正的'暗鸦',再一把火把这里烧……"

"很好。我终于知道了。"

"你又知道些什么？"

"六年前你犯下的错误呀。"

"哦，错误？""暗鸦"不悦地重复道。

"我猜测，你本计划让柯枢梁杀了那五个女人后，放火烧毁现场，对吧？"

"你看了他电脑里的日记？"

"日记里没写这一条。整宗案件的起源，是万象五金店的老板王岩杀害自己妻子一案。我猜，你当时正在犯罪现场，也就是万象五金店附近，听到了里面传出的声响，于是暗中尾随王岩，而后开始恐吓对方进行无差别犯罪。那晚，你听见刘嫣然挥舞木棒以及木棒和地面接触时清脆的声音，下意识地认为那是王岩的动作。接着，躲在外头的你又看到吴婧凡把那只沾上鲜血的布偶猫捡走，隔天吴婧凡被害的消息见诸报端，得知她被钝器攻击，所以你条件反射地认为'王岩又用了木棒行凶'。"

"凶器是木棒还是扳手，对我来说又有什么关系？"

"我因为柯枢梁那句'所有案件都是我柯枢梁一个人干的'伤神时，忽然来了灵感。虽然那段录音是你伪造的，但歪打正着，提供了一个我很想知道的信息，即你是用什么方法让柯枢梁对所有案件有了根本上的认知，怂恿他一把火烧毁现场。在我看来，你从一开始就想让他葬身火场，和其他五个人一起化为灰烬，是吗？"

"怂恿他，我要如何怂恿？"

"很简单，利用'五行'——第一阵列：木棒属木；第二阵列：电塔属金；第三阵列：汤属水；第四阵列：防空洞属土。因此，你授意柯枢梁，前两个阵列和第四阵列都不是他做的，想要搭便车的话，只能把第五阵列伪装成'五行'，此时只差'火'

便能完成所有任务。你只有这样做,柯枢梁才会完全执行,在砍杀五人后烧毁现场。当时,你的如意算盘就是攻击柯枢梁,让他作为陪葬品,最后以'真凶'的死宣告一系列案件的终结。但你没想到,半路杀出了程咬金,受专案组邀请,我为这桩连续杀人案做出犯罪侧写,将柯枢梁逮个现行,自然也没人关注'五行'之说了。"

"厉害。仅仅凭着一丝线索就能知道我的用意。六年前那起案件就是为了利用有规律的犯罪重复执行'搭便车'的构思……我看时间不早了,咱们就聊到这儿吧。是时候堵上你这张嘴……"

"暗鸦"终于将枪口对准莫楠,如此近的距离,他绝无失手的可能。但即使如此,莫楠仍旧淡定自若。

"你还有什么要交代的吗?"

枪口对准的猎物竟然抢了自己的台词,脸上还没有一丝恐惧,甚至看都不看自己,这让"暗鸦"恼怒至极。

"交代?我看需要交代的是你这个狂妄自大的家伙才对吧!难道你没看清现在的局势?只要我手指轻轻一摁,立马到阎王府报到的人是你——莫、楠!还是说,你认为我不敢开枪?"

"局势,什么局势?"

"懒得跟你磨嘴皮,受死吧!"

"暗鸦"即将扣动扳机的刹那,忽然感到背脊一凉,无形的压迫感笼罩着自己,紧随其后的是巨大的"隆隆"声。

"怎么回事?"

"暗鸦"环顾四周,他深知眼前这个家伙绝不会打无准备之仗。一个能从言语间看穿自己身份,并藏在暗处偷偷编织撒网、如野狼般狡黠且拥有惊人耐力的家伙,真的会如此轻易地输给掉入陷阱的对手？

"我看，该束手就擒的人是你哦。"

莫楠缓缓站起身，露出胜利者般的微笑。下一个瞬间，洞内那股声响逐渐变大、靠近，方才"暗鸦"感受到的压迫已成了山呼海啸。十几名刑警从暗处一拥而上，电光火石间将"暗鸦"摁倒在地。

"没想到吧？"莫楠踢飞滑落在"暗鸦"身旁的手枪，指着石壁旁的幕布道，"洞穴里一片漆黑，刑警们用黑色的幕布遮住了自己，让你毫无察觉。《孙子兵法》里的'其疾如风，不动如山'不过如此。

"这回真的是你输了，'暗鸦'先生。"

终　章

2019年9月23日　07:00 PM

"我差点儿就没命了……没命了，你知道吗？"

"星光之岬"里，再度响起靳璐那活泼的声音。她将装饰用的小抱枕摆在接待室的沙发上，柔和的暖色照明、小块地毯、盛着薄荷糖的盘子、木质书架，整个房间看起来令人平静。出院之后，靳璐完全不明白背后究竟发生了怎样可怕的事件，看上去她也没打算深究。

"最近都是些什么事呀？一会儿有刑警突然找我问话、一会儿被人打晕。"

"这次是我错了，璐璐。"

"还有，为啥我一出医院，符队长就躲着我？明明他以前对我那么凶，还把我带进警局问些莫名其妙的问题。"

"你别问了，总之真的是我错了，你怎么罚我都行……"

"真的？"

"千真万确。"

"好吧，那我就拜托你再招一名心理医师！"

"咦，为何会是这样的要求？"

"自从熊医师的事件过后，这里根本没有人能治得了你！你知道吗，几个月下来我真是度日如年，光为了伺候你，我已经翘了好几次话剧排演了！而且……"

"而且什么？"莫楠问道。

"短短的几个月，发生了好多可怕的事。"靳璐似乎想起了刘顾伟，她想起了以前那位天天颤颤巍巍地杵在"星光之岬"门口，连告白都没勇气的身影。

"以后我不会让你身处险境了。"

莫楠眼神中透出一股坚定和执着。以刘顾伟带来的《光荣的荆棘王国》为开端，围绕着"萤"的核心成员"暗鸦"的一连串事件终于落下帷幕。但他隐隐预感，"萤"绝对不会就此罢手，甚至还会发起更加猛烈的还击。他们可能还会伪装成像叶勇德那样的人，也可能伪装成其他熟悉的人，在阴暗的角落里伺机而动。

莫楠暗暗发誓，若真到了那一刻，他一定会守护眼前这位对自己很重要的人。

图书在版编目（CIP）数据

心理师莫楠：暗鸦 / 燕返著． -- 北京：新星出版社，2022.6
ISBN 978-7-5133-4933-8

Ⅰ．①心… Ⅱ．①燕… Ⅲ．①长篇小说－中国－当代 Ⅳ．① I247.5

中国版本图书馆 CIP 数据核字（2022）第 077871 号

午夜文库
谢刚 主持

心理师莫楠：暗鸦

燕返 著

责任编辑：刘　琦
责任校对：刘　义
责任印制：李珊珊
装帧设计：人马艺术设计·储平

出版发行：新星出版社
出 版 人：马汝军
社　　址：北京市西城区车公庄大街丙3号楼　　100044
网　　址：www.newstarpress.com
电　　话：010-88310888
传　　真：010-65270449
法律顾问：北京市岳成律师事务所

读者服务：010-88310811　　service@newstarpress.com
邮购地址：北京市西城区车公庄大街丙3号楼　　100044

印　　刷：北京美图印务有限公司
开　　本：910mm×1230mm　　1/32
印　　张：11
字　　数：150千字
版　　次：2022年6月第一版　　2022年6月第一次印刷
书　　号：ISBN 978-7-5133-4933-8
定　　价：49.00元

版权专有，侵权必究；如有质量问题，请与印刷厂联系调换。